ELLIE WADE

um amor bonito

Traduzido por Carol Dias

1ª Edição

2021

Direção Editorial:
Anastacia Cabo
Gerente Editorial:
Solange Arten
Preparação de texto:
Wélida Muniz

Revisão Final:
Equipe The Gift Box
Arte de Capa:
Bianca Santana
Diagramação e tradução:
Carol Dias

Copyright © Ellie Wade, 2015
Copyright © The Gift Box, 2021

Todos os direitos reservados.
Nenhuma parte do conteúdo desse livro poderá ser reproduzida em qualquer meio ou forma – impresso, digital, áudio ou visual – sem a expressa autorização da editora sob penas criminais e ações civis.
Esta é uma obra de ficção. Nomes, personagens, lugares e acontecimentos descritos são produtos da imaginação da autora. Qualquer semelhança com nomes, datas ou acontecimentos reais é mera coincidência.

Este livro segue as regras da Nova Ortografia da Língua Portuguesa.

CIP-BRASIL. CATALOGAÇÃO NA PUBLICAÇÃO
SINDICATO NACIONAL DOS EDITORES DE LIVROS, RJ
Leandra Felix da Cruz Candido - Bibliotecária - CRB-7/6135

W122a

Wade, Ellie
  Um amor bonito / Ellie Wade ; tradução Carol Dias. - 1. ed. - Rio de Janeiro : The Gift Box, 2021.
  252 p.

Tradução de: A beautiful kind of love
ISBN 978-65-5636-099-7

1. Romance americano. I. Dias, Carol. II. Título.

21-72478   CDD: 813
              CDU: 82-31(73)

Para a minha mãe, que sempre foi a minha maior fã. Obrigada por me amar e apoiar. Você me ensinou a me valorizar desde cedo. Por sua causa, sempre tive a coragem de acreditar em mim, lutar por meus sonhos e viver uma vida cheia de significados. Amo você.

<3

O negócio é o seguinte. A vida acontece. O que isso significa? Bem, significa isso mesmo.

A vida.

Apenas.

Simplesmente.

Acontece.

Está em constante mudança, seguindo em frente sem se importar com as circunstâncias, e apesar dos resultados. Algumas vezes, coisas ocorrem da maneira que queremos e, às vezes, não.

Na verdade, temos pouco controle no como as coisas vão terminar. É impossível saber como as escolhas que fazemos mudarão o curso do nosso futuro, o quanto um término de relacionamento pode selar nosso destino ou como uma escolha inconsequente em relação a algo que consideramos temporário pode se tornar permanente.

Veja, para cada ação há uma reação, e para essa reação há outra, e mais uma e mais uma. Portanto, uma vez que a ação é jogada para o universo, não temos controle sobre o montante infinito de reações que podem ocorrer, mudando para sempre o futuro.

Não sei se acredito em almas gêmeas, mas sei que há alguém lá fora para todo mundo.

Há uma pessoa que se encaixa na minha vida com perfeição, alguém que eu amo incondicionalmente — alguém que me faz rir até chorar e alguém por quem estou tão atraída que meu sangue corre pelas veias a cada toque dele.

Ok, isso parece bastante com a definição de alma gêmea, então talvez eu acredite nisso. Talvez as pessoas possam ter mais de uma, mas eu não.

Tenho uma só, e ele se chama Jax Porter.

Conheço Jax a minha vida inteira e, por conta disso, o amei a cada respiração que dei durante toda a minha existência. Nossas mães eram melhores amigas, e Jax e eu nascemos com a mera diferença de um mês. Desde então, conseguimos nos comunicar por arrulhos cheios de baba e fomos colocados na posição de sermos melhores amigos inseparáveis.

Então, alguém poderia pensar que nossa história está selada, nosso destino escrito.

Infelizmente, não é assim que funciona. Através dessa experiência de vida, temos muitas escolhas a fazer, e cada uma nos levará por um caminho.

Eu me encontrei em um destino que nunca imaginei e, para ser sincera, estou aterrorizada.

Ainda assim, cá estou.

Agora tenho que descobrir como prosseguir daqui.

um amor *bonito*

Prólogo

12 anos

Viro o rosto, rindo, e um jato de água atinge a minha bochecha. Ao secar as gotas dos meus olhos, vejo Jax vindo à superfície após sua recente bala de canhão.

— Essa foi grandona, né? — O sorriso está largo de entusiasmo.

— É, foi ok — zombo. — Aposto que a minha será maior!

Nado em direção à escada da piscina, e percebo que a linha normalmente azul por baixo da água está mais esverdeada que o normal. Amo nossa piscina nos verões úmidos de Michigan, mas odeio limpá-la. Suspiro, enojada, lembrando-me de que é a minha semana de fazer exatamente isso. *Eca*. Talvez eu consiga subornar minha irmã mais nova, Keeley, para isso. Costuma ser fácil convencê-la. Tenho que admitir que ela é um pouco pior do que eu nisso de limpar uma piscina cheia de algas, então talvez a ideia não seja tão boa assim.

— Claro, Little. Dê o seu melhor! — Jax dá um sorriso largo, enquanto flexiona os músculos, mostrando seus bíceps viris.

Agarro a escada e subo, sacudindo a cabeça com um sorriso enorme espalhado no rosto. Ele sempre me faz rir. E tem sido meu melhor amigo desde que consigo me lembrar.

Nossas mães são melhores amigas desde novinhas. Foram vizinhas de porta na infância e, por serem filhas únicas, estavam mais para irmãs. Ficaram grávidas na mesma época de Jax e de mim. Então ficamos juntos desde que nascemos, ou pelo menos um mês depois de eu ter nascido, já que sou um mês mais velha que Jax.

— Ei, é Lil, não Little! — afirmo, me referindo ao fato de que Jax ama trocar meu apelido, "Lil", pela piadinha, de "pequena" em inglês. — E lembre-se: *embora pequena, ela é feroz.* — A citação de Shakespeare foi emoldurada e decora a parede do meu quarto há vários anos. Foi um presente de aniversário da mãe do Jax, Susie.

As piadinhas com o "pequena" são apenas isso, piadas. Não sou anormalmente pequena para a minha idade. Bem, eu era uma das menores do sétimo ano, mas sei que, em um mês, virá o oitavo ano e eu vou ter meu estirão. Pelo menos espero que sim.

Meu tamanho não costuma me incomodar, mas fui a última menina da turma a ficar menstruada, o que foi constrangedor. Uso um sutiã esportivo, mas, para ser sincera, nem preciso. Eu sou reta. Minha irmã mais velha, Amy, tem quinze anos e seios de verdade desde os doze.

Olho de relance para ela, que está sentada na espreguiçadeira ao lado da piscina, lendo no Kindle. Ela parece a nossa mãe de biquíni. Tem quadris e tudo mais.

Ainda uso meu maiô roxo. Eu me recuso a usar biquíni. Chamaria atenção para o meu corpo de menino fracote, não que seja tão importante. Além dos poucos comentários maliciosos que as meninas mal-educadas da minha turma fizeram, o fato de eu não ter curvas não me deixa nem um pouco preocupada.

Começo a correr na prancha do trampolim e, usando a força do pensamento para conseguir o máximo possível de salpicos, pulo o mais alto que consigo antes de agarrar as pernas e bater o corpo igual a uma bala dentro da água, com o que tenho certeza de que é uma explosão épica.

Quando vou à superfície, Jax grita:

— Sete, no máximo. Talvez até um seis e meio.

— Não mesmo! — protesto. — Foi no mínimo nove! — Ando pela água enquanto seco os olhos. — O que você acha, Kee Kee? — direciono a pergunta para minha irmã de nove anos.

Ela está ajustando a máscara de mergulho e o *snorkel*. A menina tem praticado mergulho sem parar ultimamente.

Seus olhos parecem maiores, exibidos através do plástico grosso da máscara rosa choque que está usando. Ela tira o *snorkel* da boca.

— Sei lá, Lily. Eu não estava prestando atenção. — E dá de ombros.

— Não importa, Keeley! Você deveria ficar sempre do meu lado. Sou sua irmã!

um amor *bonito*

Dando de ombros mais uma vez, ela coloca o rosto na água e retorna ao exercício. Jax ri.

— Ah, tadinha da Lily. Não consegue fazer a irmã mentir por você? Como eu disse, seis e meio.

— Ei, mocinho, você tinha dito sete! Não pode voltar atrás. Além disso, eu te dei um cinco.

Ele bate a mão na água, mandando uma onda bem no meu rosto.

— Você não sabe perder, Lil.

— Não, não é isso, porque eu não perdi. Você ganhou um cinco — digo, indignada. Nado para a parte da frente da piscina, onde consigo ficar de pé.

Jax me segue. Segura a minha mão, entrelaçando os dedos nos meus.

— Qual é a música?

Dou um largo sorriso.

— Tudo bem. Você primeiro.

Com as mãos entrelaçadas, respiramos fundo e deixamos o corpo afundar. Submersos, Jax começa a cantar uma música. Ouço bem de perto, porque é muito difícil de entender com a água. O que me lembra da professora do Charlie Brown... como seria a voz dela se estivesse cantando?

Ficamos sem fôlego e voltamos a subir.

— Palpites? — questiona.

— Humm. Parece *I Will Always Love You*, da Whitney Houston.

— Quê? — Confusão total está gravada em seu rosto. — Não faço ideia de que música é essa que você está falando.

— Sei que já ouviu essa música antes!

— Não, Lily, nunca ouvi — responde, sério.

— É um clássico. Você não assistiu *O Guarda-costas*?

— O guarda o quê?

— *O Guarda-costas*. É um filme antigo com a Whitney Houston e outro ator. — Amo assistir filmes antigos com minha mãe.

— Lily, sério. Chute uma música que eu saberia.

Solto um suspiro.

— Tá, mas parecia igualzinha àquela.

— Hm, não, não parecia. Agora, tenta uma de verdade. — Ele abre um sorriso pretensioso.

— Essa era uma boa tentativa, mas tudo bem. Me deixa pensar. *Get the Party Started*, da Pink?

Ele ri.

— Não. Não tem nada a ver com isso.

— Ótimo, desisto. Que música você está cantando? — Tiro as mãos das dele e cruzo os braços enquanto faço beicinho.

— *Work It*, da Missy Elliot.

— O quê? — pergunto, confusa.

— Ouvi no iPod do Landon e é sobre sexo, eu acho.

Cubro a boca em um arquejo antes de bater no peito dele.

— Eca! Por que eu conheceria essa música? Que nojento! Sua mãe sabe que o Landon escuta esse tipo de coisa?

— Ele tem dezessete anos. Tenho certeza de que ela não liga. Enfim, a música é divertida. Escute.

— Credo. Não. Nunca vou ouvir uma música sobre isso. É nojento e você também não deveria ouvir. E mais, você precisa escolher uma que eu saberia, ou esse jogo é uma idiotice. — Retorno à minha posição, de braços cruzados e biquinho.

Ele ri.

— Ok, beleza. Sua vez. Vale o mesmo para você. Escolha uma música que eu conheça.

— Tá. Pronto? — Soltando os braços da pose irritada, agarro a mão dele e nós afundamos na água mais uma vez.

Depois de passarmos por seis músicas e seis tentativas malsucedidas, minha mãe traz uma bandeja com comida e bebida e coloca na mesa do pátio, debaixo de um guarda-sol.

— Crianças, limonada e sanduíches prontos. Vocês devem estar com fome.

— Obrigada, mãe — digo, ao subir na lateral da piscina.

— Valeu, Miranda — ele agradece à minha mãe, e sai logo atrás de mim.

— Jax, sua mãe acabou de me mandar mensagem. O Landon vem te buscar daqui a uma hora. O evento do seu pai é hoje à noite, e você precisa ir para casa se arrumar.

Ele rosna.

— Ugh, sério? Ela disse se eu posso levar a Lil?

— Acho que não, querido. Creio que seu pai quer só você e o Landon lá hoje.

— Que droga. — Ele se joga em uma cadeira de jardim e dá uma boa mordida no sanduíche.

um amor *bonito*

11

O senhor Porter é o CEO de uma empresa grande de propaganda em Kalamazoo, que fica a uns quarenta minutos daqui. A firma sempre tem algum jantar ou evento que exige que a família Porter se vista bem. Jax odeia, mas odeia menos quando me deixam ir junto. Se eu estiver lá, damos um jeito de nos divertirmos.

Nós vivemos no campo, fora da pequena cidade de Athens, e estou falando do tipo de cidade que só tem um semáforo. Temos um posto de gasolina, um bar, uma sorveteria caseira e só.

O pai do Jax deve ser uma das pessoas mais bem-sucedidas da cidade e, apesar de serem boas pessoas, os pais dele têm um ar de superioridade, especialmente o senhor Porter. Meu pai é advogado, trabalha na mesma cidade que ele, mas eu diria que nossa família é mais tranquila.

Pego um sanduíche e um copo de limonada, e me jogo na espreguiçadeira ao lado de Jax.

— Não vai ser tão ruim. — Empurro seu ombro com o meu.

Ele me dá um grunhido sem entusiasmo e termina o pão em quatro mordidas.

— Bem, nós temos uma hora. O que você quer fazer? Jogar Mario?

— Não. Não quero entrar. Andar de bicicleta? — pergunto.

— É, legal.

Sou abordada pela minha mãe e seu frasco de aerossol.

— Lily, me deixa passar protetor solar em você de novo.

Fico de pé sem questionar e estico os braços, preparando-me para o ataque de FPS. Mesmo que eu tenha passado há uma hora, sei que é melhor não questionar minha mãe quando se trata de proteger minha pele. Sou envolvida por uma nuvem de FPS que tem cheiro de coco e produtos químicos.

— Ok, agora no rosto, com o creme.

— Mãe, eu posso passar creme no rosto — digo. Viro em sua direção e vejo que ela está enchendo as mãos com a loção gordurosa.

— Eu sei, querida. Só quero ter certeza de que está tudo bem e que você está protegida. O sol está quente hoje.

Tenho um leve respingo de sardas no entorno do nariz, o que meu pai insiste que é a minha parte mais fofa. Se não fosse o comprometimento da minha mãe com o cuidado da minha pele, eu já estaria coberta por elas. Sem sombra de dúvida, eu sou a pessoa com a pele mais clara da minha família. Mamãe e Keeley também têm cabelo loiro e olhos azuis, mas o tom da pele e o cabelo das duas são levemente mais escuros que os meus.

— Tudo bem, Jax. Agora é a sua vez.

— Estou bem. Sério, Miranda — protesta.

— Não. Sua pele também precisa de proteção. Venha aqui.

Rio da cara dele quando minha mãe esfrega protetor em seu rosto. Ele é o oposto de mim com o cabelo negro e a pele parda.

Os olhos esmeralda parecem um pouco irritados quando ele se afasta da minha mãe.

— Pronta?

— Prontinha!

— Não se esqueçam dos capacetes — minha mãe grita ao nos encaminharmos para a garagem.

Aceno para concordar com a ordem.

Pedalamos ao longo da estrada de chão que transpassa os extensos campos de milho. Os pés estão mais altos que eu, o que é um indicativo de que o verão logo chegará ao fim, e daremos as boas-vindas ao oitavo ano.

— O que quer fazer no seu aniversário esse ano? — ele grita, enquanto descemos uma colina a toda velocidade.

— Não sei. O que você acha?

Nossas famílias dão muita importância aos aniversários e fazem festas extravagantes.

— Então, treze é, tipo, uma idade importante, não é? Tenho certeza de que sua mãe vai com tudo.

Meu aniversário é no final de agosto, pouco antes das aulas começarem.

— Não sei se quero uma festona esse ano. Talvez eu devesse fazer algo com você e minha família?

— E os nossos amigos da escola?

— Ah — deixo escapar um som desinteressado.

Claro, eu tenho amigos na escola, mas Jax é meu melhor amigo e o único que realmente importa.

— Fala sério. Você não quer convidar nossa turma inteira e ter uma festa enorme? Poderíamos fazer uma fogueira do lado de fora e colocar música. Talvez jogar Verdade ou Consequência com garrafas ou algo do tipo. Você vai fazer treze anos. Pessoas de treze anos não fazem esse tipo de coisa?

— Jax! O que deu em você hoje? Primeiro, músicas de safadeza e agora beijos? Não vou deixar a turma inteira colocar a boca cheia de germes na minha. Eca. Não, obrigada. Jantar e filme, é isso.

um amor *bonito*

Ele joga a cabeça para trás e ri.

— Você é uma puritana às vezes, senhorita Lily Madison. Fico triste pelo primeiro cara que tentar te namorar.

— Você está de esquisitice agora. Acho que nós dois temos tempo até nos preocuparmos com isso.

— Eu estava pensando em chamar a Katie Phelps para sair.

Katie é uma das meninas mais populares da nossa turma. Não sei o quanto isso vale, considerando que vamos para uma escola minúscula, e nossa série só tem sessenta alunos. Penso nela como uma amiga, mas ela consegue ser bem mandona às vezes.

— Sério? Como é que isso funciona? Você é novo demais para namorar. — Sinto um aperto no peito que não consigo explicar.

— Sim. Bem, é óbvio que eu não a levaria para sair-sair, mas conversaríamos por telefone e nos veríamos na escola. Poderíamos pedir para os nossos pais nos deixarem no cinema ou algo assim também. Você e eu fazemos isso o tempo todo.

— Eu sei, mas é diferente. Somos amigos. Seus pais vão mesmo te deixar ficar com uma garota que você gosta?

— Não sei. Acho que vou descobrir.

— Bem, quando nós nos veríamos?

Não quero compartilhar Jax. Ele é bom demais para a Katie, de todo jeito.

— Do mesmo jeito de sempre. Isso não mudaria. — Ele parece ter certeza.

— É, é melhor não mudar mesmo — aviso, autoritária.

— Você é boba. Venha. Vamos voltar.

Assinto, sabendo que Landon estará lá em casa em breve para pegar Jax.

Pedalamos de volta em relativo silêncio. Estou perdida em pensamentos, perguntando-me por que ele quer namorar. Parece meio estranho para mim. Para ser sincera comigo mesma, estou nervosa. Jax tem sido meu comparsa desde que engatinhávamos. Não quero compartilhá-lo, ainda não.

Mudo de ideia com frequência, mas Jax é a única coisa da qual tenho certeza. Ele é meu melhor amigo e não vou abrir mão dele.

Um

Cinco anos depois

Procuro a minha amiga Kristyn nas arquibancadas lotadas enquanto vou em direção às cadeiras dobráveis. Todo mundo da cidade veio essa noite para assistir ao jogo de futebol americano contra uma escola rival. Paro por um momento em frente ao quiosque de lanches perto da cerca de arame que contorna o campo e observo a apresentação da banda. As líderes de torcida estão em sintonia com a música enquanto dançam na pista que circula o campo. Elas estão usando saias hoje, por conta do inusitado ar quente do outono. Amo esses jogos de sexta à noite aqui no nosso campo, ainda mais quando o clima não está horrível.

— Lily!

Ouço meu nome, me viro e vejo Kristyn acenando para mim da primeira fila. Aceno de volta e vou até ela.

Abro caminho em meio às pessoas sentadas, avançando para mais perto de Kristyn, que está no meio da fileira.

— Ei. — Sorrio ao alcançá-la. — Desculpe o atraso. — Não dou uma desculpa, porque não tenho uma. Às vezes, não sou a pessoa mais pontual. Mesmo que eu tivesse que encontrar Kristyn no estacionamento há vinte minutos, estou orgulhosa de mim mesma por ter chegado pouco antes do início do jogo.

— Não se preocupe. — Ela me lança um sorriso animado.

Kristyn é minha amiga mais próxima da escola, além de Jax. Ela é ótima e faria qualquer coisa por mim. Eu a adoro.

Olho para o campo, procurando por ele. Sei que parece bobo, mas sinto seu olhar em mim. Nós nos encaramos enquanto ele fica lá de pé, todo equipado segurando a bola de futebol americano contra o peito. Aceno, sorrindo com entusiasmo, e lhe dou um joinha. Ele balança a cabeça, os olhos brilhando com humor. Apesar de eu não poder ouvir, sei que ele ri antes de me dar as costas, arremessando a bola para outro jogador.

Jax é o *quarterback* titular desde o ano passado. Não é comum que alguém do primeiro ano comece como titular, ainda mais como *quarterback*, mas quando se trata do Jax, não fico surpresa. Ele tem um talento natural para a maioria das coisas. Tira notas altas com esforço mínimo e tem se destacado em cada esporte que tentou.

— Como o Jax está se sentindo quanto ao jogo? — Kristyn pergunta.

— Bem. Acho que está confiante de que venceremos hoje.

Foco nos músculos do seu braço que se flexionam a cada arremesso. Ele é um espécime gostoso de verdade, e super posso entender por que cada garota daqui, e das escolas ao redor, por sinal, estão loucas por ele.

— Bem, o outro time está invicto até agora na temporada — Kristyn aponta.

— Sim, mas nós também. Não estou preocupada.

Minhas pernas são empurradas com força para o lado e ao me afastar, vejo Maeve, atual namorada do Jax, passando na minha frente.

— Ah, desculpa, *Lily* — diz, com uma voz que mostra tudo, menos arrependimento. Ela enfatiza meu nome, que soa perverso saindo de sua boca.

Sorrio com relutância, notando a desculpa forçada, e envolvo os braços nas minhas canelas, deixando as pernas fora de perigo, enquanto ela e seu pelotão continuam a passar até os lugares no final da nossa fileira.

Kristyn se inclina e sussurra no meu ouvido:

— Já falou sobre ela com o Jax? — indaga, mas eu balanço a cabeça, indicando que não. — Por que não? Ele nunca ficaria com a garota se soubesse que ela é uma escrota com você.

Viro-me para Kristyn.

— Ele vai descobrir por conta própria. Sempre descobre — comento, em voz baixa.

— Não, você deveria contar para ele, Lily. Mesmo.

— Sempre haverá gente escrota no mundo, Kristyn. Elas não me incomodam muito. Só ignoro. — Dou de ombros.

— Prometa: se for longe demais, você vai contar para ele. — Sua voz está tensa de preocupação.

16   **ELLIE WADE**

— Prometo. — Mas assim que digo, sei que nunca vai chegar a tal ponto.

Jax vai descobrir a verdadeira personalidade de Maeve antes que eu precise dizer. Não a conhecia muito antes de ela e Jax começarem a namorar, um mês atrás. Ela está no último ano e não tivemos muito contato antes. Não estou surpresa que ela seja grossa comigo. Várias das namoradas dele também foram. Elas sempre começam sendo legais, mas acho que os ciúmes acabam chegando quando percebem o quanto nós dois somos próximos; é quando as garras saem. O ciúme não fica bem em ninguém.

Parece que o Jax tem uma namorada, ou algo do tipo, basicamente desde o oitavo ano, mas digo que isso não afetou tanto nosso relacionamento. Nossa amizade é sólida, e ele me coloca em primeiro lugar. Não é como se eu tivesse pedido para ele escolher entre mim e a namorada, porque nunca fiz e nunca faria algo assim. Ele valoriza nossa amizade e sempre consegue tempo para nós. Logo que percebe que a garota está com ciúmes ou sendo grossa comigo, ele termina a relação sem pensar duas vezes.

O jogo inteiro é emocionante. Os dois times avançam e recuam, mas vencemos com um touchdown de diferença. Amo assistir Jax no que é a sua praia e estou muito orgulhosa dele. Os caras surtam no campo, levantando os braços em triunfo.

Estou feliz com a vitória, especialmente porque ter que lidar com os caras hoje à noite depois de uma derrota seria deprimente. Há uma grande fogueira em um campo afastado na propriedade de um colega de classe. Nós, da pequena cidade de Michigan, não somos conhecidos por muita coisa, mas fazemos ótimas fogueiras.

Observo os jogadores saindo do campo e indo em direção às portas que dão no vestiário. Jax se afasta da fila de jogadores barulhentos e vem até mim. Fico de pé e saio das arquibancadas, seguida por Kristyn. Abro caminho pela comemoração para encontrá-lo.

Ele me puxa em um abraço suado, apertando-me com uma intensidade feroz.

— Ótimo jogo! — parabenizo.

— Obrigado! Me espera, aí você pega carona comigo para a fogueira. — Ele se afasta e me prende com seu olhar intenso.

— Tudo bem. Vou pegar carona com a Kristyn. A gente se vê lá.

Cético, ele me encara.

— Tem certeza?

um amor *bonito*

— Sim, certeza. — Sorrio. — Vejo você lá, ok?

Ele para por um momento.

— Ok.

— Ótimo jogo. Sério, estou orgulhosa de você, Jax.

— Obrigado, Little. A gente se vê. — Ele usa o apelido que me deu.

É assim desde quando ele começou a andar. Jax pensava que minha mãe me chamava de Little quando estava apenas dizendo Lil, e pegou. Eu odiava quando era mais nova, mas agora eu amo.

Ouço o tom estridente da voz de Maeve chamando o nome dele por trás de mim e dou uma olhadinha para Kristyn. Deixamos Jax e nos encaminhamos para o estacionamento.

Sacolejo no banco da caminhonete da Kristyn ao fazermos o trajeto acidentado até o campo. Ao nos aproximarmos, vejo uma fogueira enorme já acesa. Troncos e fardos de feno estão posicionados ao redor do fogo, formando um círculo em volta das chamas. Outro anel maior de fardos de feno envolve o primeiro, criando duas áreas para se sentar de frente para a fogueira. Postes estão posicionados a uma distância igual um do outro entre os dois círculos. Pisca-piscas estão presos de um lado a outro, cercando a área onde nos sentamos com um manto de iluminação branca e suave. Além das luzes cintilantes, estão os arredores do campo circundados por bosques escuros. Música soa com o baixo grave vindo dos alto-falantes do porta-malas da enferrujada Ford F-150 de alguém.

Depois de pararmos na fila de carros na entrada do bosque, vamos até a fogueira.

— Vai ser uma loucura com a vitória de hoje — Kristin comenta.

— É, imagino que sim. — Olho a multidão dos meus colegas de escola já confraternizando com copos vermelhos na mão. — Quer procurar o barril? Posso dirigir para casa se você quiser beber.

Não sou muito fã de cerveja. Sei que dizem que você se acostuma com o gosto, mas acho que isso nunca vai acontecer. Parece amargo e terrível para mim.

— Não, estou bem. Não quero beber hoje à noite — responde.

— É, nem eu, ainda mais algo que tem gosto de xixi. — Torço o nariz.

Ela ri.

— Exatamente.

Ouço meu nome e viro para ver Alden vindo em nossa direção.

Alden é um cara legal. Temos várias aulas juntos. Seu avô é dono das terras em que estamos. Ele tem sido cada vez mais amigável comigo esses tempos, e tenho a impressão de que o cara gosta de mim. Não sou uma juíza muito boa desse tipo de coisas. Nunca tive um namorado, mas admito que não fiz nenhum esforço para conseguir um. Minha vida já é bem cheia com as atividades em família, estudos, meus amigos e o Jax. Diferente dele, eu, na verdade, preciso estudar bastante para tirar boas notas. É só o começo do meu segundo ano, então não sinto que estou perdendo ainda todo esse negócio de relacionamento no ensino médio. Tenho tempo.

Alden fecha o espaço entre nós e me abraça. Ele me solta, antes de puxar Kristyn para outro. Ao se afastar dela, ele se vira para mim.

— Fico muito feliz por você ter vindo. Posso pegar algo para você beber?

— Não, estamos bem. Obrigada. — Sorrio para ele, e faço uma anotação para mim mesma do quanto estamos próximos.

Aposto que conseguiria sentir sua respiração no meu rosto se me inclinasse para ele uma fração a mais. Estou apavorada de fazer isso. Provavelmente tem cheiro de cerveja ou outra coisa desagradável. É melhor imaginar de forma positiva.

Sou mimada pelo Jax. Ele é o único garoto da minha idade que fica perto de mim e sempre está maravilhosamente cheiroso. Pode parecer clichê, mas ele é a perfeição ambulante, sério. Qualquer garoto que eu namorar terá que ralar para preencher esse lugar. Jax e eu não somos assim, mas sei que vou comparar todo mundo com ele sem nem perceber. Ele é o que eu conheço.

— Vamos lá. Um grupo nosso está por ali. — Alden acena em direção à área onde todos estão sentados.

— Claro — concordo.

Ele coloca a mão na base das minhas costas e me guia para o calor das chamas crepitantes. Estamos rodeando a fogueira, indo em direção aos fardos de feno que ele apontou, quando ouço Jax.

— Lil!

Paro de andar e giro em um pé só para a direção de onde acabamos de vir. Deparo-me com os braços abertos de Jax, que me puxam em um abraço.

— Já está aqui há muito tempo?

— Não, acabamos de chegar — respondo.

— Ah, que bom. Ei, tenho que falar com o Paul. Você vem?

um amor *bonito*

19

— Hm, claro. Só me deixe... — Olho para trás para falar com Alden, mas ele já não está mais lá.

Meus olhos percorrem os rostos reunidos em volta do fogo, todos em um tom dourado quente, e eu o vejo do lado oposto a nós, falando com alguns amigos. Ele ergue a cabeça para encontrar meu olhar e abre um sorriso tímido, dando um aceno antes de voltar à conversa.

— Ok, esquece. Vamos lá.

Kristyn e eu ficamos com Jax e grande parte do time de futebol americano quase a noite toda.

Maeve apareceu pouco depois de Jax e ficou enrolada nele desde então. Ela me irrita, muito mesmo. Não é ciúme o que eu sinto, é mais irritação com seu comportamento desagradável.

Penso em expandir meu círculo social e vou falar com os outros, mas não me aventuro para longe de Jax. Nunca faço isso. Talvez seja o fato de ele ter sido próximo a mim desde o momento em que nasceu, mas sinto-me inquieta quando estou muito longe dele.

A noite avança, a aglomeração diminui e os grupos aleatórios de pessoas esporadicamente posicionadas ao redor do fogo se juntam para se tornar uma única multidão.

— Ei.

Ouço a voz de Alden ao mesmo tempo em que sinto sua mão em meu braço. Viro-me para ele. Suas pálpebras parecem pesadas, como se estivesse se concentrando para mantê-las abertas.

Eu rio quando ele oscila.

— Como está a cerveja? — pergunto, apontando para o copo vermelho cheio de líquido prestes a derramar em sua mão.

— Boa! Posso pegar uma para você?

Nego com a cabeça.

— Não, ainda estou de boa. Valeu.

Soltando meu braço, ele ergue a mão e pega uma mecha do meu cabelo entre os dedos. Ele a estuda antes de prendê-la atrás da minha orelha. Apesar do estado óbvio de embriaguez, o gesto é doce e fico hipnotizada ao vê-lo examinar o meu rosto.

— Você é tão linda, Lily.

— Alden.

A voz do Jax vem por trás de mim e eu salto, assustada. O transe no qual um Alden bêbado e doce me colocou é estilhaçado.

ELLIE WADE

— Ah, oi, cara. — Alden se dirige a Jax. — A gente se vê, Lil. — Ele dá um sorriso fraco antes de se virar para alguém ao meu lado e puxar conversa.

Afasto-me um pouco de Alden antes de abordar Jax.

— O que foi aquilo?

— O quê? — questiona, todo inocente.

— Hm... aquela — aponto para Alden — coisa entre os dois. Você o fez sair correndo.

Jax assente.

— Ele estava dando em cima de você.

Minhas sobrancelhas sobem.

— E...?

Ele dá de ombros.

— O cara não é bom o suficiente.

— Isso é o que você fala de todo mundo. — Suspiro. — O Alden é bem legal.

— Ele está bêbado — declara, com naturalidade.

— Assim como a maioria das pessoas aqui. Quem liga?

— Eu ligo.

— Você precisa parar de assustar todo cara que quer falar comigo. Você é pior que meu pai.

Jax finge inocência.

— Só faço isso com aqueles que não merecem o seu tempo.

Torço os lábios em um beicinho e olho para Jax, irritada, antes de responder:

— Ao que parece, nenhum dos garotos da escola.

— De forma geral, sim — concorda. — Não fique brava. — Ele me puxa para um abraço e beija o topo da minha cabeça.

— Não estou. Seria legal expandir meu círculo de amizades, só isso. Você não pode ficar sempre por perto, Jax.

— Por você, Lily, eu posso. Estou sempre aqui por você. Sabe disso. — Ele volta a beijar o topo da minha cabeça antes de ser puxado para longe.

— Jax! Estou com saudade — Maeve choraminga. Ela foi ficando cada vez mais bêbada com o passar das horas, como fica evidente por sua fala que está uma bagunça enorme e arrastada, e os decibéis de sua voz passam do ponto de irritantemente alto.

Vômito explode da boca da Maeve direto na grama em frente aos pés dele.

um amor *bonito*

21

— Opa! — Jax grita, pulando para trás. — Droga! — Ele fica por trás para estabilizá-la, enquanto ela esvazia o estômago.

Becca, uma amiga dela, para ao lado de Jax.

— Sério? — Ouço a irritação em sua voz. — Vou levá-la para casa.

Becca dá uma olhada para a bagunça agora seca. Maeve está curvada, com os braços apoiados nos joelhos, enquanto tosse para o chão.

— Tem certeza? — Jax pergunta, parecendo preocupado.

Sei que ele está tentando camuflar o alívio.

Becca envolve o braço na cintura da amiga.

— Sim, eu cuido dela. Deixa comigo. — Ela guia Maeve em direção à fila de veículos estacionados perto das árvores.

Viro para Kristyn, que está sorrindo na direção em que as garotas foram. Ela nega com a cabeça e para mais perto de mim.

— Acho que vou embora também, na verdade. Quer que eu te leve para casa? — pergunta.

Antes que eu possa responder, Jax diz, às minhas costas:

— Eu levo. Valeu, Kristyn.

Nós nos despedimos e me viro para ele.

— Então, assaltar a geladeira ou o Denny's? — pergunta, inclinando-se para perto do meu rosto.

Quando estamos juntos nas noites de fim de semana, costumamos sair e comer algo tarde da noite. Podemos caçar coisas na geladeira da casa de um de nós dois para ver que saborosos restos nos aguardam ou dirigir por trinta minutos até a cidade vizinha onde um Denny's fica aberto 24h.

— Acho que essa é uma noite de Denny's.

Ele me lança seu sorriso de bom menino.

— Concordo. Vamos sair daqui.

Pegando o celular no bolso de trás, mando uma mensagem para minha mãe avisando que vou comer com Jax e chegar tarde em casa. Desde que eu esteja com ele e a mantenha atualizada dos nossos planos, não tenho toque de recolher. Ela o adora e confia piamente nele.

Amo nossos jantares tarde da noite. Jax e eu passamos muito tempo juntos, mas, quanto mais velhos ficamos, menos conseguimos fazer isso sem sermos interrompidos. Podemos passar horas falando e rindo no Denny's e fizemos isso várias vezes. Nunca ficamos sem assunto. Ele é a pessoa com quem mais gosto de estar nesse mundo.

Agora, a pergunta é: o que vou pedir hoje? Fico sempre tão indecisa.

ELLIE WADE

Poderia ir de doce e pedir uma rabanada ou ir de salgado e escolher um burrito. Ou eu poderia fazer algo totalmente diferente.

— E aí, está a fim de comer o que hoje? — Jax pergunta, em tom divertido.

Eu rio. Juro, às vezes ele pode ler minha mente. Balanço a cabeça.

— Estou em dúvida. Não sei.

— Ok, diga suas opções e vamos com os prós e contras de cada uma.

Rindo, começo a listar as minhas alternativas e iniciamos nossos vinte minutos de conversa sobre o que pedir. Como eu disse, podemos falar sobre qualquer coisa.

um amor bonito

Dois

Inclinando a cabeça para o lado, dou uma espiada no espelho de corpo inteiro que enfeita a parede do banheiro e reparo na minha aparência. O vestido preto é longo e justo, acentuando cada curva do meu corpo. A frente se abre apenas o bastante para mostrar meu decote médio de uma maneira atraente. Viro para o lado para dar uma olhada nas costas do vestido, e minha pele pálida é refletida de volta para mim. A seda escura do tecido cai pelos meus ombros, deixando expostas as minhas costas quase que por inteiro, e termina toda esvoaçante na base da minha coluna, aparentemente a milímetros da fenda em minha bunda.

Consigo ver minhas bochechas ficarem vermelhas quando percebo que vou mesmo sair com esse vestido. Ele é sexy, simples assim, apesar de o termo sexy não ser um que eu usaria para me descrever. Normalmente, eu usaria bonita, atlética, e talvez um pouco singela. Mas sexy? Não.

Fui fazer compras com a Kristyn e ela quase entrou em frenesi quando experimentei o vestido. Praticamente exigiu que eu levasse. Decidi ser corajosa e ir em frente, mas agora estou repensando.

Uma risadinha escapa dos meus lábios pintados com gloss quando lembro a reação dos meus pais ao verem a peça. Eu o vesti para os dois quando cheguei do shopping. Enquanto eu girava, mostrando o vestido que eu usaria no baile, os dois se sentaram estoicos no sofá da sala. A boca do meu pai estava fechada em uma linha fina e os enormes olhos azuis praticamente saltaram. Minha mãe me deu seu clássico sorriso amarelo, aquele que ela dá para alguém da cidade quando não concorda com o que a pessoa está dizendo, mas não quer ser rude. A expressão imóvel, mesmo contendo um sorriso, não era de aprovação verdadeira. Eles não disseram nada de negativo, e eu ainda não sei por que não. Partindo da perspectiva parental, esse vestido é um pouco demais.

Enquanto respiro fundo, me esforçando para fazer minhas bochechas voltarem para a cor normal, admito que esse vestido não tem nada a ver comigo. Mas, ao mesmo tempo, por que não? Ele é maravilhoso, e sinto-me bonita nele.

— Ela não está linda? — Keeley sorri, virando o iPhone na minha direção.

Vejo Amy na tela, a boca escancarada em um sorriso.

— Sim, está. — A voz sai dos alto-falantes. — Desculpe não poder estar em casa para o seu primeiro baile, Lil.

— Tudo bem, Amy, de verdade. — Pego o telefone da Keeley e jogo um beijo para a tela.

Queria que minha irmã mais velha pudesse estar aqui também, mas entendo. Ela não conseguiu completar algumas de suas aulas na Universidade de Michigan no semestre passado por conta de uma terrível crise de mononucleose. Daí precisou ficar na faculdade por mais algumas semanas para terminar todas as disciplinas. Já que ela não pode estar aqui, o FaceTime é a melhor alternativa.

— Você está animada para ir com o *Jax*? — Ela enuncia todas as letras do nome dele, como se contivesse quatro As em vez de um só.

Olho para a tela, percebendo a sobrancelha erguida.

— Por que você está falando assim?

— Ah, sem motivo — responde, cantarolando. — Aposto que ele vai estar gostoso, todo bonitão de smoking.

Claro que vai.

— Hm, sim. É óbvio — respondo, balançando a cabeça.

Jax está sempre deslumbrante. Já o vi de smoking várias vezes antes e ele não decepcionou. Já é o seu terceiro baile. Garotas mais velhas o convidaram para ir com elas no primeiro e no segundo ano. Esse é o meu primeiro, e estou muito feliz por ele não estar namorando. Não existe ninguém com quem eu prefira experimentar um baile que não seja o meu melhor amigo.

Minha mãe entra no banheiro onde há, no momento, produtos de beleza espalhados por toda a bancada de granito.

— Lily, querida. Kristyn e os pais dela acabaram de chegar. — Minha

um amor bonito

mãe para perto de mim e passa as mãos pelo meu braço antes de apertar meu pulso de leve. — Ah, meu amor, você está tão linda.

Inclino-me para abraçá-la.

— Obrigada, mãe.

— Oi, mãe! — Amy grita às costas da minha mãe, onde o celular ainda repousa na minha mão.

Nós rimos e, depois de sair do abraço, devolvo o telefone para Keeley.

Encolho a barriga e me curvo para fechar as sandálias. O material grudado no meu corpo está deixando a tarefa mais cansativa que o normal. Já calçada, pego a bolsa no balcão e dou uma última olhada no espelho antes de seguir minha mãe e minha irmã para fora do quarto.

Desço os degraus acarpetados até a cozinha fazendo o melhor possível para alguém usando um salto de sete centímetros. Paro no espelho no fim das escadas e aplico outra camada de gloss rosa, só para garantir. Vou até as portas de correr de vidro que levam ao deck, onde um grupo de amigos e os pais começaram a se reunir.

Protegendo os olhos do sol quente de maio, examino a pequena multidão. Todo mundo está aqui, menos Jax e os pais.

— Lily! — Kristyn chama.

Ela se aproxima, usando um vestido de princesa fofo de cetim coral com enfeites dourados na saia. Ela está estonteante, o longo cabelo castanho todo cacheado e preso para o lado em um rabo de cavalo elegante que cai por sobre o ombro. Ela está com mais sombra do que já a vi usar. O dourado metálico que colore suas pálpebras faz seus enormes olhos castanhos parecerem ainda maiores. Ela está igualzinha a uma princesa.

— Kristyn, você está maravilhosa, sério. — Examino-a dos pés à cabeça mais uma vez.

— Obrigada. Você também. — Ela cora.

Ben, o namorado da Kristyn, vem até nós e envolve o braço na cintura dela.

— Eu disse a mesma coisa. — E lança para ela um olhar de apreciação. — Deslumbrante.

Ela dá um soquinho no peito dele, de brincadeira.

— Para. — Virando-se para mim, diz: — Onde vamos jantar? Red Robin?

— Sim, acho que sim. — Assinto. — A comida deles é a melhor de todas. — Sou fã das fritas com molho *ranch*.

— Concordo — responde.

ELLIE WADE

Kristyn e eu estamos tirando *selfies* em grupo com as outras garotas quando a voz entusiasmada de Susie atravessa o jardim e me viro para ver a mãe do Jax falando com a minha.

Um sorriso enorme se abre em meu rosto ao vê-lo parado do outro lado do gramado, com os olhos fixos em mim. Um suspiro escapa da minha boca enquanto os meus olhos o devoram. Meu amigo está tão charmoso. De verdade. Acho totalmente aceitável chamar um garoto de charmoso, especialmente se esse cara for Jax Porter, porque, caramba, ele é.

Começo a atravessar o gramado, indo até ele, meus passos estão pouco firmes. Nós nos encontramos no meio do caminho e ele passa os braços fortes ao meu redor, puxando-me para perto. Ele tem cheiro de Jax, e não há palavras para descrever esse perfume a não ser como inebriante.

O abraço perdura. Afrouxando um pouco, ele me olha dos pés à cabeça. A língua sai para umedecer os lábios.

— Você está muito graciosa, Lil. — Sua voz grave penetra minha pele, causando arrepios.

— Você também. Quer dizer, bonito. Você está muito bonito. — Ok, então eu não posso chamar um garoto de "gracioso" na cara dele.

— Obrigado, Little. — Os lábios de Jax se esticam em um sorriso irônico ao me olhar.

Algo em sua expressão está diferente, quase hesitante.

— Sorriam! — Minha mãe também sorri, enquanto toca a tela do iPhone.

Nós nos viramos em direção ao clique rápido do telefone, com a expressão radiante da minha mãe espiando por trás da capinha cor de rosa. Os braços de Jax recuam de detrás das minhas costas e apertam os meus de leve antes de ele me soltar.

Depois de uma infinidade de fotos, entramos na limusine que nos levará para o jantar. No restaurante, todos conversamos animados enquanto aguardamos a comida, exceto Jax. Ele está quieto, uma mudança estranha da sua vivacidade de sempre.

Meu joelho esfrega o dele, e aperto seu antebraço.

— Você está bem?

Seu olhar encontra o meu, e vejo múltiplas emoções ali.

Pergunto-me se algo aconteceu antes de ele chegar lá em casa. Às vezes, Jax fica com um humor quieto, o que normalmente é resultado de uma briga com o pai. O senhor Porter é um bom homem, mas é duro com os filhos.

um amor *bonito*

Quer que Landon e Jax sejam os melhores em tudo e nunca parece ficar feliz com as conquistas deles. Nada é suficiente para ele, o que é muito irritante.

Ao segurá-lo pelo braço, tenho a sensação de que seu humor não é resultado de uma briga com o pai. Algo está errado, mas não tenho certeza do quê.

Ele abaixa a cabeça e beija minha testa.

— Estou bem.

— Promete?

— Prometo.

A garçonete coloca o hambúrguer na minha frente. Examino o delicioso conteúdo do prato, percebendo que ela esqueceu o molho *ranch*. Não posso comer batatas fritas do Red Robin sem aquele molho divino. Abro a boca para pedir, mas antes de dizer a primeira palavra, Jax coloca seu copinho de plástico no meu prato.

Fecho a boca, viro o rosto para ele e sou cumprimentada por uma piscadela.

— Obrigada.

— Disponha.

Durante o jantar, o temperamento de Jax se transforma de novo em algo que lembra seu comportamento de sempre. Eu o pego lançando uns olhares pensativos na minha direção enquanto morde o hambúrguer. Mas, além disso, ele parece mais consigo mesmo. Conversa e brinca com o resto do grupo.

Chegar à recepção do hotel é uma experiência divertida. Já fui a vários jantares chiques com Jax e a família dele por conta de suas conexões no mundo dos negócios, mas o baile é diferente. Pode ser a extravagância no uso de balões. Arcos gigantes deles envolvem a pista de dança no meio da sala. Outros grandes conjuntos estão em cada canto com arcos menores espalhados, que eu suspeito serem cenários para as fotos. O tema do baile esse ano é *O Mágico de Oz*, e eu sorrio ao entrar na estrada de tijolos amarelos e reluzentes feitos de papel que levam à pista de dança. Para o lado, está um enorme e brilhante sapato vermelho, onde vejo algumas garotas sentadas para uma sessão de fotos.

Seguro a mão do Jax.

— Ah! Vamos tirar uma foto no sapato! Kristyn, você tira pra gente?

— Claro — ela responde.

Abrimos caminho até lá e esperamos nossa vez. Quando as meninas da nossa frente terminam suas *selfies*, Jax e eu subimos. Ele se senta atrás de mim e envolve os braços ao redor da minha cintura. Inclino-me para ele e abro um sorriso largo, segurando a mão que repousa na minha barriga.

Viro-me para poder ver o seu rosto.

— Obrigada por me trazer ao baile, Jax.

Um sorrisinho se espalha em seu rosto.

— Eu não gostaria que fosse diferente, Lil.

Nós nos encaramos por um momento antes de a voz de Kristyn quebrar nossa névoa de felicidade.

— Podem tirar uma nossa agora?

Pigarreio.

— Hum... sim, claro.

O ritmo acelerado da música sai pelos alto-falantes e sou toda sorrisos ao dançar com Kristyn e algumas das outras meninas sob os arcos de bola gigantes. Olho para nossa mesa, e vejo o olhar de Jax em mim. Ele desvia o olhar, girando um pouco de ponche no copo de plástico. Observo enquanto ele continua a encarar o resto da bebida no fundo do copo, muito concentrado. Algo definitivamente está errado com ele hoje à noite.

Ele está chateado por não estar aqui com uma namorada?

Já faz um mês que terminou com a última, o que lhe deu bastante tempo para encontrar outra garota, o que ele não fez.

Não, não podia ser isso. Ele foi sincero quando disse que estava feliz por estar aqui comigo.

Então o que é? Está agindo estanho, o que é preocupante.

Digo às minhas amigas que já volto e vou até ele.

— Vamos dançar! — Estico-me, pego sua mão e puxo. — Vamos lá. Você ama dançar. Por que está sendo um estraga-prazeres?

Jax ri e segura minha mão, seguindo-me até a pista de dança. A expressão preocupada em seu rosto se desmancha enquanto nos movemos com a música.

Dou um gritinho de empolgação assim que a batida alta muda para a melodia suave da minha nova música lenta favorita que tem tocado bastante na rádio.

— É a minha música, Jax. — Passo os braços por seu pescoço.

— Eu sei, Lil. Estou com você todo dia e você surta toda vez que ela toca. — Ele passa os braços pela minha cintura, puxando-me para perto.

— Eu não surto.

— Hum, sim... Você surta, sim.

um amor *bonito*

29

— Tudo bem, talvez um pouco. — Eu rio. — Fazer o quê?

As mãos quentes de Jax repousam na minha pele exposta pelo decote baixo das costas do vestido, fazendo um calafrio correr pela minha espinha. Estou ciente de tudo nele quando apoio a cabeça em seu peito. Posso ouvir as batidas do seu coração através do tecido macio da sua camisa e esse simples som me dá um friozinho na barriga.

Ao que parece, Jax não é o único agindo estranho hoje à noite. Tenho noção dos meus problemas, e eles estão todos centrados na reação do meu corpo a esse gostoso em quem estou colada no momento. Não sou alheia à sua beleza e charme. Ainda assim, nunca estive tão *consciente* de... dele. Sempre soube das qualidades atrativas em Jax, mas costumo ser capaz de tirá-las da cabeça.

Mas hoje?

Hoje, mal consigo respirar direito com seus braços ao meu redor, o que é enlouquecedor.

Por que estou reagindo assim?

Quero pôr um fim a essa traição louca que meu corpo está cometendo, mas não posso. A atração é tão forte que está além do meu controle. Mas preciso controlá-la. Não há opção. Meus hormônios de dezessete anos podem ter partido para o tudo ou nada, mas me recuso a seguir esse caminho. Nada vale deixar as coisas ficarem estranhas com Jax. Com certeza, deixar minha atração maluca transparecer vai deixar tudo estranho e não vou fazer isso.

Ouço as três primeiras notas de *Can't Help Fallin in Love*, do Elvis, e dou outro gritinho bem quando Jax me puxa para perto. Minha mãe é uma grande fã do Elvis, e Jax e eu dançamos essa música mais de cem vezes na nossa vida. É uma das minhas favoritas. Não consigo deixar de amá-la, amar a beleza atemporal retratada em cada nota e letra. Aperto ainda mais os braços ao redor do pescoço de Jax. A gente está colado um no outro, movendo-nos por instinto junto com a música que tem um lugar especial na nossa vida.

Um sorriso se espalha pelo meu rosto.

— Não acredito que eles tocaram essa música.

— Eu pedi. Deixei bem claro para o DJ que a minha Little tinha que dançar essa hoje.

Meu coração se enche ainda mais de amor pelo meu doce amigo.

— Obrigada. — Deito a cabeça em seu peito. Fecho os olhos e canta-rolo a canção.

ELLIE WADE

Estamos no nosso próprio mundinho na pista de dança, e estou tão feliz que parece que estou andando nas nuvens.

Jax e eu ainda estamos abraçados, dançando outra melodia, quando Ben surge atrás de nós.

— Ei, gente, vamos dar o fora daqui.

— E o que devemos fazer? — Kristyn pergunta, quando estamos do lado de fora do salão.

Já tendo dançado o suficiente, todo mundo do grupo concordou que deveríamos sair elegantemente mais cedo. Ficaríamos com a limusine até uma da manhã, então tínhamos três horas para matar antes de encerrar a noite.

— Ele podia nos levar para South Haven — sugeri.

A praia de areia branca no Lago Michigan é o lugar a que Jax e eu mais gostamos de ir no verão.

O grupo murmura em aprovação, e entramos na limusine. Com a música alta, dançamos no assento e conversamos até pararmos no estacionamento na beirada da praia.

Descemos do carro.

— Pera. Vamos deixar os sapatos aqui — sugiro, e me abaixo para soltar a fivela. Amo a forma como a areia macia se infiltra entre os meus dedos.

— Ok — Jax concorda. Ele tira os sapatos e as meias, depois enrola a barra da calça.

Está um pouquinho frio. A falta do sol junto do ar fresco da água que sopra na praia me deixa arrepiada. Jax me empresta o casaco e eu subo a barra do vestido, seguro com uma das mãos enquanto caminhamos pela areia gelada. Os outros casais já se dispersaram, não mais visíveis para mim sob brilho fraco da lua refletida na água.

— Então é assim que é um baile? — pergunto, passando o braço pelo do Jax.

— Não, esse foi muito mais legal do que os outros a que eu já fui.

— Não acredito. Você está dizendo por dizer. — Dou uma cotovelada nas suas costelas.

— Não, não estou. É sério. É claro que esse é melhor. Estou com você. Você deixa tudo mais divertido.

— Bem, se eu tivesse ido a algum baile antes… tenho certeza de que esse seria melhor também. Está tudo bem? Você está se sentindo bem? Está mais quieto hoje.

— Está tudo bem sim.

um amor bonito

— Promete? — pergunto, baixinho.

Eu o conheço melhor do que ninguém e sei que ele não está falando a verdade, mas não vou insistir se ele não quer tocar no assunto.

— Sim. Estou bem, Lil. — Ele aperta a mão que está presa em seu bíceps.

— Ok. — Tiro o braço do dele e puxo o vestido mais para cima, assim ele fica sobre os meus joelhos. — Corrida pela água?

Rindo, ele diz:

— O que você quer apostar?

— Apenas o direito de se gabar. — Dou um largo sorriso, e conto rapidamente: — Um. Dois. Três. — Chapinhando pela água, eu disparo, rindo e gritando por causa do frio do mar.

— Sua trapaceira! — ele berra.

Ouço-o chapinhando atrás de mim.

Corro pelo lugar em que a areia da praia encontra a água rasa. Está dolorosamente frio, e meu pé está ficando dormente.

— Frio, frio, frio — eu canto.

Os braços de Jax me agarram para trás, puxando-me para o seu peito e ele me ergue para fora da água como se estivesse me carregando pela porta de casa. Seus dentes ainda tiritam enquanto ele sussurra com a voz rouca em meu ouvido:

— Essa não valeu, sua traidorazinha.

Eu rio, apesar dos tremores.

— Sim, conta sim. Meu desafio, minhas regras.

— Tudo bem. Mesmo com essa sua trapaça, eu a peguei e poderia muito bem ter te passado, então eu venci. — Ele me carrega para fora da água e me deixa na areia fria.

— Tudo bem, você venceu. Conseguiu me alcançar muito rápido.

Ficamos parados na areia seca. Meu corpo treme quanto volto a sentir meus pés depois daquela água congelada. Ele me puxa em sua direção, envolvendo os braços com firmeza ao meu redor e esfrega minhas costas.

Apoio a cabeça em seu peito.

— Grrr. Vai demorar muito até podermos nadar de verdade aqui, né?

A água do Lago Michigan é impraticável para nado até julho.

— É.

Ele me segura firme e dá um beijo suave na minha têmpora. Ficamos quietos por um momento até que ele solta:

— Posso te beijar?

Jogo a cabeça para trás e estudo seu rosto. Minha voz está trêmula quando digo:

— O quê?

Isso é tão estranho. Não sei bem o que está acontecendo ou o porquê, mas sei que eu gosto.

Meu foco vai para os lábios do Jax enquanto ele fala, atrapalhando-se com as palavras:

— Esquece. Nem sei por que perguntei. Só estava pensando que...

O instinto me domina e minhas mãos se movem por conta própria, puxando o pescoço de Jax até seu rosto estar perto o suficiente para meus lábios cobrirem os dele. Nossas bocas se encontram, e a conexão envia uma corrente de emoções por mim. É uma sensação nova, muito poderosa e estimulante, e eu quero mais.

O beijo é lento e hesitante de início. Escovo os lábios pelos dele devagar, sentindo a plenitude de tê-lo se movendo no mesmo ritmo que o meu. Quando sua respiração necessitada se mistura à minha, ela me preenche com uma fome inebriante. Gemo em sua boca ávida, e seus dedos se enroscam nos cachos do meu penteado. Ele me puxa para mais perto ao me presentear com a invasão da sua língua e quero explodir porque a sensação é quase demais. Lambo e provo todos os espaços da sua boca enquanto o sangue corre febril por minhas veias. Seus lábios puxam os meus e continuo beijando, lambendo, sugando e provando tudo o que é o Jax.

Meu Jax.

Estou beijando o Jax, e isso é mais do que já ousei imaginar. Não deveria ser surpresa que a experiência vai além da perfeição, porque é isso o que ele é para mim.

Perfeição.

Nossos joelhos desistem e nós caímos na areia. Choramingo em sua boca quando minha língua continua a dança perfeita com a dele. Quando percebo, estou deitada na areia e ele está sobre mim. Um cotovelo está servindo de apoio e a outra mão está explorando meu rosto, pescoço e cabelo. Minhas mãos imitam a dele, explorando seu rosto.

Ele me queima com o toque. Não é uma queimadura de dor, é de desejo. Desejo é uma sutileza. Eu nunca quis nada na vida como quero o Jax agora.

O frio de antes se foi. Nem sequer reconheço o ar gelado. Não sinto nada além de satisfação enquanto minha boca continua a ser consumida pela dele.

um amor *bonito*

À distância, ouço a buzina de um carro, três bipes rápidos em sequência. Levo um momento para perceber que o som deve estar vindo da limusine e que nosso tempo aqui está se encerrando.

Ele afasta os lábios dos meus e acho que ouço um protesto escapar de nossos lábios. Ele apoia a testa na minha, e lutamos para acalmar a respiração.

— Hum, Jax? — Minha voz está rouca e necessitada através dos ofegos.

— Sim?

— Isso foi...

— Sim.

— Acho que deveríamos voltar para a limusine agora — sussurro.

Ele suspira.

— Sim.

Ao ficar de pé, ele me oferece a mão. Jax me puxa e começamos a limpar a areia da roupa. Entrelaçamos os dedos e voltamos para a limusine em silêncio, perdidos em pensamentos.

Do lado de dentro, a música toca nos alto-falantes, mas a atmosfera está diferente do que estava no caminho para a praia. Todo mundo está quieto. Cada casal fica na sua nos quarenta e cinco minutos de viagem de volta para a cidade. Ouço o som de beijos ao nosso redor, mas continuo enrolada ao lado do Jax, seus braços abraçando os meus ombros.

Não é hora nem lugar para discutir o que aconteceu, e sou grata por isso. É claro que Jax e eu vamos falar do assunto, mas, com essa conversa, sei que uma mudança virá. Pode tornar minha vida infinitamente melhor ou pior, e seja lá qual for o lado da moeda, estou morrendo de medo.

Três

O que dizer daquele beijo?

Aquele beijo foi... maravilhoso. Para começar, foi impressionante. Nunca fui beijada daquele jeito. Okay, eu nunca fui beijada, ponto. A menos que você conte beijos babados de garotos de treze anos quando brincávamos de Verdade ou Consequência. Mas eu não conto. Aqueles beijos não estão nem no mesmo universo que o do Jax.

O que aquilo significa? Ele me vê mais do que como uma amiga? Foi apenas curiosidade? Hormônios descontrolados? Ele quer repetir?

Sentada ali, apoiada no peito de Jax, percebo que quero que ele queira fazer aquilo de novo, porque Deus sabe que eu quero. Mas talvez não devesse. É só que aquele beijo despertou emoções em mim que nunca soube que existiam. Seus lábios criaram um desejo ardente quase doloroso de senti-lo novamente.

O caminho de volta da praia parece durar uma eternidade, mas, enfim, chegamos à minha casa, onde todo mundo tinha deixado o carro. Jax e eu damos tchau para os nossos amigos e ficamos na entrada observando a limusine se afastar.

Respiro fundo.

— Então...

— É... — Jax responde. Mais alguns momentos desconfortáveis de silêncio se passam. — Quer ir ao Denny's?

Penso por um momento.

— Não, estou meio cansada. Quer conversar lá dentro?

— Sim, claro.

Contornamos os fundos da casa, tendo o cuidado de não pisar nas flores da minha mãe. Deslizo a porta de vidro que dá para o quintal e entramos no porão escuro e silencioso. Acendo a lâmpada e assisto ao Jax tirar o paletó do smoking e jogar a peça no braço do sofá de couro. Ele faz o mesmo com a gravata. A camisa branca já está solta por cima da calça preta.

— Já volto — aviso.

Jax concorda, vai até o frigobar e pega uma garrafa d'água.

Quando volto, usando legging e camiseta, ele está sentado no sofá com os pés esticados para frente. Em uma mão está a garrafa; na outra, o controle remoto. Distraído, ele vai trocando os canais de TV com uma expressão atordoada. Parece tão crescido e sexy. O cabelo escuro está despenteado, mas perfeito ao mesmo tempo. A camisa está amassada de onde foi presa na calça. Sempre soube que Jax é excepcionalmente lindo, mas minha pulsação nunca se acelerou desse jeito quando olho para ele. É como se aquele beijo tivesse levado minha atração por ele à hipervelocidade. É difícil até olhar para o cara agora e não querer seus lábios nos meus.

Quando me vê, Jax sorri e coloca a TV no mudo. Eu me jogo do lado dele, cruzando as pernas debaixo de mim.

— Então, acho que temos que falar do beijo — ele sugere.

— Sim, acho que sim. — O som do meu sangue correndo pelas veias pulsa em meus ouvidos, e percebo que estou nervosa. Não tenho ideia do que Jax dirá e estou com muito medo de descobrir. Parte de mim quer que ele confesse seu amor eterno e a outra parte quer voltar para onde estávamos ontem, simplesmente Jax e Lily, sem o estranho ar de intimidade entre nós.

— Olha, Lil, não sei o que dizer. Não tenho certeza do que aconteceu. Você estava tão linda hoje. Não me entenda mal. Você está sempre linda. É que alguma coisa em você hoje me afetou de verdade e eu precisava te beijar. Eu precisava sentir fisicamente seus lábios nos meus. Sei que parece loucura. Estou fazendo algum sentido? — Suas palavras saem apressadas.

— Acho que sim. O que o beijo significa para nós? — pergunto, em voz baixa.

Jax me encara, segurando minhas mãos nas suas.

— Não tenho certeza. Não precisa significar nada se não quisermos.

Meu coração se aperta com aquelas palavras e sei que, lá no fundo, eu queria que significasse algo.

— Em primeiro lugar, temos que pensar na nossa amizade. Faz sentido que nos sintamos atraídos um pelo outro. Eu te amo por toda a minha vida.

Você é linda e, obviamente, uma garota. — Ele para, brindando-me com um sorrisinho adorável e sexy. — Então seria estranho se eu não te achasse atraente, certo? Embora isso não signifique que nós tenhamos que fazer algo. O que você está sentindo?

— Você está certo. — Sobre qual parte, eu não sei.

— Acho que nós devemos apenas dizer que, como dois amigos que acham um ao outro atraentes…

Eu o corto bem ali:

— Ei, não me lembro de dizer que te acho atraente — brinco, cutucando-o nas costelas.

Meu comentário tem o efeito desejado. Ele ri e observo seu corpo relaxar.

— Não, você está certa. Você não disse. Então você não está nada atraída por mim? — Sua voz é hesitante e tenho medo de ter ferido seu ego.

— Talvez um pouco, mas não vamos saltar para conclusões. — Dou um largo sorriso.

Ele me dá outro, malicioso, e os olhos verdes brilham para mim. Ele é tão sexy que mal consigo controlar meus hormônios recém-descobertos.

— Sim, eu sabia. Ok, de volta ao que eu acho. Como dois amigos que acham um ao outro atraentes, talvez um de nós mais do que o outro — ele fecha os lábios e a boca se torce em um sorriso presunçoso ao inclinar uma sobrancelha na minha direção —, acho que é normal que nós também desejássemos uma conexão física, especialmente hoje com toda essa coisa do baile; sabe, com as roupas, a dança e tudo. Mas só porque nos achamos atraentes não significa que temos que mudar algo no nosso relacionamento. Você é a pessoa mais importante da minha vida e eu valorizo nossa amizade acima de tudo. Eu nunca faria nada para comprometer o que temos. Conheço todo o drama e a parte ruim dos relacionamentos e nunca iria querer isso com você. Então acho que devemos dizer que tivemos um maravilhoso… tipo, um beijo muito intenso, mas precisamos voltar ao normal. Não acha?

Eu acho? Não tenho tanta certeza.

Minha cabeça diz que ele está certo, que foi direto ao ponto com o argumento. Um relacionamento mudaria tudo. *Não mudaria?* Parece que seria o caso, e nunca valeria a pena perder uma parte do que faz de nós… nós.

Temos sido o par perfeito desde antes que eu possa lembrar. As pessoas raramente falam de um de nós sem mencionar o outro. Sempre estivemos de mãos dadas. Não acho que seja só pelo fato de termos sido criados juntos. Cresci com as minhas irmãs e, embora eu as ame muito, nós não temos o que Jax e eu temos. O que temos é a certeza absoluta de duas almas nascidas nesse mundo para completar o outro com perfeição. Tudo o que Jax é e tudo o que ele faz é exatamente do que eu preciso. Ele é meu centro quando necessito. Ele pode me fazer rir como mais ninguém. Me faz sentir importante, bonita e querida todos os dias. *Melhores amigos* não é um título que começa a resumir a importância da nossa relação. Não sei que título resumiria. O mais perto que posso chegar é *alma gêmea*, se tal rótulo pudesse funcionar em um relacionamento sem a parte física.

Então, se tudo o que Jax está dizendo faz total sentido, por que estou com essa dor desesperadora no meu peito? Por que meu coração está apertado com um tanto de pânico pelo pensamento de nunca mais sentir os lábios de Jax nos meus? Meu lado racional sabe que um relacionamento bagunçaria tudo. Eu sei. *Ainda assim é horrível eu querer assumir o risco?* Se somos tão conectados como amigos, imagine como seria se fossemos tão íntimos quanto um casal. Não tenho dúvidas de que teríamos a conexão sobre a qual as pessoas escrevem livros.

Mas vamos encarar... casaizinhos de escola não duram. Nunca duram.

Estou disposta a pagar para ver o que acontece?

Não, acho que não estou. Se o preço for perder o Jax, então nenhuma conexão física, apesar de arrasadora , vale a pena.

— Lil? — O sussurro rouco de Jax interrompe meus pensamentos.

Pigarreio, querendo que o amontoado de emoções paradas na minha garganta se desfaça.

— Não, você está certo. Bagunçaria tudo e não valeria a pena. — Obrigo minha voz a permanecer calma quando, por dentro, eu sinto tudo menos isso. Quero gritar pela injustiça da situação. Quero chorar pela perda de algo que nunca tive, algo tão monumental que a ideia de não ter mais está partindo meu coração.

— Ok, bom. Então está decidido. Quer ver um filme?

— Quero, é uma boa.

Observo Jax passar os canais de filmes e colocamos em um que é de um homem tipo gladiador com um corpo muito malhado lutando em um mundo fictício do passado.

Ele me puxa para perto. Aninho-me na curva do seu braço, descansando a cabeça em seu peito. Jax passa o braço ao meu redor, abraçando-me apertado. Inalo sua essência, o cheiro familiar do seu corpo limpo e perfumado.

Como todo o resto, é esmagadoramente perfeito. O cheiro me envolve em um cobertor de necessidade. Fecho os olhos para bloquear tudo. Foco a escuridão por debaixo das minhas pálpebras, o som da minha respiração e a sensação do meu coração batendo. Concentro-me no ritmo calmo do sangue correndo por minhas veias e no vazio do nada onde meu coração ainda não tem consciência da sensação dos lábios do Jax nos meus. Nesse vazio, eu sou ingênua e alheia, e é bem onde eu preciso estar.

O brilho suave da manhã me encontra desacordada no sofá. O perfume de Jax se foi. Estou deitada de lado com um cobertor ao meu redor. Com a mão, toco os lábios. Fecho os olhos, lembrando o beijo na praia.

Argh. Engole isso, Lily. Supere logo.

Ouço o som suave de passos nos degraus acarpetados que levam ao porão.

— Aí está você. — A voz animada da Keeley ecoa na sala silenciosa. — Então, como foi? — Ela se joga na poltrona perto de mim.

Eu me sento, envolvendo o cobertor ao meu redor.

— Foi bem divertido. — Dou detalhes do jantar, do baile, do passeio de limusine até a praia.

Pulo o beijo, sem a mínima vontade de compartilhar aquele momento com alguém. Se esse vai ser o único beijo que vou receber do Jax, guardarei a memória completa, para tê-la sempre comigo. Tenho certeza de que estou sendo mega dramática, mas não consigo ver como se supera isso. Posso precisar ser puxada dessa memória por bastante tempo ainda.

Pego o pesado livro de cálculo antes de fechar o armário. Sinto-o se aproximar antes de eu me virar. O nervosismo recente que vem quando ele está perto dança pela minha barriga. Respiro fundo e giro para encarar seus olhos verdes e penetrantes.

— Ei — cumprimento, com indiferença forçada.

Começo a percorrer o corredor, indo em direção à sala do senhor Brown, onde Jax e eu nos sentamos todos os dias para suportar o horror que é a aula de matemática. Ok, só é horrendo para mim, porque não faz sentido nenhum. Eu me sento na aula todos os dias, queimando meus neurônios, enquanto me pergunto por que, pelo amor de Deus, eu tenho que aprender esse blá, blá, blá. Ninguém é capaz de me apontar uma situação em que eu vá precisar dessa porcaria.

Jax caminha ao meu lado.

— Então, tudo certo para hoje à noite?

— Mas é claro. Sabe, acho que o único que vale a pena ver, e que ainda não vimos, é aquele do cara que volta da guerra e procura por um amor do passado. — Para ser honesta, parece romântico demais até para mim.

Essa semana, as coisas têm estado normais entre Jax e eu. Nossa rotina semanal não mudou. Temos muitas aulas juntos, então nos vemos bastante durante o dia. Almoçamos juntos e estudamos na casa de um ou do outro à noite.

Hoje vamos ao nosso encontro semanal de sexta-feira à noite e tudo parece bem normal. Ainda que, para mim, não esteja. Todas as minhas interações dessa semana foram forçadas. Não é que eu não goste de estar com o Jax, mas agora gosto de estar perto dele de um jeito diferente, e preciso superar isso.

— É. Na verdade, parece ser bom e está recebendo boas avaliações. Quer ir jantar em algum lugar antes? — O timbre profundo da sua voz causa uma epidemia de arrepios em meus braços.

— Quer saber? Vamos jantar no cinema. Já tem um tempo que não fazemos isso. — Minha voz está animada enquanto penso na pipoca com manteiga extra, nachos e M&Ms de amendoim que comeremos no jantar. É bem o que eu preciso para perder o medo: uma refeição de açúcar e carboidratos misturada com química e conservantes.

Jax ri.

— Ok, mas lembre-se de que da última vez que fizemos isso, você passou mal depois.

A lembrança da barriga inchada e do enjoo total que acompanhou a experiência volta com força. Ok, então talvez a ideia do jantar tenha mais apelo que o jantar em si. Jax está certo. A última coisa que preciso sentir, além do mal-estar que já permeia cada poro, é mal-estar.

— Você está certíssimo. Subway?

Ele ri, balançando a cabeça.

— Pode ser.

— Você prefere morar com um serial-killer em uma ilha deserta ou passar o resto da vida nu em um lixão? — pergunto, do meu lado da mesa no Subway.

Os lábios do Jax soltam o canudo do refrigerante e se abrem em um sorriso.

— Ok, mas se eu estiver em um lixão, não acha que consigo encontrar algumas roupas velhas? Por que eu teria que ficar nu?

Bato na mão dele de brincadeira.

— Só responda.

— Eu viveria na ilha. Mataria o assassino antes de ele chegar até mim e viveria o resto da vida descansando na praia, bebendo água de coco. — Seus lábios formam um sorriso largo, que se transforma em algo mais pretensioso — Ok, você prefere lamber os dedos dos pés de um estranho ou colocar a roupa íntima de um estranho na cabeça depois que ele correu uma maratona?

— Eu teria que colocar a roupa íntima ao redor do rosto ou pode ser apenas no cabelo?

— Sei lá. Acho que em volta do rosto.

— Eu lamberia os dedos do estranho, depois vomitaria e escovaria os dentes. — Sim, parece a melhor escolha. — Ok, você prefere ir nu para a escola todos os dias ou transar com a moça da cantina?

— Aquela velha gordinha que está ficando careca? — Jax sorri. — Claro que eu iria nu para a escola todos os dias. Caramba, eu estaria fazendo um favor para a escola.

Ele ergue a sobrancelha com malícia, e eu rio.

— E, a propósito, por que estou sempre nu nesses cenários?

Sinto minhas bochechas queimarem.

— Cala a boca e anda logo.

— Vejamos. Você prefere comer uma colher de chá de cocô ou tomar um banho de uma hora em uma banheira cheia de bosta?

— Eca! Que nojento. Acho que não conseguiria ficar rodeada de cocô por uma hora, então provavelmente vou tentar a sorte comendo.

um amor bonito

— Que nojo, Lily. Não consigo acreditar que você comeria cocô. — Jax está me olhando com sua melhor tentativa de cara cheia de desgosto.

— Ah, cale a boca. Você prefere dormir com o amor da sua vida uma vez e nunca mais vê-la ou poder vê-la todos os dias pelo resto da vida através de um vidro e nunca ser capaz de tocá-la?

— Por que não a verei mais? Ela está morta? De que tipo de vidro estamos falando? E por que existe um vidro entre nós?

— Jax, você nem sempre vai conseguir explicações, sabe? Não é assim que funciona.

— Sim, mas eu não entendi a sua pergunta. Preciso de respostas para tomar uma decisão consciente.

— Ótimo. Ela não morre. Só se muda para a... Antártica.

— Por que a Antártica? Não acha que ela poderia encontrar um lugar melhor para onde se mudar?

Suspiro.

— Talvez ela estude pinguins e goste muito de lá. Chega. Enfim, a coisa do vidro... Acho que ela está na prisão, então você só poderá vê-la através do vidro e falar com ela ao telefone.

— Por que ela está na prisão? O que ela fez?

— Jax! — reclamo.

— Estou apaixonado por uma assassina ou ladra de banco? Assim, isso mudaria meu ponto de vista e minha possível resposta.

— Não sei. Está bem. Talvez seja você na prisão por correr nu na escola, exposição indecente e tudo o mais.

— Lá vai você, me deixando nu de novo, Lil. Tem alguma coisa que você queira me dizer?

Faço uma bolinha com um guardanapo e jogo nele.

— Brincadeira. Mas você acha de verdade que eu teria problemas por mostrar esse corpo? Tipo, sério mesmo?

— Ninguém disse que os cenários tinham que fazer sentido. — Balanço a cabeça e abro um sorrisão. — Ok, tudo bem, você roubou um banco, nu e, quando estava saindo de lá, atravessou a rua sem olhar, chutou uma velhinha na canela e então jogou uma pedra na vitrine de uma loja antes de roubar um carro, atravessar o sinal vermelho e levar os policiais em uma perseguição de alta velocidade por oito quilômetros. Então, agora você está na prisão por roubo, exposição indecente, atravessar sem olhar, assalto, vandalismo, roubo, violações de trânsito, alta velocidade e resistir à prisão.

ELLIE WADE

Basicamente, você é um completo idiota. Agora, responda à pergunta.

A risada profunda do Jax ressoa por todo o Subway.

— Ok, beleza. Eu dormiria com ela uma vez e depois a perderia, porque acho que seria pura tortura ter que vê-la todo dia, mas nunca ser capaz de estar com ela de verdade. Assim, pelo menos eu a teria mais uma vez.

Aceno para a resposta.

— Ok, você prefere ter que assistir seus pais fazendo aquilo todo dia pelo resto da sua vida ou se juntar a eles uma vez e nunca mais ter que vê-los fazer de novo?

Quase engasgo com o pedaço do sanduíche de peito de peru que estava mastigando. Pressiono a mão na boca e tusso violentamente enquanto tento desalojar o pedaço de alface preso na minha traqueia. Meus olhos lacrimejam e tomo um gole de refrigerante.

— Jax Porter, isso é nojento e eu não vou responder. Nojento!

O sorriso dele se abre ainda mais.

— Bem, Lil, quando você joga isso com alguém por anos e sabe tudo sobre a pessoa, tem que ficar criativo com as perguntas. Você precisa responder. São as regras.

— Não existem regras.

— Sim, existem, e a número um é que você deve responder — diz, sem mais.

— Ah, legal. Não existem regras, mas tudo bem, eu assistiria. Nunca me juntaria a eles. Nojento. Acho que, nesse cenário imaginário, se eu fosse forçada a vê-los todos os dias, então, em algum momento, eu ficaria imune a essa nojeira e o ato perderia a importância. Seria tipo ver a minha mãe fazer café ou algo do tipo.

Jax ri.

— Sim, tenho certeza de que seria igualzinho fazer café.

Embrulho o restante do sanduíche, já que perdi o apetite.

— Pronto? Acho melhor irmos andando. Além disso, acho que você estragou esse jogo para mim por um tempo.

— Quanto tempo dura "um tempo"? Tipo um dia?

— Pelo menos uma semana, sem dúvida. — Sorrio, ficando de pé para jogar meu lixo fora.

O filme é bom. Eu acho. Estou tendo dificuldades para prestar atenção. Meu foco está no joelho do Jax, que descansa contra o meu, e no seu braço ao lado do meu no apoio da cadeira. Quando não consigo mais lidar

um amor *bonito*

com a sensação, movo o braço para o meu colo. Cruzo as pernas, para que não toque mais na dele, mas a perna de baixo fica balançando com nervosismo. Então o calor da sua respiração me atinge na orelha quando ele se inclina para me dizer algo sobre o filme ao qual não estou assistindo.

Apoio a cabeça contra a parte de trás do assento e fecho os olhos. Minha mente passa uma memória após a outra de momentos inocentes que tive com meu melhor amigo. O filme chamado *A amizade de Jax e Lily* passa na minha cabeça, lembrando-me da importância da nossa relação.

Vejo tudo com clareza, cada momento maravilhoso.

Jax e eu jogando pique-bandeira com minhas irmãs quando tínhamos oito anos.

Brincar de esconde-esconde nos campos de milho.

Vestir Jax com os meus vestidos para jogarmos meu jogo favorito de quando tínhamos seis anos.

Piqueniques debaixo do nosso carvalho favorito no campo atrás da minha casa.

Decidir fazer biscoitos para o Dia das Mães quando tínhamos dez anos, mas ver a coisa toda se transformar em uma guerra de comida. O olhar no rosto da minha mãe quando entrou na cozinha, que estava coberta de cima a baixo de farinha, enquanto Jax e eu estávamos lá parados, como dois culpados fantasmas cheios de pó.

Deitar no trampolim em uma noite quente de verão, vendo as estrelas e fazendo as perguntas do nosso jogo Você Prefere até não conseguirmos mais ficar de olhos abertos.

Tenho tantas memórias de crescer com Jax. Ele está embutido em todas as lembranças e cada uma traz um sorriso ao meu rosto.

Pulo quando ele fala contra o meu ouvido mais uma vez:

— O filme está te deixando tão entediada assim?

Leva um momento para eu perceber que ele está se referindo ao fato de eu estar sentada aqui de olhos fechados. Abro os olhos e lanço um sorriso tímido para ele antes de me voltar para a tela em um esforço fingido para prestar atenção.

A noite estava quente, o que indica que o verão está logo ali, o verão antes do meu último ano. Entro no novo Durango do Jax, um presente de dezoito anos adiantado. Prendo o cinto e o carro começa a se afastar do cinema.

Jax dirige em silêncio por alguns minutos, antes de entrar em um estacionamento vazio de uma loja de departamento e desligar o carro.

Olho para o local escuro lá fora.

— O que estamos fazendo?

— Vamos conversar.

— Ok… — falo devagar.

— Eu andei pensando bastante. — Jax se interrompe.

— Em quê? — insisto.

— No beijo.

Suspiro. *Você está ensinando o padre a rezar a missa, amigo.*

— O que tem ele?

— Que quero muito repetir a dose de novo, de novo e de novo.

Caramba. Uau.

— O que você tem a dizer sobre o assunto? — A voz dele é suave, hesitante.

— Tenho que dizer que pensei na mesma coisa, tipo, a semana inteira — admito.

— Eu também. Sério, não consigo parar de pensar nisso. Lil, não sei o que fazer. Sei que já falamos disso e decidimos o que achamos ser melhor. Mas por que não consigo tirar o que aconteceu da cabeça? Talvez devêssemos tentar essa coisa de relacionamento.

— Sério? — Não consigo evitar a empolgação que ouço na minha voz. — Mas e aquilo de bagunçar tudo e tal?

— Eu sei. Eu pensei nisso. Muito. E aqui está o que eu acho: nós dois juntos não seria como nada que já experimentamos. Sim, a maioria dos meus relacionamentos foram irritantes e cheios de drama, mas não eram com você. Percebi que ficar com você nunca seria assim. Você nunca me irrita e nossa amizade nunca teve drama. Então, por que seria diferente? Não posso comparar o que vivi com as outras com o que viveria contigo. Você é a minha Lily. Não há comparação.

— Não quero fazer nada que arrisque nossa amizade. Eu não posso te perder. — Minha voz embarga quando penso em uma vida sem o Jax.

— Não perderá. O negócio é o seguinte. Nosso relacionamento seria construído sobre uma amizade de quase dezoito anos. Se nossa relação romântica

um amor *bonito*

não funcionar, então acabamos essa parte, mas ainda teremos nossa amizade. Sempre teremos um ao outro nesse ponto, não importa o que aconteça. Temos amor e respeito demais um pelo outro para perder nossa amizade por completo. Sério mesmo, eu não consigo ver isso acontecendo. Você consegue?

Penso em suas palavras e todas fazem sentido. Mesmo se não funcionarmos como casal, poderíamos voltar a ser amigos. Sei que não há nada que Jax possa fazer que mudasse isso. Ele está certo. Nós nunca jogaríamos fora uma amizade de uma vida porque um relacionamento não deu certo. *E se der? Porque poderia.* Nossa atual relação platônica já é maravilhosa.

Fico tonta só de imaginar o que mais poderíamos ser.

— Não, acho que nós sempre seremos amigos.

— Exatamente. Sempre. Nada vai mudar isso. Só temos que prometer um ao outro: se o relacionamento não der certo, voltaremos a ser amigos. Eu posso te prometer isso. Você pode?

— Sim. Com certeza. — Minhas entranhas explodem de felicidade com essa conversa.

Jax solta um suspiro audível.

— Lily, você prefere tentar um relacionamento romântico com seu melhor amigo, sabendo que pode não dar certo e seu coração pode ficar partido ou prefere o lado seguro, protegendo seu coração e mantendo-se somente como amiga, sempre se perguntando como teria sido?

Solto o cinto de segurança e passo por cima do console, colocando as pernas em cada lado de Jax de maneira que eu o esteja montando. Seguro seu rosto entre as mãos, seu olhar penetrante brilha. Trago o seu rosto para o meu e me inclino. Cedendo à necessidade, beijo-o devagar, movendo os lábios nos seus. Sinto a firmeza maleável da boca carnuda e a maneira como ela se mexe com perfeição, no mesmo ritmo que a minha. Entro com a língua, e um gemido ressoa do fundo da sua garganta. O som envia um desejo puro, ardente e fluido pelo meu corpo.

Minha necessidade de ter o Jax chega a limites dolorosos enquanto aprofundamos o beijo. Seus braços me envolvem, apertados; as mãos massageiam a pele das minhas costas enquanto sua língua explora minha boca. Enredo os dedos em seu cabelo curto e sedoso para prendê-lo em mim. Não consigo me cansar disso. Meus lábios latejam, pulsando de prazer. Beijo-o como se fosse minha primeira e última vez. Não quero que acabe nunca.

Na minha vida inteira, nunca estive tão feliz, e sinto que lá é exatamente onde eu deveria estar. Não há outra alma com quem eu gostaria de experimentar isso. Espero ter todas as minhas primeiras vezes com Jax. Não há ninguém que possa me amar e proteger meu coração do mesmo jeito que ele.

Nossas línguas dançam, nossos lábios exploram e nossas mãos sentem, até o veículo estar cheio de uma densa névoa envolta em luxúria. Nossa pele brilha de suor por causa do calor que nos rodeia. Finalmente me afasto, minha boca protestando pela falta de contato. O peito arfa enquanto tentamos regular a respiração. Abro os olhos e fico perdida na expressão de Jax. Seus olhos estão cheios de amor, desejo e felicidade; um espelho dos meus próprios sentimentos.

Em um sussurro rouco, ele indaga:

— Você não respondeu a minha pergunta. Amigos ou mais?

— Mais. Definitivamente mais.

um amor *bonito*

Quatro

Apesar das minhas preocupações, a transição do nosso status de *apenas amigos* para *namorados* não foi grande coisa. A maioria das pessoas não nos olhou duas vezes quando descobriu. Não foi surpresa para ninguém.

No domingo depois do nosso encontro no cinema, minha família foi jantar na casa do Jax. Durante a refeição, nós anunciamos que tínhamos algo a dizer e contamos que estávamos oficialmente juntos.

Todos sorriram.

A mãe do Jax disse:

— Que bom, querido. Você se importa de me passar os legumes?

Landon e Amy, que voltaram para casa da faculdade, começaram a sussurrar entre si no final da mesa e peguei Landon com uma expressão exultante. Ele disse:

— Pode ir me pagando, querida Amy. Venci de forma justa.

Para o que ela respondeu:

— Cale a boca, Landon.

Virei para Jax, que tinha uma expressão confusa, uma que eu tenho certeza de que eu espelhava. Demos de ombros e começamos a rir de imediato.

Foi da mesma forma na escola. A maioria das pessoas reagiu com indiferença. Outras fizeram comentários sobre "já era tempo" e ouvimos vários "finalmente". Ok, então essa decisão monumental nas nossas vidas não era tão monumental assim.

Independentemente disso, eu fiquei com o cara... o cara perfeito.

Mais ainda, tenho um relacionamento que começou em um lugar puro e evoluiu para algo muito significativo. Sei que uma relação como a nossa é rara.

ELLIE WADE

Não consigo imaginar que muitas pessoas possam experimentar algo tão maravilhoso. O amor que compartilhamos é lindo. É o tipo de amor que enche meus pulmões, permitindo que eu respire direito pela primeira vez na vida. É tudo abrangente, e traz tanta clareza e alegria. Preenche-me em lugares que eu nem sabia que estavam vazios.

É o último dia do nosso penúltimo ano no ensino médio.

Estamos no corredor, pois acabamos de sair da aula, os dedos do Jax entrelaçam os meus. Posso sentir seu olhar em mim. Minha pele aquece, um formigar dança por ela enquanto seus olhos me absorvem.

— O quê? — pergunto, quando chegamos ao seu Durango parado no estacionamento dos alunos. Levanto a cabeça para encontrar seu olhar, e me deparo com um sorriso meio torto.

— Nada, Little. Está tudo bem.

— Por que você está me olhando assim? — insisto, sentindo o calor rastejar por minhas bochechas.

Seus olhos vão dos meus para os meus lábios e vice-versa. Ele arrasta os dentes pelo lábio inferior e diz:

— Não consigo evitar. — Ele levanta as mãos e coloca uma mecha que se soltou do meu rabo de cavalo para trás da orelha. Ele estuda os próprios movimentos e meu cabelo com uma expressão de quase reverência. — Você — sussurra, o corpo se inclinando para o meu, apoiando-me contra a lateral do SUV — é meu sonho ambulante.

Sua voz, toda rouca e áspera, faz algo louco com as minhas entranhas. Ele posiciona as mãos em cada lado da minha cabeça, apoiando-se na janela do passageiro ao me prender ao veículo com sua intensidade. A boca quente está a meros centímetros do meu ouvido.

— Você, com esse cabelo puxado para trás, me tentando com essa pele macia o dia todo. Quero provar cada parte sua. — Ele se inclina ligeiramente para trás, correndo a ponta dos dedos da minha orelha até o pescoço e por cima da minha clavícula, queimando-me com o seu toque. — E esse shortinho apertado deixa a sua bunda maravilhosa, e essas pernas longas... — Ele solta o fôlego. — Você parece uma modelo de passarela.

Os dedos fazem o caminho de volta, deslizando para segurar a minha nuca.

— E suas sardas voltaram. — Seus olhos estudam os leves respingos das pintinhas no meu nariz que somem nos meses de inverno. — Seus grandes olhos azuis fazem algo comigo, Lil. Você tem o poder de me deixar louco. Nunca vou conseguir absorver toda a sua beleza.

um amor *bonito*

Sinto a sinceridade de suas palavras e o amor brilhando de cada poro do seu belo rosto. Ele me deixou sem palavras, e eu apenas o encaro, de olhos arregalados. Jax abaixa a cabeça para a minha, unindo nossos lábios. Ele deposita beijos leves como pena nos meus, cálido e terno. Ele é sempre tão carinhoso comigo, Jax me trata como se eu fosse uma boneca de porcelana. Às vezes, no entanto, eu queria que não fosse assim. Sempre que estou perto dele, estou ligada, o que é um pouco enlouquecedor. Ele já teve várias namoradas e tem bastante experiência no departamento físico. Ainda assim, está se segurando comigo e me deixando louca no processo.

Não tenho que perguntar para descobrir o motivo de tanta cautela. Sei o quanto significo para ele. Jax está tentando respeitar minha falta de experiência ao ir devagar. É uma cruel mudança do destino que eu finalmente posso chamar o jogador gostosão da escola de meu, e ele esteja aproveitando a oportunidade para se transformar em um santo.

Ele se afasta e meu corpo esfria, sentindo falta do calor, apesar do fato de estar fazendo 24°C hoje. Seguindo em frente, ele pergunta:

— Então, o que devemos fazer para comemorar nosso último dia?

— O que você quer fazer? — devolvo. — Não temos que fazer nada especial. Você pode ir lá pra casa, podemos nadar, e passar a tarde juntos ou algo assim.

Não importa onde Jax e eu estejamos ou o que estivermos fazendo; é sempre especial quando estamos juntos.

— Parece uma boa. Quer tomar sorvete?

— Sim! — Pulo de animação.

Se eu não posso beijar o Jax até esquecer para aliviar um pouco da minha energia reprimida, a melhor opção é sorvete de menta com gotas de chocolate.

Ele me olha e sua boca treme com diversão antes de se abrir, suas pupilas dilatando mais uma vez.

— Meu Deus, Lily.

Inclinando-se, os lábios sussurram de leve sobre os meus. Incapaz de me conter, deixo sair um suspiro audível. Ele aprofunda o beijo, os lábios perfeitos se movendo contra os meus. A língua entra na minha boca e não consigo interromper o gemido que ressoa do fundo da minha garganta. Nossas línguas colidem em uma dança e eu me afasto.

— Sorvete? — digo, em um sussurro, minha voz carregada de desejo.

Eu o quero, mas não aqui, no estacionamento da escola.

Jax pigarreia.

— Sim, isso. Sorvete. — Ele agarra minha bunda e me puxa em sua direção antes de dar um beijo rápido em minha testa. Em seguida, contorna a frente do veículo até chegar à porta do motorista.

Pedimos os sorvetes de casquinha e Jax dirige para minha casa.

De mãos dadas, passamos direto e seguimos pelo campo arborizado até chegarmos ao nosso carvalho favorito. O tronco é largo, com cerca de um metro e oitenta, e uma miríade de galhos grossos se projeta para fora, criando uma marquise de paz. É a árvore perfeita para escalar e, quando éramos crianças, passávamos muito tempo subindo nela, tendo aventuras imaginárias. Agora que estamos mais velhos, a gente ainda vem para cá com frequência, mas normalmente nos sentamos no sopé e conversamos.

De pernas estendidas, inclinamo-nos contra a árvore e usamos o tronco como apoio. Jax joga a ponta da casquinha com sorvete derretido na boca. Apoio a cabeça em seu ombro enquanto termino o meu.

Engulo os últimos resquícios da casquinha.

— Delícia!

Conversamos despreocupados por poucos momentos e então a voz do Jax muda, tornando-se mais grave e ainda mais sexy, se isso é possível.

— Não estou suportando ficar com as mãos e os lábios longe de você. Preciso de você mais do que já precisei de qualquer coisa na minha vida inteira. Não consigo acreditar que passei quase dezoito anos sem estar com você desse jeito.

Pigarreio.

— Eu também quero você, tipo, muito. Não vou quebrar, Jax. — As palavras parecem estranhas ao saírem da minha boca.

Sou muito inexperiente em relação a namoro, mas, com Jax, eu me sinto segura. Mesmo se eu disser ou fizer algo idiota, sei que não vai mudar o que ele pensa de mim. A gente compartilha uma confiança que aposto que é mais segura do que a que a maioria das pessoas do mundo têm com os outros.

Ponto. Passei a vida inteira me apaixonando por ele. Agora que estamos juntos, eu sei, do fundo do coração, que nada no mundo pode nos separar.

Com as minhas palavras, ele se inclina e deixa uma linha de beijos suaves no meu ombro exposto. Quando ele chega ao meu pescoço, lambe a pele na base da minha orelha.

— Seu gosto é a combinação perfeita do paraíso, doce e salgado misturados em um só.

Sua voz amplifica o meu querer por ele e um gemido baixinho escapa dos meus lábios. Ele também geme, um som gutural e necessitado, antes de jogar a perna ao redor da minha cintura para montar em mim. Segura meu rosto e nossos lábios colidem em fogo e luxúria. As línguas se unem em um desejo ardente enquanto tentamos tornar o beijo mais profundo quanto é humanamente possível. Ele puxa meu lábio inferior entre os dentes e começa a se esfregar em mim. Gemo enquanto ele move a dureza debaixo do short pelo meu sexo.

Ele gira para longe de mim e começa a desabotoar meu short. Meus olhos se arregalam ao observar sua mão puxar o zíper para baixo.

— Não vamos mais longe que isso, Lil. Só preciso sentir você. Tudo bem?

Aceno com a cabeça, prendendo o lábio inferior entre os dentes, sem ter palavras para dizer que ele está lendo minha reação incorretamente. Estou longe de me preocupar. Estou cheia de ansiedade.

Ele empurra a mão para dentro do meu short, posicionando os dedos na minha entrada.

— Ai, Lily. — A exclamação é quase uma oração. — Amor, abra as pernas para mim.

Afasto os joelhos, permitindo melhor acesso. Ele insere um dedo e eu gemo alto, sobrecarregada com as novas sensações. Ele captura o som com a boca e começa um ritmo desesperado com a língua. Jax vai devagar, esperando que eu me ajuste para inserir um segundo dedo. Meus gemidos vibram em sua boca.

— Bom demais, Lily. Sentir você é bom demais. Meu Deus, eu te amo. Você é perfeita pra caralho — ele proclama sua adoração no meu pescoço entre beijos.

Meu corpo começa a se contorcer sob os seus lábios. Usando o polegar, ele começa a aplicar uma pressão circular no meu ponto mais sensível enquanto seus dois dedos continuam o ataque.

— Jax! — gemo, agarrando o seu braço.

ELLIE WADE

Estou experimentando algo diferente de qualquer coisa que eu já imaginei. Sonhei como seria a primeira vez que Jax me tocasse, mas meus sonhos não tinham nada a ver com essa experiência. Eu não sabia sonhar esses sentimentos. Não sabia que eles existiam. Meu corpo está buscando alguma coisa, um alívio. Estou quase com medo de chegar ao fim, porque a jornada é boa demais. Meu coração está batendo com força. No mesmo fôlego, quero gritar para Jax parar e implorar a ele para nunca parar de me tocar. A sensação é intensa, quase demais, mas muito maravilhosa ao mesmo tempo.

— Está tudo bem, Lil. Está tudo bem — ele me tranquiliza. — É só se concentrar nas sensações. É isso. Respirações profundas. — Ele salpica meu rosto com beijos suaves.

Meus olhos estão franzidos e minha respiração está errática e ofegante.

— Jax. — Minha voz sai trêmula e incerta.

— Está tudo bem, amor. Apenas se solte. Não resista. Você é muito perfeita. Se entregue, Lily.

Solto um gemido gutural enquanto o alívio se espalha por mim em uma onda de prazer escaldante. Meu corpo começa a tremer quando o êxtase me preenche desde o meu couro cabeludo arrepiado até os dedos contraídos dos pés, que afundam nas minhas sandálias.

Quando paro de tremer, ele remove os dedos, tirando-os do meu short. Jax fecha os botões e o zíper enquanto me sento apoiada na árvore. Meu peito sobe e desce com força, meus braços estão pendurados frouxos ao meu lado. Um leve brilho de suor cobre minha pele, e consigo sentir o calor nas minhas bochechas quando exalo, os lábios levemente separados.

— Você nunca esteve tão bonita — diz, prendendo a mecha solta e persistente de cabelo atrás da orelha.

— Meu Deus, Jax. Isso foi… isso foi… eu não sei. — Perco o ar.

Ele ri.

— Bom, eu acho?

— Porra, melhor do que bom. Maravilhoso. Surreal. — Meus olhos estão fechados e minha cabeça está apoiada na casca da árvore.

Ele ri alto. Tenho certeza de que é porque ouvir a palavra com P sair dos meus lábios é raro, mas se alguma coisa merece a palavra com P é essa experiência.

— É assim que chamamos um orgasmo, Little Love. Você nunca teve um?

Meus olhos se abrem e ficam maiores enquanto o encaro.

um amor *bonito*

— Claro que não tive. Quando é que eu teria? Você sabe que nunca fiquei com ninguém.

— Sim, eu sei, mas… você nunca tocou a si mesma?

— Não! É claro que não!

Ele nega com a cabeça e sorri.

— Lily, é normal se tocar.

Não consigo fazer meu cérebro entender o que ele diz. *De jeito nenhum.*

— Não, Jax. Isso é… Eu não sei. Mas me sinto estranha a respeito. Não posso fazer isso.

— Lily — ele pega minha mão na sua — é totalmente normal se tocar. A maioria das pessoas faz isso. Inferno, eu faço isso à beça.

Dou uma risadinha.

— É diferente. Você é um garoto. Isso é normal para garotos.

— É normal para garotas também. Escuta, você deveria ser uma expert no seu próprio corpo. Precisa saber o que é bom. Precisa saber como ler seu corpo, aí você pode pedir o que quiser.

Nego com a cabeça.

— Não te pedi nada, mas você fez tudo certo, mais do que certo.

Ele me dá um sorriso convencido, e tem todo direito de fazer isso.

— Bem, eu sou bom mesmo, mas nem todo mundo é.

Bato no peito dele.

— Bem, eu não estou com todo mundo, estou? Estou com você. Você parece saber o que está fazendo, então estou em boas mãos. Não preciso seguir esse caminho.

— Eu sei o que estou fazendo, é? — Seu sorriso é enorme.

— Hum, sim… ao que parece. — Não quero imaginar como ele aprendeu a ser tão habilidoso.

— Então você gostou? — questiona.

Olho para ele e reviro os olhos.

— Sim, é óbvio.

Ele solta uma risada.

— Ok, bem, me promete que vai se tocar pelo menos uma vez. Quero que entenda o seu corpo. E vamos encarar a real… pensar em você fazendo isso é muito excitante.

Dou outra risadinha enquanto ele me puxa para o peito e me abraça.

— Pensarei a respeito.

— Boa. Depois que você fizer isso, eu quero um passo a passo de como foi.

— Jax... — Minha voz sai chorosa, mas é interrompida abruptamente quando seus lábios voltam a encontrar os meus.

Eu não tenho do que reclamar. Tentarei qualquer coisa que esse homem quiser, porque beijar Jax Porter é algo que nunca me cansarei de fazer.

O verão passa em uma névoa cheia de alegria e luxúria.

Meus dias foram gastos com Jax e, embora não seja diferente dos outros verões, a maneira como preenchemos nossos dias é. Temos passado as horas quentes e úmidas antes do nosso último ano literalmente agarrados um no outro.

Na maioria dos dias, uma quantidade considerável de tempo consiste em estar envolvida em seus braços na piscina. Também passamos um tempo equivalente debaixo do nosso carvalho, comigo apoiada nele, minhas costas em seu peito e nossas mãos entrelaçadas, enquanto conversamos por horas. Durante as noites, costumamos nos enrolar um no outro no porão enquanto vemos filmes sem pensar muito. Fomos aos encontros de verão a que sempre vamos: esqui aquático, cinema, minigolfe e kart. Fomos até mesmo a Cedar Point, o melhor lugar do mundo para montanhas-russas. Também passamos algumas semanas na casa de veraneio da família dele no Lago Michigan. A única coisa melhor do que relaxar nas areias claras ouvindo as ondas quebrarem na praia é fazer isso com Jax ao meu lado.

Os lábios e as mãos do Jax tiveram muito trabalho nessas férias. Ele explorou cada centímetro do meu corpo várias vezes todos os dias. Não fomos até os finalmentes, mas, caramba, como eu quero. Eu deveria ganhar algum prêmio pelo meu nível de força de vontade. Tenho quase certeza de que a maioria das mulheres não conseguiria se segurar tanto se tivessem alguém tão irresistível quanto Jax ao lado. Mas dois precisam participar, e estou deixando Jax tomar as decisões. Ele escolheu o ritmo e, embora eu queira mais, já tive o suficiente. Já tive mais do que poderia imaginar.

Cinco

— Então você não tem nenhum palpite? — Keeley pergunta, deitada na minha cama. Apoiada nos cotovelos, ela folheia a última edição da revista *Us Weekly*.

— Não. Ele disse para levar roupa de banho, mas, além disso, não me deu mais nenhuma dica. — Seguro dois biquínis, decidindo se vou com o azul-petróleo com bolinhas roxas ou o branco com babados, antes de sacudir a cabeça e jogar os dois na bolsa. Separei roupas o suficiente para uma semana, mesmo que só vá ficar fora por duas noites. Mas por não fazer ideia de para onde estou indo, quero estar preparada.

Jax tem uma surpresa para o meu aniversário de dezoito anos. Mal posso esperar para descobrir o que é, mas, para ser sincera, seja lá o que vamos fazer, eu vou amar. Estou ansiosa para ficar a sós com ele. Os treinos de futebol americano começaram há um mês, e sinto falta de não vê-lo a cada segundo do dia.

Eu me vejo incapaz de pensar direito quando ele não está comigo. Anseio por ele, de mente, corpo e alma. Sempre. Sim, sou um pouquinho patética, mas não tenho vergonha disso.

— Ouvi a mamãe dizer para o papai sobre encontrar alguns amigos — Keeley comenta, sem tirar os olhos das páginas brilhosas abaixo dela.

— Sério? Que amigos? — Meu interesse foi despertado.

— Não tenho certeza. Não ouvi essa parte. Ei, você sabia que a Jennifer está grávida? — Keeley é meio obcecada com fofocas de celebridades e se refere a elas pelo primeiro nome.

— Eles sempre dizem isso. Duvido. De acordo com os tabloides, ela já ficou grávida centenas de vezes.

— Acho que dessa vez ela está mesmo.

— Bem, acho que veremos. Então, você conseguiu ouvir algum outro detalhe? — Estou morrendo para descobrir mais informações sobre esse fim de semana. Não fui capaz de persuadir Jax a me dar mais nenhuma dica, embora tenha usado todas as minhas técnicas à prova de falhas.

— Não. Só isso.

— Hum… Bem, não dá pra saber mais com isso. Fico me perguntando que amigos seriam — digo, mais para mim mesma do que para minha irmã. — O que você vai fazer esse fim de semana? — questiono.

— Nada demais. Só vou fazer compras com a mamãe — responde, distraída, enquanto os olhos estudam um artigo.

Em uma semana, Keeley vai começar seu primeiro ano do ensino médio e eu vou para o último.

— Está animada para começar o ensino médio?

— Sim, claro. Não deve ser muito diferente do ano passado, né?

Minha irmã é tão tranquila. De todas as mulheres da casa, ela é a que é menos levada pelas emoções. Acho que, se meu pai foi abençoado com três meninas — quatro incluindo minha mãe —, pelo menos a última não traz muito drama feminino para a casa.

— Você deve estar certa — respondo, ao fechar a bolsa. — Bem, acho que é isso. Vou ficar lá no deck com a mamãe até o Jax chegar.

— Ok, vou com você — responde, ao descer da cama.

Sentada em uma cadeira no deck, ouço o cascalho da nossa garagem ser esmagado debaixo dos pneus, seguido de uma porta batendo. Alguns segundos depois, Jax aparece depois de contornar a casa para me encontrar nos fundos.

Nunca vou me cansar do jeito que meu corpo reage a ele. Ao mero sinal de Jax, minha pele se aquece, zumbindo de desejo. Minha frequência cardíaca acelera e um sorriso largo aparece automaticamente no meu rosto.

Ele está usando bermuda cargo cáqui e uma camiseta azul-marinho justa que se estica em seus braços e peito tonificados. A pele parda está vários tons mais escura pela exposição ao sol do verão, permitindo que seus olhos já cativantes brilhem ainda mais.

Quando seus olhos se conectam aos meus, fico de pé no mesmo instante e um desejo instintivo de ficar mais perto dele me impele para frente.

— Ei, Lil. — O rosto de Jax brilha de entusiasmo.

Aceno animada e vou em direção a ele. Posso dizer que ele tem algo divertido guardado na manga para esse fim de semana. Não sei o que é, mas, de algum jeito, ele convenceu os meus pais a deixarem que ele me levasse para algum lugar para comemorar o meu aniversário.

— Ei — Keeley o cumprimenta.

— Oi, Jax, querido — minha mãe diz.

Ele conversa com as duas por um momento antes de se virar para mim.

— Pronta? — indaga.

— Sim! — respondo, um pouco afoita demais.

Dou um abraço na minha mãe.

— Cuide-se, Lily. Por favor, fique com o telefone o tempo todo e vá dando notícias.

— Eu vou, mãe. Prometo. Mas já serei adulta amanhã, então não precisa se preocupar muito — digo, com um sorriso convencido.

Minha mãe solta uma risada forçada.

— Cuidado, garotinha. Posso mudar de ideia sobre essa viagenzinha. — Com os lábios franzidos, ela olha para mim com um alerta zombeteiro.

— Brincadeirinha! Você sabe que estou brincando. Vou te ligar.

Ela me puxa para outro abraço, e diz baixinho:

— Lembre-se apenas de que a idade não faz de você uma adulta. Você será adulta quando tomar decisões de adulto.

Afasto-me com uma expressão séria.

— Eu sei, mãe. Você está certa. Eu estou errada. Você é adulta. Eu sou criança. Você é inteligente. Eu sou burra. Você é bonita. Eu sou feia.

Ela se se inclina para frente, às gargalhadas. Ouço Keeley e Jax rindo por trás de mim e começo a rir também. Minha mãe se ergue, secando as lágrimas dos olhos.

— Você é demais, Lily Anne. O que vou fazer com você?

— Pode me amar — devolvo, com um largo sorriso.

— Ah, eu amo. — Ela beija a minha testa. — Divirta-se. Feliz aniversário, bebê.

Quando vi a rota pela qual seguíamos e que já estávamos a meio do caminho para o Lago Michigan, suspeitei que iríamos para a casa no lago da família do Jax.
 Estamos agora percorrendo a estrada estreita com pinheiros enormes de cada lado, indo para a casa de veraneio da família dele. Esse é um dos nossos lugares favoritos na Terra. A casa está situada no topo de uma colina cheia de pinheiros altos. Uma longa escada de madeira tece seu caminho do deck dos fundos até a areia. No sopé da colina, montes de areia estão cobertos por sargaço. Um caminho de areia por meio dessas algas nos leva a uma praia particular.
 O fim de agosto é o melhor momento para ir ao Lago Michigan. A água finalmente esquentou e é muito divertido nadar nas ondas. Mal posso esperar.
 Eu me viro para Jax, e um sorriso se espalha por seu rosto.
 — Feliz? — questionou.
 — Muito. Obrigada. É perfeito.
 — Sabia que você aprovaria.
 — Então, quem é que vai vir? — indago, enquanto ele estaciona o SUV.
 — Só nós dois, Little Love.
 — O que? Como? Sério? Minha irmã disse que alguns amigos viriam.
 — Posso ter mentido um pouco. — Suas sobrancelhas se levantam e os lábios formam um sorriso convencido.
 — Explique-se. — Dou uma risadinha.
 — Bem, eu sabia que queria te levar para algum lugar esse fim de semana. Queria comemorar o seu aniversário só nós dois. Disse aos seus pais que os pais de um dos meus amigos dariam um festão no fim de semana, para comemorar o final do verão, na casa de praia deles e perguntei se poderia te levar. Dei uma exagerada, lembrando a eles que vamos embora para a faculdade no ano que vem. Expliquei que, depois desse verão, não teríamos tempo para viajar assim com os amigos.

— Mas eles conhecem todos os nossos amigos e os pais deles. Vão descobrir.

— Eles não conhecem meus amigos do acampamento de futebol ou os pais deles. — O rosto do Jax se ilumina com um enorme sorriso malicioso.

— Você é horrível. — Rio. — E a sua família? E se eles decidirem aparecer esse fim de semana?

— Não vão. Landon já foi para a faculdade e meus pais têm um evento beneficente. Não se preocupe. Teremos os próximos dois dias só para a gente. Ninguém vai nos incomodar nem descobrir. — Ele entrelaça os dedos nos meus e leva nossas mãos à boca. Beija cada um dos meus dedos, sem tirar os olhos esmeralda dos meus.

Meu coração acelera no mesmo instante. Jax tem um efeito intenso no meu corpo. Ele é capaz de me fazer pegar fogo com um simples toque.

— Eu… Eu não acredito que meus pais não investigaram mais, tipo ligar para os outros pais ou algo do tipo.

Afastando os lábios das minhas mãos, ele se inclina sobre o câmbio e coloca a boca na minha. E me beija de leve antes de me liberar.

— Eles confiam em mim. — Sua voz é um sussurro rouco.

— Erro grave — sussurro de volta.

Jax beija todo o caminho da minha boca ao meu pescoço.

— Gravíssimo. — O hálito quente atinge minha pele, deixando-me arrepiada.

Um frio desagradável me toma quando ele afasta a boca cedo demais.

— Vamos lá. Vamos entrar.

Concordo.

O interior da casa não é novidade para mim. A residência de cinco quartos é muito bem decorada no que eu chamaria de estilo rústico praiano chique. As cores são suaves, consistindo em diferentes tons de creme com detalhes em verde-água e bronze. O piso de mogno escuro contrasta com as paredes claras, mas, ao mesmo tempo, harmoniza o visual.

Tiro os chinelos na porta e sinto a madeira fria e lisa sob os pés, e uma estranha sensação de excitação me atinge. A energia nesse espaço é diferente, revigorante.

Já fiquei sozinha com Jax várias vezes, mas nunca *sozinha*.

Jax desaparece em um dos quartos com as nossas malas. Não é aquele que tem duas camas de solteiro. É um com uma única cama *king size*. Pensar nisso me deixa em um estado de empolgação nervosa.

60

ELLIE WADE

Na parede depois da cozinha está um enorme relicário de moldura branca e um craquelado cinza na madeira, de aparência antiga. Paro diante dele. Dentro, na parte de baixo da moldura, estão vasinhos da perfeita areia branca que enfeita essa parte do lago. Perto da areia estão umas conchas, algumas que me lembro de coletar. Acima dessa simples, e fofa, homenagem ao majestoso lago abaixo de nós está uma colagem de fotos do verão antes de eu fazer dez anos.

Há várias fotos minhas, de Jax e de Landon fazendo inúmeras atividades na praia: construindo castelos de areia, surfando com nossas pranchas de bodyboard, deitados juntos debaixo de um grande guarda-sol de cores vivas.

Erguendo o dedo, toco o vidro na minha foto com Jax. Estamos usando roupa de banho, parados na praia. Estamos tão magrelos quanto possível, foi tirada muito antes de Jax adquirir o físico musculoso que tem agora. Mesmo na época, eu batia no seu ombro. A pele do Jax está marrom dourada. A minha está pálida como sempre, mas as sardas borrifadas em meu nariz estão visíveis, um indício de que passei o verão ao sol. Estou segurando um balde azul em uma das mãos e a outra está entrelaçada na de Jax. Não estamos olhando para a câmera. Em vez disso, nossos rostos estão virados um para o outro. Eu estou rindo, com a boca arreganhada. Sei que ele deve ter dito algo engraçado. Queria poder lembrar o que foi. Jax está usando seu sorriso convencido de sempre. Eu não consigo contar quantas vezes vi essa expressão na minha vida. Nunca vou me cansar dela.

Essa foto traz à tona milhares de emoções em mim, a mais forte sendo gratidão. É bonito, doce e me leva de volta para aquela época. É maravilhoso quanto amor brilha por essa foto. Mesmo aos nove anos de idade, o sentimento está radiando de nós.

Tudo com Jax sempre foi sem esforço. Nunca era uma discussão. Era puro. Era especial. Era perfeito. Éramos o par perfeito.

Ainda somos.

Essa foto foi tirada anos atrás, antes de nos envolvermos romanticamente, essa evolução aconteceu apenas há três meses. Mas, mesmo no meu corpo de nove anos, ele era tudo que eu via. Ele é tudo que eu sempre vi. Jax foi feito para mim e eu para ele. A calidez que esse pensamento me traz é indescritível.

— Foi um verão divertido. — Sua voz grave me tira do devaneio nostálgico. Sinto, na mesma hora, sua forte presença por trás de mim.

— Sim, foi.

um amor *bonito*

Os braços firmes me giram e ele me puxa em sua direção. Apoio a bochecha em seu peito e passo os braços por suas costas, abraçando-o apertado. Beijando o topo da minha cabeça, ele deixa os lábios lá por um tempo e diz:

— O que devemos fazer para o jantar, Little Love?

Há inúmeros restaurantes no fim da estrada da pitoresca cidade, incluindo nossos lugares favoritos para comer, mas não quero aquilo hoje à noite. Não quero dividir Jax com ninguém esse fim de semana. Quero toda sua bela energia só para mim.

— Vamos pedir algo.

— Exatamente o que eu pensei — concorda.

O pôr do sol no lago é de tirar o fôlego. Uma variedade de laranjas e roxos se espalha pelo horizonte quando o sol começa a descer, parecendo afundar na água agitada. Sento-me com as pernas cruzadas em um edredom no deck. Jax imita minha posição, sentado à minha frente. Uma pizza fumegante está entre nós em toda a sua glória de linguiça e cogumelos. É a nossa favorita, e é a melhor pizza do mundo, sem sombra de dúvida.

Jax pega uma fatia. Inclinando-se, ele a leva até a boca. O queijo derretido se estica do seu pedaço até a pizza. Com a boca cheia de maravilhas, ele declara:

— A melhor.

Dou uma mordida na minha fatia.

— Total — concordo.

— Pensou um pouco mais na faculdade? — questiona.

Engulo antes de responder:

— Não tenho certeza do que quero fazer ainda.

— Achei que você queria fazer fotografia.

— Queria, mas não sei. Meio que é um diploma frágil, não acha? Não são muitas as pessoas que sobrevivem com a fotografia. Você precisa ser bom de verdade.

— Você é boa de verdade. E quem liga? Faça o que a deixa feliz — incentiva.

— Eu sei. Só preciso pensar mais um pouco. — Suspiro. — E você? Alguma decisão definitiva?

— Esperando as ofertas. Se a da Universidade de Michigan for decente, eu vou. Meu pai falou com um amigo no escritório de recrutamento e ele garantiu que daria tudo certo. Estou assumindo que virão falar conosco em breve, provavelmente no meio da temporada.

— Tenho certeza de que virão. Seriam estúpidos se não quisessem você.

— Sabe, Lil, Michigan é uma boa faculdade. Venha comigo. — Sua voz está suplicante.

Já conversamos sobre o assunto e eu não sei o que quero fazer. Essa é a primeira vez que uma escolha envolvendo o Jax não está descaradamente óbvia para mim. Há algo enervante nessa coisa toda, então não posso me comprometer ainda. Tenho que pensar bem.

— Eu sei. Preciso de tempo para descobrir qual a minha melhor opção.

— Sua melhor opção é comigo.

Seu olhar é intenso e quero evitar esse debate agora. Já passamos por todos os aspectos de escolher a universidade várias vezes e nenhuma das conversas facilitou a decisão. De fato, é meio que o oposto.

Não quero estragar nosso fim de semana.

Coloco o resto da minha pizza na caixa e rastejo até Jax. Quando o alcanço, meus lábios encontram o alvo, bem debaixo de sua orelha. Ele geme, e o som envia eletricidade até os dedos dos meus pés.

Sua voz fica embargada ao dizer:

— Lily Madison, você está mudando de assunto?

— Uhuuum — respondo contra sua pele.

O ar frio da noite circula ao meu redor enquanto ele me ergue e me deita no cobertor em um único movimento suave. Seu corpo cobre o meu, aquecendo minha pele já sensível. Sua boca em meus lábios, me devora com uma fome poderosa. Somos apenas línguas, mãos e gemidos enquanto, frenéticos, exploramos o corpo um do outro.

Jax põe fim ao beijo.

— Meu Deus, Lily, eu quero você.

— Eu também te quero. — Expiro.

— Tem certeza?

Um sorriso se forma em meus lábios.

— Tenho.

Quis estar com Jax desde o nosso primeiro beijo na noite do baile. Ele

um amor *bonito*

63

insistiu em esperarmos a hora certa. Não consigo entender isso, porque Jax e eu somos apenas certezas.

— Mas quero que nossa primeira vez seja perfeita, romântica... não algo que começou por causa de um beijo cheio de hormônios, do lado de fora da casa, perto de uma caixa de pizza. Eu fiz planos... — Interrompe os beijos. — Com velas e tudo.

— Jax — minhas mãos vão para o seu rosto e seguro suas bochechas, travando nosso olhar e permitindo que ele sinta minhas palavras —, nossa vida inteira juntos foi perfeita. Tivemos dezoito anos de preliminares. Não preciso de velas ou flores. Preciso de você. Me leve para a cama e me faça sua da única maneira que eu ainda não sou.

Seus olhos se arregalam.

— Puta que pariu, Lily.

Antes que eu registre o movimento, ele já se afastou e está me puxando para si. Jax me ergue e envolvo os braços em seu pescoço, as pernas em sua cintura. Sinto seu desejo por mim lutando contra a sua bermuda.

No quarto, perdemos nossas roupas na excitação dos movimentos cheios de luxúria, cada peça caindo no chão.

Ele me deita na cama. Inclinando-se, dá um beijo doce que remexe meu estômago em ansiedade.

Afastando a cabeça, seus olhos verdes se prendem aos meus.

— Eu te amo tanto, Lily.

Minhas emoções giram, fora de controle, e minha pele está praticamente vibrando de expectativa.

— Eu também te amo. — Minha voz treme.

Seus beijos gentis vão queimando do meu pescoço até minha clavícula, pelos seios e umbigo. Por todo o tempo, ele suspira meu nome uma e outra vez por entre os beijos. *Lily* é um cântico, um apelo, uma declaração que sai de seus lábios e me causa dor com uma necessidade tão intensa que meus dedos agarram os lençóis buscando estabilidade.

Ele usa as mãos e os lábios para dedicar atenção extra a todos os locais do meu corpo que desejam seu toque. Estou pronta, contorcendo-me por baixo dele. Jax está sobre mim, pressionando os antebraços no colchão de cada lado da minha cabeça, prendendo-me entre seus braços.

Sinto-o na minha entrada e meu coração dispara, minha respiração sai em rajadas irregulares.

— Pronta? — indaga, entre beijos.

Assinto, mordendo o lábio.

Ele toma minha boca em um beijo de devorar a alma. A língua se enrola na minha, tocando com intensidade, lambendo com avidez. Ele entra em mim, rompe a barreira e sinto uma dor aguda. Dou um gritinho em sua boca, meus olhos se fecham com força.

Tirando a boca da minha, ele beija todo o meu rosto, expressando seu amor enquanto espera meu corpo se acostumar com a nova intrusão.

— Você está bem?

Assinto, soltando a respiração que segurava.

— Tem certeza?

— Tenho.

Ele começa a se mover devagar. A queimação desaparece, e sou deixada com o sentimento avassalador de admiração. Sem mais dor, absorvo as novas sensações, a maneira como meu corpo se une ao dele. Começo a me balançar para frente e para trás, encontrando-o a cada impulso.

É tudo que eu esperava que fosse e nada como pensei, porque é muito mais. Conectar-me com Jax dessa forma inunda meu coração com tanto amor que é difícil de processar.

Ele é gentil e carnal, tudo em um só, e minha primeira vez é a perfeição absoluta, exceto pela dor inicial. E de novo, tudo com Jax é maravilhoso. Ele me leva a níveis mais altos que eu não sabia que existia e me enche de mais amor do que pensei ser possível. Tornei-me dele em todos os sentidos da palavra.

Nós nos deitamos nos imaculados lençóis de linho, expostos e nus. Nossas pernas se entrelaçam e eu me aconchego na curva dos braços dele, meu rosto em seu peito ainda úmido de suor. As pontas dos seus dedos dançam de leve nas minhas costas enquanto acalmamos a respiração.

Exaustos e felizes, tudo ao mesmo tempo, suspiro em sua pele. A conexão que partilhamos foi tudo o que eu sabia que seria, e rezo para não estar tão dolorida para fazer isso amanhã, com sorte, inúmeras vezes.

— Então? — Jax pergunta.

— Maravilhoso. — E é verdade.

— Foi mesmo, Little Love.

— Te amo.

— Te amo mais.

— Para sempre — declaro.

— Eternamente — ele responde.

Eu sei, com cada fibra do meu ser, que tais palavras são verdadeiras. E estou muito grata porque uma vida sem o amor do Jax não seria realmente uma vida.

um amor *bonito*

Seis

Três anos depois

Com a cabeça apoiada na janela fria, solto um suspiro. Meu hálito cria um círculo embaçado na janela do passageiro do SUV do meu pai, escondendo o borrão das árvores que estão no caminho. Desde que passamos por Lansing, árvores e campos de milho têm sido minha paisagem dos últimos trinta minutos. Estimo que tenhamos pouco mais de quarenta minutos de todas essas coisas rurais antes de chegarmos a Mount Pleasant.

Não sei por que o cenário está me incomodando. A mesma vista circunda a casa dos meus pais. Mesmo que pareça familiar, não é. Não são meus campos, não são minhas árvores. Nada desse verde guarda minhas memórias. Nada disso foi o pano de fundo da minha vida.

Meu coração dói pela nossa árvore — o enorme carvalho que está firme e forte no meio do nosso gramado. Jax e eu passamos incontáveis meses de nossa vida debaixo dela. Sempre foi nosso lugar especial. Quando éramos mais novos, brincávamos ali, usando a imaginação para criar aventuras emocionantes que nos manteriam ocupados por horas. Foi onde construímos nosso forte e conduzimos nossas missões secretas. Na adolescência, descansamos debaixo da sua sombra, fizemos o dever de casa ou fofocamos sobre o drama mais recente do ensino médio. No final do nosso penúltimo ano na escola, quando Jax e eu decidimos permitir que nossa longa amizade evoluísse para um romance, foi lá que descobrimos um ao outro por meio dessa nova perspectiva, tanto nossas palavras quanto nossos corpos. E nos últimos dois anos, enquanto Jax estava na faculdade, foi

ELLIE WADE

onde me esparramei em um cobertor e conversei com ele por tanto tempo quanto podia ao telefone. Embora ele não estivesse fisicamente comigo, só de ficar no nosso cantinho e ouvir sua voz saindo pelo meu telefone me fez sentir mais próxima a ele.

Um ruído quase inaudível chega aos meus ouvidos enquanto passo o dedo pela janela embaçada, fazendo um coração na marca do meu hálito. Fico olhando enquanto a linha do coração desaparece e a janela vai retomando sua temperatura original. Quando meus olhos voltam a focar a paisagem além da estrada, um carvalho alto se destaca no meio do campo de milho.

Ah, legal.

Viro para longe da janela e fecho os olhos, descansando a cabeça no encosto do assento. Em vez de ficar mais animada quanto mais perto estamos do nosso destino, sinto-me cada vez mais para baixo à medida que a distância entre a minha casa e minha nova faculdade diminui. A sensação de tristeza correndo por mim me dá nos nervos.

Estou incomodando a mim mesma.

Na realidade, sou uma pessoa otimista, alegre, positiva e nada irritante. Não faço drama nem me faço de coitadinha... ainda assim, aqui estou eu, sentada debaixo de uma nuvem de melancolia, quando deveria estar fazendo uma dancinha feliz, girando e celebrando com uma chuva de glitter em uma festa metafórica.

Depois do ensino médio, fiquei em dúvida do que queria fazer da vida. Jax me encorajou a ir para a mesma faculdade que ele, mas aquilo não parecia certo para mim no momento. A mensalidade é alta lá e pensei que deveria ficar em casa ou estudar na faculdade comunitária, pegando matérias básicas, até descobrir o que queria fazer. Não queria colocar meus pais em dívida, especialmente em cursos que eu poderia pagar só uma fração do custo enquanto morava na minha casa.

Quando enfim decidi pelo diploma em fotografia, comecei a procurar faculdades. A melhor que encontrei em Michigan foi a Universidade Central Michigan, em Mount Pleasant. Não sei nada daquela cidade. Nem mesmo visitei o *campus* antes de me decidir a ir.

Jax apoiou minha decisão, mas eu sabia que era fingimento. Eu o conheço a minha vida inteira. Sei quando ele está sendo menos do que verdadeiro. Jax estava apenas a uma hora e meia de distância nos últimos dois anos. Agora, serão um pouquinho mais de duas e meia. Então, estaremos

um amor *bonito*

mais distantes. Tenho certeza de que ele não é muito fã da distância maior e, devido ao fato de eu não trazer meu carro no primeiro semestre enquanto estou me acostumando à vida universitária, posso não vê-lo tanto nesses primeiros meses, mas acho que essa foi a melhor decisão. Mesmo que o pensamento de vê-lo menos neste período seja preocupante, sei que parte de mim queria esse espaço.

Jax é meu passado, meu presente e meu futuro. Ele é tudo o que eu conheço e tudo o que quero conhecer. Tem sido minha companhia desde antes de eu poder caminhar e estará ao meu lado quando eu já não puder mais, com nossos dedos entrelaçados por cima dos braços das nossas cadeiras de rodas. Ele sempre foi meu protetor e, embora meu amor e apreço por ele sejam infinitos, preciso saber que posso fazer isso sozinha.

Sei que um casamento virá logo depois da faculdade e então Jax cuidará de mim para sempre. Saber disso enche meu corpo com calor, e a felicidade formiga na minha pele, porque não há nada que eu queira mais. Amo Jax Porter com tudo que sou. Mas estou compelida a provar a mim mesma que posso ser independente. Preciso saber que posso ser forte e independente.

— Lily, querida. — A voz reconfortante da minha mãe interrompe meus pensamentos.

Já sabendo o que ela dirá pela entonação em sua voz, digo a ela:

— Eu sei, mãe.

Tivemos essa conversa de formas variadas mais de uma vez no último mês. Ao que parece, minha mãe sente que é hora para mais uma.

— Querida, estou tão orgulhosa. Você está fazendo a coisa certa, seguindo seus sonhos.

— Eu sei. — E sei mesmo. Essa é a minha escolha.

Jax tinha quase me implorado para me transferir para a Universidade de Michigan, mas não fui. Fiz o que pensei que era o certo para mim e para o curso que queria tomar.

Então, por que eu estou com essa sensação dolorosa e inquietante?

É o mesmo tipo de ansiedade que tenho quando vejo um filme de terror. Lá, quando a música começa a tocar, a melodia me diz que alguma loucura está prestes a acontecer. A cena se arrasta e meu coração acelera no peito enquanto aguardo o momento. Sempre rola, seja lá qual versão de terror, e eu grito todas as vezes, saltando no lugar.

É como me sinto agora, e isso me aterroriza. Meu corpo está em um estado de estresse, aguardando o evento perturbador e horrível acontecer.

ELLIE WADE

Mas por quê? Não entendo, e também não posso evitar. Para ser sincera, isso está me fazendo questionar um pouco a minha sanidade.

Pessoas vão para a faculdade todo ano. Casais têm relacionamentos à distância o tempo inteiro. Meu medo — do que, ainda não descobri — é irracional.

— Então por que essa cara triste? Você e Jax estiveram longe um do outro por um bom tempo nesses dois últimos anos. Agora não é diferente. Ele está seguindo os sonhos dele e agora você está seguindo os seus. Os dois podem fazer o que é certo para cada um e ainda terminarem juntos. Isso não vai mudar nada entre vocês. Você deveria estar feliz, meu amor. A experiência vai ser ótima.

Deixo as palavras da minha mãe afundarem, mas elas parecem erradas. Não é a mesma coisa. Algo está diferente. Só não sei o que é.

Ela está correta ao dizer que Jax esteve longe a maior parte dos dois últimos anos. Ele começou o ano de calouro na Universidade de Michigan em Ann Arbor, onde é titular no time de futebol americano e frequenta a prestigiosa faculdade de administração. A carga horária intensa e o cronograma de treinos rigorosos não deixam muito tempo sobrando para nós. Conseguir ir ficar com ele por pelo menos dois fins de semanas a cada mês e, apesar de não ser ideal, foi suficiente. E adicione o fato de que mandamos mensagem e conversamos por telefone várias vezes ao dia, tem sido bom.

Com o futebol, Jax mal ficou um mês em casa nesse verão. Ele me surpreendeu ao vir na semana passada para ficar um tempo comigo antes que eu fosse embora. Ainda, mesmo que o tenha visto há pouco tempo, não parece certo só partir para a faculdade sem dizer adeus a ele pessoalmente.

Tem que ser assim.

Ah, esqueça, Lily.

— Você está certa, mãe. Eu sinto falta dele, mas vai ser ótimo. Sei que me sentirei melhor quando chegar lá.

Com um braço apoiado na porta e o outro só apoiado na parte debaixo do volante, meu pai me dá uma olhadela pelo retrovisor. Vejo seus olhos azul-claros, idênticos aos meus, refletidos ali.

— Vai sim, Lil. Só espere. É um momento empolgante para você. Vai conhecer pessoas novas e fazer amigos que durarão para sempre. Esse momento é seu, garota. Aproveite.

— Com certeza — minha mãe adiciona. — Você tem o resto da vida para focar no Jax. Foque-se em si mesma agora.

— É… — respondo. Sei que estão certos e, mais uma vez, foi escolha minha.

um amor *bonito*

Jax tem uma personalidade impressionante e é ótimo em tudo que tenta. Todos na cidade e nos arredores sabem quem ele é. Foi o *quarterback* estrela do nosso time de futebol americano no ensino médio e teve vários olheiros da faculdade tentando recrutá-lo. Não dá para deixar de notá-lo quando se está em sua presença. Ele é alto, forte e lindo. A pele parda e cabelo escuro fazem seus profundos olhos verdes se sobressaírem, cativando todos os públicos. Ele é deslumbrante.

Ser a melhor amiga e depois a namorada do Jax tem sido a principal qualidade que me define na vida. Pessoas que eu encontrei no passado nem sempre me conheciam pessoalmente, mas sabiam quem eu era por causa do Jax. Sempre fui identificada como sua garota de um jeito ou do outro.

Sou a Lily do Jax.

Eu amo isso.

De verdade.

Mas acho, mesmo que isso machuque meu coração, que só uma vez, por um pequeno período de tempo, eu só preciso ser a Lily.

Apenas a Lily.

Estou nervosa e triste, e já sinto a falta dele, mas essa mudança é importante para que eu me torne a melhor versão de mim.

Não me entenda mal. Não é que eu seja uma eremita sem conexões pessoais a não ser o Jax. Eu tenho uma vida. Tenho amigos e *hobbies*. Faço coisas com meus pais e minhas duas irmãs. Sou feliz. Mas tudo isso, a vida que estou vivendo, tem Jax entrelaçado nela. Ele também cresceu com todas essas pessoas. Meus amigos são seus amigos. Minha família é a família dele. Minhas experiências são as suas.

Quero algo meu só uma vez. Não admiti em voz alta para ninguém, já é bem difícil ser honesta comigo mesma. Além dos meus pais, não acho que os outros entenderiam. Tenho medo de que pensem menos do meu amor por Jax, mas isso não tem nada a ver com o que sinto por ele, de jeito nenhum. Tem tudo a ver com a minha autoconfiança e com provar a mim mesma que sou forte.

É, então... esse medo tem que sumir. Darei a mim mesma o restante da viagem de carro, e então não sentirei mais pena de mim mesma. Estou indo para a faculdade pela primeira vez.

É necessário. É importante. Vai ser ótimo. Dou a mim mesma um discurso motivacional interno, e meu telefone toca.

Um sorriso se espalha por meu rosto e meu humor fica animado assim que vejo o nome do Jax na tela.

ELLIE WADE

Jax: Ei, Little Love.

Eu: Ei, mocinho.

Jax: Estou com saudade.

Eu: Estou com saudade também. O que você está fazendo?

Jax: Treino matinal. O técnico nos deu dez minutos de intervalo. Queria ver como sua manhã estava indo.

Eu: Tudo bem. Não cheguei ainda. Como está o treino?

Jax: Brutal. Animada?

Eu: Chegando lá.

Jax: Você vai amar.

Eu: Espero que sim... mas sentirei sua falta.

Jax: Óbvio. ;-) Sentirei sua falta também. Mas nada vai mudar de verdade. Estaremos separados, igual ano passado.

Eu: É, verdade.

Jax: Tenho que ir. Falo com você mais tarde. Tenha um ótimo dia.

Eu: Ok. Te amo.

Jax: Te amo mais.

Jax: Para sempre.

um amor bonito

Aperto o botão de travar o telefone. Observo enquanto a tela fica preta e levo o aparelho até o peito. *Vai ficar tudo bem. Por que não ficaria?*

Ainda tenho o Jax.

Sempre terei o Jax.

Vou aproveitar o momento. Jax tem sido minha outra metade por quase vinte e um anos e será meu pelo resto do nosso tempo na Terra. É a minha chance de estar por conta própria pela primeira vez na vida e vou tirar o maior proveito possível disso.

Sete

Dirigir para o *campus* da Central é como ser transportada para uma terra diferente, um lugar onde todas as minhas preocupações e ansiedade são logo substituídas por alegria e êxtase.

A depressão que abateu Lily Madison no último mês e, especialmente, na viagem de carro hoje de manhã se foi.

Simples assim.

Puff.

Esse lugar deve ter algum tipo de poder mágico, mas não estou reclamando. A alegria que sinto agora é a que sempre esperei sentir. Mesmo há uma hora, não conseguia imaginar me sentir assim.

Achei que a culpa de escolher não ir para a faculdade onde Jax está iria permanecer como uma nuvem de arrependimento derramando gotas de depressão em mim durante todo o meu tempo aqui.

Mas a sensação se foi.

Sumiu.

Ou talvez ainda esteja aqui, mas o peso esmagador da ansiedade correndo pelas minhas veias o está impedindo de vir à tona. Tudo bem, também.

Eu estou aqui. Estou mesmo fazendo isso.

Encaro com empolgação o prédio de tijolinhos na minha frente. À primeira vista, não parece ser nada especial. Na verdade, posso até mesmo dizer que ele se encaixa na categoria de entediante. Ainda que os arrepios de pura euforia dançando em minha pele sejam uma indicação certeira de que sei um segredo enorme que transeuntes aleatórios podem não saber sobre essa estrutura. Esse dormitório abrigará estudantes ansiosos de todo canto de Michigan e talvez de outros estados. Nada é mais emocionante do que imergir em um grupo de jovens ansiosos, esperançosos e entusiasmados, recém-liberados das garras dos pais.

As possibilidades de diversão e descobertas a se ter são infinitas.

Eu me vejo querendo pular para cima e para baixo nas pontas dos pés e gritar feito uma criança de cinco anos na manhã de Natal. Estou com tanto medo de estar sendo inconstante — se é que isso faz sentido. Fui protegida a minha vida inteira. Sei o quanto sou sortuda por fazer parte de uma família tão amável e, é claro, por ter Jax, que é a maior bênção de todas. Ainda assim, em algumas horas, estranhos vão me cercar, e esse pensamento tanto me empolga quanto assusta. Serei capaz de descobrir do que sou feita. Enfim poderei ver o que é ser eu — não a Lily de Jax e Lily nem a Lily Madison, filha do meio dos respeitáveis senhor e senhora Madison.

Apenas a Lily.

Vou sentir muita saudade do Jax e, quando me permito pensar nisso, meu coração se aperta. Mais do que aperta. Ele dói com uma força intensa. Mas não me arrependo da minha decisão, até mesmo agora. Preciso ter esse tempo. Algum dia, sei que serei a senhora Porter, e Jax e eu viveremos o sonho americano. Estarei conectada a ele pela eternidade, assim como sempre estive, e isso é maravilhoso. Eu não poderia pedir nada mais.

Mas, por agora, enquanto posso, preciso experimentar a vida por conta própria. Mesmo se apenas por pouco tempo, tenho que saber o que é ser apenas eu.

Tudo ao meu redor é o caos do dia da mudança para a faculdade. Uma variedade de veículos está estacionada em ângulos aleatórios, ignorando completamente as linhas brancas indicando vagas apropriadas de estacionamento. As pessoas estão, como é de se esperar, lutando para ficar o mais perto possível das portas; as linhas brancas que lutem.

Quero experimentar, sozinha, a caminhada pelos corredores e a primeira visão do meu dormitório; então, com a promessa de voltar em um momento, deixo meus pais lutando com a estrutura redonda e estranha da minha cadeira favorita de madeira. Opto por carregar algumas bolsas com convenientes alças de ombro para dentro do prédio de tijolos à minha frente.

Do lado de dentro da porta de metal, logo percebo o ar desagradável, um cheiro de mofo com uma dose de produtos químicos. Imagino que esse seria o cheiro de um prédio abandonado que foi exposto à água e ao mofo depois de ter sido limpo com produtos vencidos que estão no armário do zelador. Não é nada com que eu não possa lidar e ficará melhor quando a porta do meu dormitório estiver aberta, permitindo que a brisa quente do verão leve o cheiro para longe.

Respiro fundo — espera, não... Respiro de forma bem rasa enquanto continuo a ir em direção ao meu quarto, vendo os números nas portas chegarem perto do 216. Quando chego lá, vejo um papel quadrado e azul com "Lily Madison e Jessica Rose: Suíte 1" escrito de canetinha preta. Abaixo dos nossos nomes está "Tabitha Hunter e Molly Smith: Suíte 2".

Dou uma olhadinha pelo corredor, para ter certeza de que ninguém está vendo, e trago as mãos para a frente do rosto e bato palminhas rápidas. Não consigo resistir. Toda sorridente, abro a porta.

Parada na minha frente está uma garota de short cáqui e uma camiseta preta de gola V. Ela está arrumando livros em uma prateleira. Tem pulseiras pretas de couro nos dois pulsos e uma corrente prata grossa presa ao cinto, que desaparece no bolso. Ela se vira para mim e sorri. Os olhos castanhos e profundos são gentis e complementam seu cabelo castanho-escuro com mechas curtas e aleatórias. O tamanho do seu cabelo faz com que as argolas enormes e pretas em sua orelha se sobressaiam, chamando minha atenção.

— Hum, oi — gaguejo, de repente sendo atingida por um caso de nervosismo. — Oi. Eu sou Lily.

A garota vem até mim, a mão estendida.

— Sou a Jess. Então você é minha colega de quarto.

Aperto sua mão.

— Isso.

De primeira, eu descreveria a aparência de Jess como uma fusão de skatista e moleca. O calor irradiando dos seus olhos me faz sentir imediatamente à vontade. Se as primeiras impressões estiverem corretas, acho que vou gostar muito de dividir o quarto com a Jess.

Ela solta minha mão e me ajuda a retirar as bolsas dos ombros antes de jogá-las no chão.

— Maravilha. Vamos dividir o dormitório com a Molly e a Tabitha. Elas ainda não chegaram. Acho que vêm amanhã. Nós três estamos juntas desde calouras. Minha colega de quarto nos últimos dois anos era uma garota chamada Carrie, mas ela se apaixonou pela bebida no ano passado e tomou bomba em todas as aulas. O que deixou uma vaga para você.

Ela dá uma risadinha e, quando percebo que minha boca está aberta, eu a fecho.

um amor *bonito*

75

— Ah. — E isso é tudo o que consigo dizer.

— Esse é o seu primeiro ano de faculdade?

— Sim… Quero dizer, não. Fui para a faculdade comunitária nos últimos dois anos. Mas essa é a primeira vez que vou para uma universidade e moro longe de casa.

— Ah, entendi. Bem, não se preocupe. Nós somos todas bem fáceis de lidar. Molly é um amor, um pouquinho tímida, mas bem legal. Tabitha pode ser uma escrota, não vou mentir, mas você se acostuma. Ela costuma ser de boa na maior parte do tempo, mas pode ser difícil de lidar. Ela é sem noção e mimada. Mas, acredite em mim, poderia ser alguém pior. E eu sou bem legal, acho. Avise se você decidir que não. — Pisca para mim.

Solto uma risada nervosa.

— Ok, aviso.

Ouço um farfalhar por trás de mim e me viro para encontrar meus pais lutando com a cadeira de madeira. Dirigindo-me à Jess e digo:

— Espero que não se importe por eu ter trazido minha cadeira enorme. Ela é superconfortável e prometo dividir. Embora vá ocupar um pouco de espaço aqui. — Gesticulo para a sala de estar conjunta que separa os dois quartos.

— Legal. Sem problemas.

Meus pais colocam a cadeira no canto. Minha mãe abana o rosto, que está levemente molhado de suor.

— Obrigada por trazerem a cadeira. Ei, mãe e pai, quero que conheçam minha nova companheira de quarto, Jess. — Aceno na direção dela.

Ela dá um aceno e um sorriso manso.

— Sim, nós vamos dividir esse quarto. — Jess aponta para o cômodo do lado esquerdo da porta. — Duas outras garotas dividem aquele do outro lado do banheiro. — Aponta para a porta do outro lado da sala de estar.

— Ah, ótimo. Prazer em conhecê-la, Jess. Sou Miranda Madison. — Minha mãe estende a mão.

— O prazer é todo meu, senhora Madison — responde, apertando a mão da minha mãe.

— Ah, querida, só Miranda está ótimo — garante a ela.

— Oi, eu sou Anthony. Prazer em conhecê-la, Jess. — Meu pai aperta sua mão.

Nós quatro trazemos o restante das minhas coisas lá de baixo e depois saímos para jantar em um restaurante chinês local ao qual Jess fez mil elogios.

Optamos pelo jeito típico dos Madison de comer comida chinesa, pedimos várias entradas e acompanhamentos e colocamos tudo no centro da mesa, no prato giratório de madeira. Pegamos pratos vazios e servimos pedaços de cada entrada do bufê central de delícias da China.

— Isso é maravilhoso. Eu amei! — comenta Jess, em referência ao nosso arranjo alimentar.

— É. Anthony e eu começamos a fazer isso quando estávamos namorando — mamãe explica. — Eu não conseguia decidir o que queria, então, em um dos nossos encontros, ele pediu os pratos que eu estava em dúvida e nós dividimos. Fazemos isso desde então.

— Eu também amo. Posso ser indecisa, tipo minha mãe, então funciona para mim. — Dou uma risadinha antes de morder um rolinho primavera.

Com arroz, macarrão, vegetais e várias carnes cobertas de molho, Jess fica mais que impressionada com meus pais; não que seja difícil, pois eles são muito amáveis. Ela é uma das pessoas mais fascinantes que já conheci. É tão ousada, diz exatamente o que vem na cabeça, embora, ao mesmo tempo, seja humilde e agradável. Ela gosta de música, esportes e artes. Está tirando diploma duplo em música e design.

Encaro-a enquanto ela tem dificuldade de comer com os hashis. Ela manda uma castanha-d'água voando pelo restaurante, dando início a uma rodada de risadas por parte dos meus pais. Fico maravilhada com a sorte que eu dei para ter uma colega de quarto tão legal.

Meus pais e eu continuamos a falar sobre nossa família. Jess não dá muitos detalhes sobre a dela, exceto que é filha única. Conto tudo sobre minhas duas irmãs. Explico que Amy mora em Ann Arbor, onde se formou no ano passado no programa de enfermagem da Universidade de Michigan, e agora adora trabalhar no Hospital Infantil Mott. Falo de Keeley, que está em casa, comprando roupas de escola com sua melhor amiga enquanto se preparam para começar o último ano do ensino médio. Em seguida, menciono brevemente Jax e explico que ele frequenta a faculdade em Ann Arbor.

— Espere — Jess me interrompe. — Você está falando do Jax Porter? Tipo o *quarterback* gostoso pra caralho da Universidade de Michigan? — Ela se dirige aos meus pais. — Desculpem por xingar. — Então, ela se volta para mim. — Sério?

— Como você conhece o Jax?

— Lily, qualquer um que segue o futebol americano universitário conhece o Jax.

um amor bonito

77

— Ah, sim. — Esqueci que, agora, meu namorado é conhecido por mais do que apenas aqueles da nossa comunidade, especialmente desde o ano passado, quando ele assumiu como *quarterback* titular.

— Uau. Isso é loucura. Que legal. Sou muito fã de futebol americano.

Olho para os meus pais, e o foco deles está em mim. Eles parecem querer dizer algo, mas não dizem. Dirijo-me a Jess.

— Sim, meio que vim aqui para fazer minhas próprias coisas um pouco, sabe? Mas, tenho certeza de que em algum momento podemos ir a um jogo.

Seu rosto brilha de animação.

— Isso seria incrível.

Depois de vários abraços dos meus pais, fico sozinha com a Jess no nosso quarto, encontrando espaço para as minhas coisas. Katy Perry está no último volume, o que foi uma escolha minha. Ela queria uma mais antiga, tipo Pearl Jam, mas pedra, papel ou tesoura decidiu no final.

Quando o espaço está habitável e meu corpo está além de exausto, eu me jogo no futon e Jess se senta na outra ponta.

— E aí, Lily, qual é a sua história? — Jess pergunta.

Ela aprendeu a essência da minha vida no jantar. Recebeu um resumo sobre as minhas irmãs e soube de Jax. No entanto, ela o conhece apenas pelo nome, não sabe quem ele é de verdade. Começo a devanear, contando a ela o quanto o Jax é maravilhoso, o Jax de verdade. Digo que o conheço por toda a minha vida, como temos sido inseparáveis, mesmo antes de as coisas ficarem românticas entre nós. Menciono o quanto ele é excepcional em tudo o que faz e que é o garoto mais gostoso que conheço. Conto do baile no penúltimo ano e sobre os eventos que nos fizeram ficar juntos.

Jax e eu temos uma bonita história de amor. Contar de novo me lembra do quanto o amo e aquele pensamento me faz sentir ainda mais a falta dele. Olho para o telefone, ainda sem nenhuma mensagem dele. Desde que cheguei aqui, já liguei várias vezes durante o dia e mandei várias mensagens, mas não recebi nada. Sei que ele está ocupado, mas dói não ouvir sua voz.

— Uau, você o faz parecer o cara mais gostoso e maravilhoso do planeta. — Jess ri, balançando a cabeça.

— Ah, ele é — respondo. — Vai ter que esperar para ver. Você vai gostar dele.

— Tenho certeza de que vou. Se ele a deixou tão apaixonada, deve ser bem decente.

— Ele é mais do que decente.

Jess joga a cabeça para trás em uma risada.

— Sim, Lil, você já disse, inúmeras vezes.

Decidimos encerrar a noite. Meu corpo dói de exaustão. Deito na cama, apertando o telefone no peito, no meio do caminho entre a realidade e o mundo dos sonhos. Todo o meu corpo e membros estão drenados pelo dia da mudança. Meu telefone vibra e eu dou um gritinho, ficando completamente alerta enquanto deslizo a tela para atender.

— Little.

Sua voz me afeta e eu logo começo a chorar, o motivo, eu não tenho certeza.

— Lily, o que há de errado? Por que você está chorando? — O tom de Jax fica preocupado.

Soluço.

— E-eu não sei.

— Você está bem?

Fungo.

— Sim, estou bem. Ótima, na verdade. Só estou... cansada, e sinto muito a sua falta. Tive um dia fantástico. Fiquei esperando o dia inteiro para falar com você e não sei por que estou chorando. Estou exausta, mas feliz. — E estou divagando.

Sua risada profunda ressoa pelo receptor.

— Ah, Lil, eu te amo tanto. Sinto sua falta também, linda. Desculpa não ter estado com você o dia todo. Foi bem corrido por aqui, sabe?

— Sim, eu sei. Só estou feliz de ouvir sua voz.

— Eu também. Também senti sua falta. Então, conte sobre seu primeiro dia. O que achou da Central? Como é sua colega de quarto? Como foi para os seus pais te deixarem? Conta tudo.

Começo a falar, dizendo tudo ao Jax desde a aparência do dormitório, como é o cheiro, até a sensação que tive quando coloquei os pés na minha nova casa pelos próximos oito meses. Conto sobre a Jess e do quanto o

um amor *bonito*

79

jantar foi divertido. Não dou tempo a ele para responder à minha tagarelice incessante, já que não faço nenhuma pausa até terminar a história comigo deitada na cama, segurando o celular e esperando que ele ligasse.

— Uau. — E é tudo o que ele diz.

— Não, é? Que dia maluco!

— Estou feliz, Lil. A Jess parece legal. Estou ansioso para conhecê-la. Vocês duas deveriam pensar em alguma coisa para manter todos os filhos da puta com tesão longe de você.

— Ah, para. Como se fosse acontecer algo assim.

— Você não conhece os caras como eu conheço. Vai acontecer e me preocupa.

Descarto sua preocupação.

— Vai ficar tudo bem. Eu te amo. Fala do seu dia. Conta tudo.

O dia do Jax consistiu em dois treinos, uma soneca e várias refeições com seus colegas de quarto, que estão todos no time de futebol americano também. Os quatro estão, na verdade, se preparando para ir a uma festa de fraternidade, mas Jax queria ligar antes de sair.

— Por favor, se cuide. Não beba muito e beije alguma garota aleatória.

Ele ri.

— Está me zoando? Você sabe que nunca aconteceria. Você é tudo para mim. Sabe disso.

— Eu sei, mas ainda me preocupo. Prometa que vai se cuidar.

— Claro que vou. — Ele para por um momento. — Ei, Little Love?

— Sim? — respondo.

— Feliz aniversário, baby.

Olho para o relógio na minha mesa de cabeceira e o display digital vermelho marca 00:00. É meu aniversário de vinte e um anos.

— Obrigada.

— Queria ser o primeiro a desejar.

— Eu sei. Você é o primeiro. — Sorrio na escuridão.

— Seu primeiro em tudo. — Sua voz está profunda e sexy.

Meu corpo logo se acende.

— Uhummm — respondo.

— Se lembra do seu aniversário de dezoito anos?

Dou uma risadinha.

— Você sabe que eu lembro.

— Eu também. Na verdade, estou pensando nele agora mesmo. — O timbre grave da sua voz me diz que ele está tão excitado quanto eu.

— Talvez não seja uma boa ideia, considerando que você está prestes a sair.

— Verdade. Meu Deus, queria que você estivesse aqui. Sinto sua falta.

— Eu também. Me liga amanhã?

— Claro.

— Tenha uma boa noite. Se cuida.

— Eu vou. Te amo, Lily.

— Te amo também — respondo.

— Te amo mais — garante.

Ouço o clique e sei que ele desligou.

Seguro o telefone no peito enquanto minhas pálpebras se fecham com um peso enorme. Uma pitada de nervosismo preenche meu corpo ao pensar na minha primeira noite dormindo longe de casa, de Jax e de tudo que conheço. Mas a exaustão me atinge e, antes que eu possa realmente pensar nos meus sentimentos, estou dormindo.

Oito

O sol entra pelas cortinas de vinil baratas da janela do meu dormitório. Alongo os braços por cima da cabeça, incapaz de suprimir o sorriso no rosto, já que meus sonhos com Jax ainda estão frescos na minha mente.

Estico-me e pego o telefone de cima da mesinha ao lado da minha cama, sabendo que ele teria me mandado mensagem hoje de manhã antes do treino.

Jax: Feliz aniversário, minha linda. Estarei pensando em você o dia inteiro. Eu te amo.

Mando um emoji de beijinho para ele e me sento.

Ouço vozes do outro lado da porta do quarto. Olho em direção à cama da Jess, e vejo que ela não está lá. Depois de prender o cabelo em um coque bagunçado, vou para a sala.

— Ah, veja. A Menina Flor emergiu do seu sono de beleza — diz uma voz que só pode ser descrita como sarcástica.

— Lily, essa é a Tabitha. Tabitha, Lily — Jess diz, em uma rápida apresentação.

— Oi. — Minha voz está hesitante. É quando percebo o cheiro peculiar de... lírios.

Olhando ao redor, vejo cinco vasos, cada um cheio de pelo menos uma dúzia lírios. Ignorando minhas colegas de quarto por um momento, vou até cada um e pego os cartões, parando para sentir o cheiro das flores. Tenho certeza de que pareço meio maluca enquanto pulo ao redor da sala.

Oferecendo uma explicação, declaro:

— É meu aniversário. Elas são do meu namorado.
Abro os cartões e leio cada um.

> Feliz aniversário, Little Love.

> Te amo.

> Te amo mais.

> Te amo para sempre.

A última me faz rir.

> Não beba demais hoje à noite e beije um cara aleatório.

— Feliz aniversário — Jess deseja, calorosamente.
— Obrigada. É o meu aniversário de 21.
Jess assente em concordância.
— Legal.
Tabitha fala:
— Então, escute, não toque nas minhas coisas, não coma minha comida e não flerte com meus namorados, assim ficaremos de boa. Ok?
Isso me pega de guarda baixa. Com toda a alegria e entusiasmo, quase esqueci que ela estava aqui.
Essa garota está falando sério? Fico inclinada a acreditar que sim, dado seu olhar frio e observador.
— Ok — tento dizer normalmente, mas não consigo evitar prolongar cada letra da minha resposta.
— Como eu disse, ela pode ser escrota, mas é inofensiva. Você vai gostar dela — Jess garante.

um amor bonito

— Sim, claro. — Observo a aparência de Tabitha.

Ela é muito linda. Alta... bem, mais alta que eu. Deve ter mais ou menos 1,70m. Suas pernas longas e finas estão expostas à perfeição por conta do short curtinho. Ela está usando uma camiseta justa que se estica sobre o peito farto. O cabelo preto na altura dos ombros cai com perfeição, cada pedaço brilhante no lugar. Os lábios são carnudos e o nariz é levemente arrebitado e pequeno, mas o que mais se sobressai são seus olhos enormes e cativantes. Eles são tão escuros que são quase pretos.

— Ok, ótimo — Tabitha diz, seu humor mais leve, quase amigável.

Pergunto-me se ela tem algum tipo de transtorno de personalidade.

— Então, aniversário de 21? Com certeza vamos sair hoje à noite. Certo, Jess? — Tabitha questiona.

— É óbvio — responde Jess. — Está dentro, Lily?

— Claro. Parece divertido. — Já fui a festas universitárias com o Jax, mas nunca com um grupo de amigas.

— Você está gostosa, garota — Jess comenta, ao fechar o cinto preto de couro. Ela está usando jeans, uma camiseta preta e All Star.

Tenho a sensação de que Jess tem um guarda-roupa bem simples. Até agora, ainda não a vi usando nada diferente de preto.

— Obrigada. Você está ótima também. Exagerei no look? — Olho para meu conjunto no espelho. Estou usando um tubinho preto curto com um cinto dourado e robusto e saltos dourados de tiras. Meu cabelo loiro está solto e cacheado. *Talvez seja um pouquinho demais? Mas é um dia especial.*

— Inferno, não. Você está ótima. Não ligue para mim. Eu só não sou de me vestir assim. Mas não se preocupe. Você vai combinar com a Tab e a Molly.

Molly, nossa quarta colega, chegou hoje à tarde. Ela é legal, meiga e quieta, assim como Jess explicou. Parece a típica vizinha com um longo e cacheado cabelo castanho e olhos da mesma cor. O rosto oval a faz parecer inocente, e ela provavelmente é.

— Pronta para sua primeira saída como uma universitária independente? — Jess indaga.

— Com certeza — respondo.

Jess estava certa. Meu look é bem próximo do que minhas outras colegas de quarto estão vestindo. Tabitha com um pouco menos de tecido que eu.

Mando mensagem para Jax, avisando que vamos sair. Não tive notícias dele desde que me ligou depois do treino hoje de manhã. Fico ansiosa quando ele não responde minhas mensagens. *Mas é para isso que estou aqui, certo? Para descobrir a mim mesma sem estar conectada ao Jax.*

Deixo sair um suspiro.

Era isso que eu queria. Era o que eu precisava. Este é apenas o segundo dia. A ansiedade vai diminuir conforme os dias passarem. Sei que Jax é ocupado, e ele não fica sempre grudado no telefone. Só sinto a falta dele. É estranho sair no meu aniversário sem ele.

— Por que o rosto triste, Menina Flor? — Tabitha questiona, já inventando um apelido para mim.

Acho que ela acredita que é inteligente, dado que meu nome é por conta de uma flor e nosso dormitório está cheio delas, mas não é tão criativo assim. Só dizendo.

— Estou bem. Vocês estão prontas?

Elas me levam para o The Pub. A atmosfera é ótima. Metade do bar é de esportes e a outra metade é uma boate.

A noite passa rápido, graças a uma combinação de bebidas e dança. Meus pés doem, mas estou me divertindo muito. No momento, não estou sentindo falta do Jax.

— Vamos tomar mais uma em homenagem à aniversariante! — grita Tabitha.

Sei que deveria dizer que não. Minhas pernas parecem gelatina e as pontas dos meus dedos estão formigando, dois sinais de que cheguei ao limite. *Mas quem se importa? É meu aniversário.*

— Sim! — declaro, com entusiasmo.

Nós quatro paramos lado a lado no bar, cada uma pegando um limão e segurando um copo.

— A um novo ano, novas amizades e uma nova colega de quarto! — Jess brinda.

— Às colegas de quarto! — Tabitha, Molly e eu gritamos, antes de tomarmos nossos shots.

um amor *bonito*

— Vamos dançar! — Molly grita.

Sua personalidade aflora hoje à noite. Ela com certeza não é tímida e calada quando bebe.

Fico de pé na pista, olhos fechados e mãos erguidas, enquanto balanço o corpo com a batida. Estou completamente bêbada e estou adorando.

Feliz aniversário de 21 anos para mim.

Mãos grandes seguram meus quadris e sinto um corpo por trás do meu. Sorrio e me inclino em seu calor, o movimento dos meus quadris imitando os que estão atrás de mim. As mãos se movem, parando na minha cintura, esfregando o tecido que cobre a minha barriga enquanto se envolvem ao meu redor.

Espera. O que estou fazendo?

Saio do meu momento de embriaguez para uma clareza cristalina ao perceber que estou dançando com um cara estranho. Forço meu corpo para fora do seu agarre e viro o rosto para ele.

— Ei, aonde você vai, gata? — Sua voz é grave, mas não faz nada comigo.

— Hum, desculpa. Não posso dançar com você. Tenho um namorado — gaguejo.

— É só uma dança, docinho, nada demais. — O cara parece arrogante. Não gosto disso.

— Para mim, é. — Procuro minhas colegas de quarto entre os corpos dançantes.

Ele agarra meu braço e encaro onde ele segura, depois retorno para o seu rosto.

— Uma garota bonita como você não deveria dançar sozinha.

Ele não é nada mal. De fato, eu me arrisco a dizer que é atraente. Tem cabelo curto loiro-areia e um rosto bonito. Não consigo olhar bem para a cor dos seus olhos com a iluminação escura, mas chutaria que eles são castanhos ou esverdeados.

— É só uma dança — reafirma, esfregando a mão pelo meu braço.

Puxo o braço para longe do seu aperto, virando-me para o lado, mas, antes que possa responder, ouço Tabitha dizer:

— Ora, ora, se não é o Trenton Troy.

— Ah, Tabs. Como você está? Vou chutar: amarga como sempre? — Ele direciona a atenção para minha colega de quarto.

— Não quer tirar a prova? — Tabitha diz, em seu tom sarcástico.

ELLIE WADE

Ela realmente é ótima em usar esse tom. Eu soaria como uma idiota se tentasse.

— Não, vou passar essa, como sempre.

Acho que vejo a mágoa no rosto de Tabitha, mas vai embora antes que eu possa ter certeza.

— Bem, vejo que conheceu minha nova colega de quarto, a Lily — diz, nada amistosa.

— Não, na verdade. Ainda não chegamos às apresentações. Lily, né? Sou o Trenton.

Seu olhar ardente está em mim, o que me faz sentir desconfortável.

— Ela não liga para qual é o seu nome. A garota tem um namorado, então a deixe em paz.

Estou começando a gostar da Tabitha e da sua cretinice, especialmente quando é direcionada para esse garoto.

— Foi o que ouvi. — Sua voz é fria, com um ar de arrogância.

Tabitha pega minha mão.

— Vamos embora, Lily. — Puxando-me para ela, nós nos distanciamos de Trenton.

Feito idiota, viro o rosto para trás e o encontro olhando para mim. Nossos olhares travam e ele sorri.

Voltando o rosto para frente, digo para Tabitha:

— Isso foi estranho.

— Sim, ele é um babaca. Fique longe dele.

Encontramos Molly e Jess jogando sinuca do outro lado do bar. Esta área é uma mudança bem-vinda. Tem um pouco mais de luz e a música não está tão alta. Já é a minha parte favorita, porque fica longe dele.

— Qual é a história entre vocês? Parece que existe alguma coisa — pergunto para Tabitha.

— De jeito nenhum. Eu odeio o cara. Bem que ele queria. — Ela bufa.

— Vou pegar outra rodada para nós. Já volto.

Observo sua forma esguia enquanto se afasta.

— Então você conheceu Trenton Troy? — Jess indaga.

— Sim, na pista de dança.

— Ele é um babaca. Acha que é o gostosão, mas é um idiota total.

— Tabitha também não parece gostar dele.

Jess ri.

— Agora, né.

um amor *bonito*

87

— O que isso quer dizer?

— Ela perseguiu o idiota o ano passado inteiro. Ele não gastava um minuto do dia com ela. É um pegador e acho que é isso que a deixa tão louca. Sabe, ele dorme com todo mundo, mas não com ela. Seu ego está ferido. Ela não está acostumada com rejeição.

— Ah, interessante.

— Sim, eu acho. Você joga? — questiona, apontando em direção à mesa.

— Não muito bem.

Ela sorri.

— Nem a gente.

Nós bebemos mais, jogamos sinuca e rimos. Não rio desse jeito há muito tempo e parece ótimo. Minha ansiedade desaparece e a obsessão de receber a resposta do Jax foi esquecida.

Dançamos até a hora de fechar. Encerramos a noite quando as luzes se acendem e a música para, um sinal bem óbvio de que o bar está fechando.

Ao voltarmos para o nosso dormitório, literalmente caio na cama. Cansada ou bêbada demais para trocar de roupa, decido dormir de vestido. Dando uma olhada no celular, vejo as mensagens que Jax mandou. Lutando para manter as pálpebras abertas, opto por ler e responder amanhã. Diria que o dia foi um sucesso com colegas de quarto maravilhosas e uma ótima comemoração de aniversário.

Sou uma garota de sorte. Penso seriamente nisso enquanto minha respiração se acalma e caio no sono com o cheiro de lírios enchendo o quarto e meu amor por Jax enchendo o meu coração.

Meu primeiro mês na faculdade voa em um borrão de repetições.

Tenho me dado bem com minhas colegas de quarto e amado minhas aulas.

Jax e eu trocamos mensagens durante o dia, mas, normalmente, só conseguimos conversar à noite. Agora que as aulas começaram, ele está mais ocupado do que nunca. Entre seus dois treinos diários, reuniões e aulas do curso de administração, Jax tem pouco ou nenhum tempo livre.

Quando falei com ele nas últimas duas noites, pude sentir algo na sua voz, o que me deixou triste por ele. Sei que está estressado e não sei como ajudar. Pessoalmente, acho que o curso que ele escolheu em paralelo com o tempo comprometido pelo time de futebol americano é algo um pouco ambicioso demais, mas o Jax é assim. Não tenho certeza se ele teria escolha no assunto, porém. Seu pai exige apenas o melhor dos seus garotos e sempre levou Landon e Jax ao limite. As altas expectativas do pai misturadas com a insistência do Jax em ser perfeito criaram um barril de pólvora de estresse que estou rezando, pelo bem do Jax, que não exploda.

A voz da Jess quebra minha concentração.

— Quer ir pegar alguma coisa para comer?

Tiro os olhos do livro que estou lendo e a vejo parada na porta do quarto. Estava tão concentrada nos estudos que não a ouvi entrar.

Eu poderia dar uma pausa.

— Boa ideia. — Deixo o livro pesado de lado e alongo o corpo antes de pular da cama.

— Vamos encontrar Tab e Molly lá — avisa, ao sairmos para o iluminado corredor dos dormitórios.

— Tudo bem.

Escolho o buffet de saladas. Nunca me preocupei com meu peso, nem tive que ficar de olho no que comia. Sou abençoada com um metabolismo acelerado. Além disso, todos aqueles alimentos cheios de carboidratos servidos no refeitório me deixam cansada e eu poderia usar toda a energia que conseguisse. Então, tenho mesmo tentado cortar qualquer ingestão de caloria inútil.

Pego um leite e vou até a nossa mesa de sempre. Tabitha está falando de forma intransigente quando coloco a bandeja ao lado da Jess. Apostaria que é sobre sua conquista mais recente. Eu não chegaria ao ponto de chamá-la de vagabunda, porque seria cruel... mas vamos dizer que Tabitha tem muitos amigos com benefícios.

Minhas colegas de quarto me dão oi quando deslizo no banco. Enquanto Tabitha continua divagando, meu telefone toca no bolso. Puxando-o, vejo uma mensagem do Jax.

> Jax: Indo para a próxima aula.
> O que você está fazendo?

um amor *bonito*

Eu: Comendo no refeitório.

Jax: Qual o cardápio?

Eu: Salada.

Jax: Chato.

Eu: Sei disso. Saudades.

Jax: Eu também.

Jax: Se pudesse comer só uma coisa pelo resto da vida, você preferiria salada ou pizza?

Eu: Fácil. Pizza.

Jax: Isso seria uma escolha saudável?

Rio, ouvindo a voz do Jax fazendo a pergunta na minha cabeça. Consigo ver seu rosto, sabendo que ele estaria erguendo uma das sobrancelhas em um adorável sorriso convencido.

Eu: Não, mas não ligo. É a escolha mais gostosa.

Jax: Você ficaria gorda e não seria saudável.

Eu: E daí? Eu ficaria feliz e você ainda me amaria.

Jax: Isso é verdade.

Eu: Você prefere ficar com cheiro de peixe ou spray de gambá pelo resto da vida?

Jax: Peixe fresco ou estragado?

90

ELLIE WADE

> **Eu:** Sem perguntas. Eu não sei. Peixe! ;-)

> **Jax:** Então peixe, porque peixe nem sempre tem cheiro ruim, mas spray de gambá, sim.

> **Eu:** Boa escolha.

> **Jax:** Você ainda me amaria mesmo assim, com cheiro de peixe e tudo.

> **Eu:** Verdade, mas talvez eu investisse em um prendedor de nariz.

> **Jax:** Tenho que ir. Estou em aula.

> **Eu:** Te amo.

> **Jax:** Te amo mais.

Sorrio, enquanto bloqueio o telefone e o coloco no bolso traseiro.

— Como está o namorado? — Tabitha questiona.

— Bem.

— E quando vamos conhecer esse enigma?

Olho para o outro lado da mesa, onde Tabitha está.

— Não sei. Por que você o chama assim? — pergunto, curiosa.

— Só quero conhecer esse cara que é tão maravilhoso que tem você na palma da mão por vinte e um anos, só isso.

— É, ele é maravilhoso. — Não faz sentido diminuir a maravilha que é o Jax.

— Foi o que ouvi. Quando ele vem visitar?

— Não sei. Ele é bem ocupado com o futebol americano. Não acho que ele vá conseguir vir aqui até o próximo semestre.

— Isso é horrível — Molly fala. — Aposto que sente saudade dele.

— Muita. Queria que meu carro estivesse aqui.

— Pode pegar o meu emprestado quando quiser — Jess oferece.

— Sério? — Só de pensar em dirigir para ver o Jax parece bom demais para ser verdade.

um amor bonito

— Nós deveríamos fazer uma viagem de fim de semana para Ann Arbor! Aposto que as festas lá são muito melhores. Ele tem algum colega de quarto? — Tabitha questiona.

Sorrio, seu entusiasmo contagiante.

— Sim, três.

— Nós deveríamos ir, e você deveria fazer uma surpresa para ele! — Molly exclama.

— Sim — Tabitha concorda. — Surpresas são tudo.

— Então, quando nós vamos? — Jess indaga.

— Não tenho certeza, mas, se queremos vê-lo, com certeza tem que ser durante um fim de semana em que ele tenha jogo em casa.

— Acha que conseguimos ingressos? — Jess pega o telefone.

— Claro que sim. Não vejo por que não. Jax deve conhecer alguém que não vai usar o seu.

Jess começa a digitar no celular.

— Estou procurando as datas. Se vamos a um jogo, tem que ser um bom. Vejamos. Esse fim de semana eles vão jogar em Indiana, e no primeiro fim de semana de outubro é contra a Northwestern. Ah! O jogo contra a Estadual de Michigan é em Ann Arbor este ano. Temos que ir nesse, né? É na última semana de outubro. — Ela olha para cima com uma expressão esperançosa.

— O jogo contra a Estadual vai ser divertido — Molly interrompe.

O jogo da Universidade Estadual de Michigan contra a Universidade de Michigan deve ser legal de assistir. Além da Estadual de Ohio, eu diria que essa é a maior rival da faculdade do Jax. O fato de que é daqui a mais de um mês desanima, mas sei o quanto Jess amaria ir a esse jogo, sendo a grande fã de futebol americano que é. Ela fornecerá o transporte, afinal de contas, então seria justo.

— Boa ideia — concordo. — Mas acham mesmo que eu deva fazer surpresa? E se ele tiver planos?

Tabitha fecha a tampa de sua garrafa vazia de água, depois a joga na bandeja.

— Com certeza, e mantenha a surpresa. É mais divertido assim. E mais, o que ele poderia estar fazendo que não possa incluir você?

— Acho que você está certa. Ele deve sair depois do jogo de sábado. Nós podemos ir juntos. Vai ser divertido. — Saber que vou ver Jax em um mês manda um tremor de animação por mim e minha empolgação começa a crescer. Bato palmas entusiasmadamente algumas vezes. — Muito obrigada, Jess, pela carona. E a vocês, garotas, por irem.

— Não precisa agradecer. Vai ser o máximo para todas nós — Jess declara.

Tabitha nos agracia com todas as histórias que ela ouviu sobre as festas da Universidade de Michigan. Deixo-a falar, mas já fui a muitas com Jax e elas não são como está sendo descrito. Espero que ela não fique desapontada quando chegarmos. De todo jeito, algo me diz que se ela encontrar um garoto por lá, então não vai importar o quanto as festas sejam épicas.

As garotas decidem ir para Wayside, uma boate local a que já fomos várias vezes durante o meu mês lá. Recuso dessa vez com a justificativa de que tenho que estudar. Minha desculpa é uma meia verdade, pelo menos. Posso aproveitar um pouco de tempo de estudo ininterrupto, mas, na verdade, só quero ligar e conversar com o Jax.

As garotas ficaram falando sobre nossa viagem para Ann Arbor o dia todo, o que me fez sentir uma saudade louca dele. Saber que vou vê-lo em um mês, o que é antes do que eu pensei que seria, é emocionante.

Mando mensagem para ele.

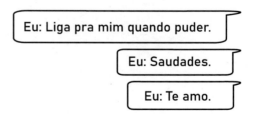

Ele não responde, então ligo para ele para garantir e deixo uma mensagem de voz.

Encaro o telefone, torcendo para tocar.

Nada.

Talvez eu devesse ter saído com as meninas?

Agora que estou em uma missão de falar com Jax, mas não consigo,

um amor *bonito*

fico incapaz de focar em qualquer outra coisa, especialmente em leitura.

Deixo passarem trinta minutos e decido que é um tempo respeitável de espera, então mando mensagem de novo. Estou tão ansiosa para falar com ele, mas também não quero dar uma de namorada maluca.

Ainda nada, e espero.

Deito na cama e decido passar o tempo vendo minhas fotos do Facebook. Tenho milhares na minha conta, a maioria de Jax e eu. Passo o dedo pela tela, mudando a foto, e cada uma traz uma memória diferente, cada uma especial. Sorrio, apesar da minha necessidade de falar com ele. Não consigo evitar a alegria quando penso em todos os momentos maravilhosos que tivemos.

Depois de vários minutos, chego às fotos do nosso baile do terceiro ano e abro um sorriso largo, pensando na noite em que tudo começou.

Nove

Não consigo deter a risada que sai de mim ao ver a enorme mala de marca da Tabitha apoiada na parede perto da porta.

— É só um fim de semana, Tabs, duas noites. Como é possível que você precise de tanta coisa? — questiono, com um sorriso largo, sacudindo a cabeça.

— Ei, Menina Flor, não sabemos o que o fim de semana trará, então quero ter opções. — Tabitha prende uma mecha de cabelo por trás da orelha enquanto admira seu reflexo no espelho da parede.

— Tenho certeza de que, seja o que for que o fim de semana traga, um ou dois looks seriam suficientes — declara Jess, com naturalidade, enquanto pega sua bolsa de viagem no futon.

— Não, não para mim — afirma Tabitha, nada arrependida. — Ei, Molls, está pronta? — chama, em direção ao quarto.

— Estou indo — Molly grita.

Nós vamos até a porta.

A viagem até Ann Arbor parece durar uma eternidade. Fico até tonta de empolgação. Não vejo Jax desde agosto e estou quase saindo de mim com a ansiedade.

A agenda lotada do Jax junto com a minha nos deixou com tempo limitado para falar ou mandar mensagem. É o máximo de tempo que já passamos sem nos ver, mas, além disso, é o mais longe que já me senti dele em todos os aspectos. Dizer que esses últimos dois meses foram difíceis seria o eufemismo do ano.

Todo o meu ser — mente, corpo e alma —precisam desesperadamente desse fim de semana. Anseio pela minha conexão com Jax.

Sou muito grata a Jess e a sua oferta de me trazer até aqui, mas aprendi uma lição valiosa. Um carro na faculdade, para mim pelo menos, é uma necessidade. Sei que Jax não tem tempo para dirigir até Mount Pleasant para me ver. Então, quando eu for para casa mês que vem para o Ação de Graças, vou trazer meu carro. Não vou passar tanto tempo sem visitá-lo de novo.

Navegamos pelas ruas de mão única do centro de Ann Arbor até chegarmos ao *campus* e ao nosso destino. Temos sorte de encontrar uma vaga na rua logo na esquina do apartamento do Jax.

Optamos por deixar as malas no carro até depois de anunciarmos nossa chegada e partimos em direção aos prédios a pé. O vento frio de outono está a toda, fazendo com que eu me envolva com os braços.

— Você está, tipo, animadíssima, Lil? — Tabitha pergunta.

— Você não faz ideia. Mal posso esperar. Só torço para que ele esteja lá.

Baseado nas últimas mensagens que trocamos hoje, sei que o treino já acabou. Ele não mencionou se tinha planos, então deve estar no apartamento. Não acho que ele tenha combinado de sair hoje à noite. Jax normalmente não sai na noite anterior a um jogo.

Minha mão trêmula agarra o metal frio do corrimão que leva à entrada do prédio enquanto subimos os degraus até a porta. Antes de tocar a campainha do apartamento, a porta da frente se abre e um cara sai. Ele a segura para nós e corremos para dentro.

Ansiosa, bato à porta. Em uma questão de segundos, embora tenham sido segundos bem longos, Jax abre a porta. Sua expressão é de pura surpresa e felicidade ao me encarar, os olhos esbugalhados e a boca ligeiramente aberta.

Ele está lá parado, lindo como sempre. Está usando calça de corrida e uma camiseta desbotada que se aperta em todos os lugares certos. O cabelo tem aquele estilo sexy despenteado e parece meio úmido. Consigo sentir o cheiro limpo do seu corpo, o que logo aquece o meu, levando embora todos os vestígios do frio de lá de fora.

Tenho bastante certeza de que ouço Tabitha dizer um "caramba" daquele jeito sensual que ela aperfeiçoou, mas eu a ignoro.

Eu me jogo nos braços dele, levanto o corpo e envolvo as pernas na sua cintura.

Ele me pega e segura com força. Estar em seus braços parece muito certo para mim. Nós nos encaixamos perfeitamente, como uma segunda pele. Toda a minha ansiedade se esvai e sou deixada com apenas uma sensação de paz.

— Little Love, o que você está fazendo aqui? Estou tão feliz por ver você. Não poderia estar mais feliz, mas o que você está fazendo aqui? — pergunta, atônito.

— Queria te fazer uma surpresa — murmuro em seu pescoço. Aperto-o com mais força e relembro o que é ter meus braços ao seu redor.

Solto as pernas de sua cintura e vou para o chão.

Ele corre as mãos pelo meu cabelo.

— Pois é, você conseguiu, sem dúvida. Quanto tempo vai ficar?

— Até domingo. Tudo bem?

— Claro. Sim, claro.

Suas mãos puxam minha cabeça para frente e ele se inclina para mim até nossos lábios estarem unidos. É um beijo curto e suave, mas envia uma corrente de prazer pelo meu corpo e curvo meus dedos no meu All Star rosa.

Lembrando-me do nosso público, eu me afasto.

— Ah, sim. Minhas colegas de quarto. — Minha voz é quase um sussurro, já que estou na minha névoa induzida por Jax.

Começo a apresentá-lo às meninas, e não perco o tanto que Tabitha demora em seu aperto de mão até que Jess a empurra de brincadeira para o lado, apertando a mão dele.

— Ouvimos muito sobre você. Espero que não se importe de invadirmos aqui no fim de semana — Jess diz.

—Não, de jeito nenhum. Ouvi bastante sobre vocês também. É um prazer conhecê-las — responde a ela, antes de voltar a atenção para mim. — Ainda não consigo acreditar que você conseguiu esconder isso de mim. Você é horrível para guardar segredos.

Eu rio.

— Eu sei. Acredite em mim, foi difícil.

Entramos no apartamento e Jax logo apresenta minhas amigas aos seus colegas de quarto — Jerome, Josh e Ben. Esse é o terceiro ano que eles moram juntos e são ótimos amigos. O quarteto escolheu ser chamado de Ben e os Três Jotas no *campus*. O nome me fez rir porque eles são todos umas gracinhas e poderiam ser uma *boyband* ou algo do tipo — uma banda musculosa que não canta, mas um grupo assim mesmo.

um amor *bonito*

Ben é, na verdade, um amigo da nossa cidade. Estudamos com ele desde que tínhamos cinco anos. Ben e Jax sempre foram amigos, mas ir para a mesma faculdade e jogar no mesmo time, sem mencionar morar juntos, transformou os dois em melhores amigos.

— Moças, agora vocês conheceram Ben e os Três Jotas — digo, de maneira dramática, cheia de trejeitos artísticos em direção à sala cheia de testosterona sexy.

Contei para as garotas tudo sobre Jax e seus colegas de quarto antes da nossa chegada. Fiquei bem próxima deles nos últimos anos, quando vinha ficar com Jax dois fins de semana por mês.

Jess logo começa a falar de futebol americano com Jerome, o atual wide receiver titular do time. Tabitha faz sua mágica ao flertar com Ben e Josh, enquanto Molly observa, satisfeita em ficar para trás.

Jax entrelaça nossos dedos e começa a me levar pelo corredor, na direção do quarto. Assim que chegamos ao cômodo que divide com Ben, ele tranca a porta.

Ao me empurrar contra ela, seus lábios vão no mesmo instante para os meus. As línguas mergulham na boca um do outro, famintas pelo sabor, pela sensação. O ritmo da língua do Jax e o calor da sua boca provocam um gemido que vem das minhas profundezas. O som que sai da minha boca se amplifica com o beijo e seus lábios trabalham com mais força, velocidade e aspereza.

Um desejo desesperado de se conectar que não pode ser saciado com um beijo surge de dentro de mim. Estamos ofegantes e os lábios puxam, as línguas exploram e os dentes mordem. Esse beijo é tudo, mas não é suficiente.

Posso sentir a piscina entre minhas pernas e meus quadris começam a se mover sobre Jax por conta própria. Seu comprimento rígido imita o ritmo contra os meus quadris.

— Lily. — Sua voz está tensa e meu nome soa como um apelo. — Lily — repete, no meu pescoço, entre beijos. Seu hálito quente contra minha pele inicia um novo round de arrepios pelo meu corpo. — Preciso de você, Lil.

— Estou aqui — sussurro.

— Preciso estar dentro de você.

— Me tome.

Ele lambe da minha clavícula até o pescoço, depois até meu ouvido, onde sussurra:

— Eu vou, mas preciso de outra coisa antes.

Ele me empurra de lado, e eu fico apoiada na parede e cai de joelhos. Desabotoa meu jeans e o puxa pelas pernas, tirando-o junto com a minha calcinha e os sapatos antes de jogar tudo no chão. Fico de pé na frente dele, nua da cintura para baixo.

De joelhos, ele olha para cima e nos mantemos visualmente conectados enquanto dois dedos me penetram. Sua expressão mostra amor, desejo e pura luxúria. Ele começa a mover os dedos para dentro e para fora e, quando os empurra contra a frente da minha parede interna, eu choramingo.

— Você está tão molhada, tão perfeita.

Ao mesmo tempo, ele quebra nosso olhar e retira os dedos. Com as duas mãos, ele me abre e mergulha a língua tão longe quanto possível. Quero chorar com a deliciosa tortura, mas seguro firme, minha respiração sai com dificuldade. Ele geme em minha carne molhada enquanto continua fazendo amor comigo com a boca, deslizando a língua para cima e para baixo em minha abertura.

— Porra, Lil. Tão bom. Tão doce. Tão tudo. — Sua voz está baixa, grave e estremece ao entoar sua adoração sobre a minha pele.

A língua se concentra no meu ponto mais sensível e leva meros segundos para o meu corpo começar a convulsionar em absoluto êxtase. Ele estende a mão para cobrir minha boca enquanto a língua continua a atacar. Mordo a mão bloqueando meus gritos, já que as sensações continuam pulsando por mim.

Gozo com força, liberando semanas de necessidade reprimida. De olhos fechados e joelhos dobrados, apoio-me na parede, incapaz de me manter de pé, já meu corpo se recupera do ataque violento de sensações.

Um dos braços dele envolve minha cintura, colocando-me de pé. Sinto sua pele na minha. Abrindo meus olhos turvos, vejo que agora ele está nu. Jax usa a mão livre para tirar minha camisa e o sutiã e ficamos um contra o outro. Deleito-me com a sensação que o contato pele a pele traz. Ele puxa uma das minhas pernas e a traz para sua cintura, abrindo-me para ele. Depois, agarra meus dois pulsos e os segura com firmeza sobre minha cabeça.

— Você ainda está usando anticoncepcional?

— Claro.

— Vamos com calma depois. Agora, só preciso de você… com força.

Aceno mais uma vez antes que ele vá com tudo. A forma como minha perna está ao redor dele permite que vá mais fundo. Ele me penetra de maneira implacável, queimando da forma mais extraordinária. É uma dor prazerosa.

um amor bonito

99

Entre as estocadas, a voz tensa de Jax entoa palavras fragmentadas de desejo:

— Eu. Preciso. De. Você. Porra, Lil. Isso. Tão. Bom.

Estamos ofegantes. O som de pele batendo na pele ecoa pelo quarto. Meus olhos continuam fechados e absorvo tudo. A sensação do seu corpo entrando no meu com tanto poder espelha seu desejo por mim.

Os barulhos, os cheiros... Tudo é muito bom, é demais.

Meu orgasmo vem rápido e com força, e mordo o ombro de Jax enquanto meu corpo se sacode com força. Jax vai ainda mais fundo e sinto seu corpo começar a tremer contra o meu. Seus grunhidos soam quase doloridos enquanto ele os abafa por trás dos lábios fechados.

Esgotados, nossos corpos suados deslizam um no outro enquanto Jax nos segura na parede. O quarto está silencioso, exceto por nossas respirações.

Depois que alguns momentos se passam, ele me levanta e vai até a cama. Deitados lado a lado, Jax me abraça com intensidade feroz, como se estivesse com medo de me soltar. Seu rosto está aninhado na curva do meu pescoço, os braços fortes ao meu redor.

Arrasto os dedos de leve para cima e para baixo em suas costas.

— Jax — digo, hesitante —, está tudo bem?

Ele parece diferente, tão intenso... quase triste, ou talvez bravo. É difícil identificar suas emoções, mas seu comportamento está diferente. Talvez ele esteja apenas controlando os sentimentos depois de tanto tempo sem me ver.

— Estou bem. Só tem muita coisa acontecendo. Ando tão estressado ultimamente.

— Posso ajudar? O que posso fazer? — Beijo sua cabeça.

— Já está fazendo. — Ele me traz para mais perto. — Te amo. Sabe disso, né? Que eu te amo muito?

— Claro que sei. E eu te amo.

— Você sabe que, não importa o que aconteça, sempre vou te amar.

— Jax, o que houve? O que há de errado?

Ele está me preocupando.

— Nada. Só queria me certificar de que você saiba.

O quarto fica silencioso outra vez e eu absorvo tudo: suas palavras, seu comportamento, sua intensidade. Sei que algo está errado. Só não sei o que é. Darei tempo ao Jax e, com sorte, ele vai se abrir para mim este fim de semana e me deixar ajudar.

Ficamos deitados por um tempo, nos abraçando apertado, perdidos em pensamentos.

A risada distante de Tabitha chama a minha atenção, quebrando a névoa de Jax.

— Minhas colegas de quarto — digo. — Deveríamos voltar lá para fora.

— Não. — A resposta é calma, porém definitiva.

— Jax, eu as trouxe aqui. Não posso só deixá-las por conta própria.

— Elas vão ficar bem. Ben vai resolver tudo para elas dormirem.

Sinto-me culpada por não só Ben ter que dormir no sofá, que foi o acordo dele com Jax desde o começo para quando eu viesse visitar, mas agora o cara tem que arrumar lugar para mais três garotas dormirem.

— Jax — insisto —, vamos lá. Não podemos simplesmente ignorá-las. Precisamos ir lá só um pouco.

— Não, Lily. Não.

Fico surpresa com o tom firme. Ele suaviza um pouco:

— Escuta, só preciso que sejamos nós dois essa noite. Ok? Só preciso disso. Só preciso de você. Ninguém mais. Por favor?

— Ok. Claro.

Inclino a cabeça para baixo para que meus lábios possam encontrar os dele. Eu o beijo com suavidade, tentando comunicar o meu amor, meu apoio inabalável. Jax é tudo para mim e quero ser tudo para ele. O que quer que o esteja machucando, quero mandar embora.

Afasto os lábios dos dele.

— Acha que nos consegue ingressos para o jogo de amanhã?

— Sim, espere. — Jax rola para fora da cama e pega a calça no chão. Coloca a mão no bolso e puxa o telefone. O rosto fica rígido ao olhar para a tela.

— O que foi? — pergunto, preocupada.

— Só uma mensagem do meu pai. Ele tem sido um idiota ultimamente.

— O que está escrito?

— Nada que valha a pena falar. Está tudo bem, Lily. — Seus polegares se movem sobre a tela, digitando.

— Para quem você está mandando mensagem?

— Ben. Pedindo a ele para organizar as garotas e arranjar os ingressos.

Alguns segundos depois que os polegares de Jax param de se mover, um ting vem do aparelho.

— Pronto. Tudo resolvido — Jax afirma antes de jogar o celular na mesa e voltar para a cama comigo.

um amor *bonito*

— O que ele disse?

— Que vai cuidar de suas amigas e dos ingressos. Não se preocupe. — Ele me beija na testa. — Agora, vamos voltar aos assuntos mais importantes.

A simpatia característica de Jax está de volta em sua voz, e eu não posso deixar de rir.

— Que assuntos são esses? — pergunto, já sabendo a resposta.

— Você e eu — declara, entre os beijos. — Vou fazer amor com você, devagar desta vez, até ambos desmaiarmos de exaustão.

Jax me beija, puxando meu lábio entre os dele, e é o paraíso. Sei que deveria estar preocupada com seu comportamento intenso e as mudanças de humor aleatórias desde que cheguei aqui, mas agora, com seus lábios nos meus, não consigo. Tudo em que posso pensar ou sentir é Jax. Pode ser egoísmo não falar sobre as coisas e ajudar com o que quer que o esteja incomodando, mas quando meu namorado maravilhoso quer fazer amor comigo, é o que eu faço.

E pretendo fazer amor até, como Jax disse, eu não conseguir manter meus os abertos por mais tempo.

Dez

Acordo com os lábios do Jax na minha testa. Abro parcialmente os olhos e vejo sua silhueta difusa através da névoa sonolenta.

— Ei. — Bocejo e estico os braços acima da cabeça.

Entrando em foco, eu o vejo sentado ao lado da cama, estudando-me com uma expressão que não consigo identificar.

— Bom dia. — O tom dele é todo negócios. — Tenho que ir. Temos algumas coisas para fazer com o time antes do jogo. Nossa amiga Stella vai passar agora pela manhã para deixar os ingressos. Vou te encontrar mais tarde, assim que o time terminar de repassar o jogo, ok? Não tenho certeza de quanto tempo vai levar, mas vou te mandar mensagem quando terminarmos e aí a gente se encontra. Tem uma chave extra pendurada no gancho perto da porta. Só tranque ao sair, beleza?

— Ok. Boa sorte. Te amo.

— Também te amo. — Ele se inclina e beija minha testa de novo. — Para sempre. — Fica de pé e vai em direção à porta. Antes de fechar, diz:

— Vejo você mais tarde.

— Tchau — falo, enquanto ele fecha a porta.

Espero até todas as vozes masculinas sumirem no corredor e me levanto da cama, colocando a roupa de ontem. Vou até o banheiro.

Pego minha escova de dentes, coloco um monte de pasta e começo a escovar. Meu reflexo me encara de volta e não consigo parar de sorrir. Estou um horror. Meu rímel está borrado, há linhas pretas pela minha bochecha. Meu cabelo parece um ninho de rato. Mas minha pele pálida está

um amor *bonito*   103

com alguma cor, minhas bochechas com um leve rosado. Parece que acabei de passar a noite fodendo, e foi isso mesmo, da melhor maneira possível.

Encontro as garotas no balcão da cozinha esperando a cafeteira terminar o trabalho.

— Bom dia — digo, animada.

— Bem, vejam só quem é... nossa colega de quarto que nos largou para ter uma maratona de sexo — Tabitha comenta, com voz séria.

O sorriso em seu rosto me deixa saber que é só provocação.

— Desculpem por ter abandonado vocês. Não conseguimos voltar. Espero que não tenha sido desconfortável com os garotos.

— Garota, não precisa se desculpar — Jess garante. — Foi tudo bem. Os meninos são ótimos. E não deixe a Tabs te perturbar. Ela também não ficou sem um corpo quente para dormir na noite passada.

Eu me viro para Tabitha, minhas sobrancelhas sobem com interesse.

— Quem?

— Josh — responde, com naturalidade, dando de ombros. Ela pega o bule de café e derrama o líquido fumegante em sua caneca.

Eu rio.

— Você nunca deixa de me surpreender. Então, como foi?

— Foi tudo bem. Não transamos. Jerome estava na cama ao lado. Eu não ligava, mas acho que Josh sim. Só demos uns amassos — conta, com tédio. — Hoje é uma história totalmente diferente. Vou deixar Josh me pegar no banheiro, se ele quiser. O cara é gostoso pra caralho.

— Quanta classe — murmura Jess, em sua xícara.

— Quanto ciúme — devolve Tabitha.

— Não mesmo — diz Jess.

— É, Josh é mesmo uma graça e é um cara ótimo — ofereço.

Tabitha se vira para me encarar, o cabelo liso balançando.

— Ele não é uma graça. Ele é gostoso pra caralho. E falando de gostosura, caramba, Jax é um gato, Lil... gostoso do nível Homem Mais Sexy da revista People.

Sorrio.

— É, ele é bem gato.

Retiramos as malas do carro. Tomamos banho e ficamos prontas. O interfone toca e eu atendo:

— Quem é?

— Stella — a voz diz, pelo alto-falante.

Deixo que ela entre.

Stella se apresenta. Ao que parece, ela faz várias aulas com o Jax, já que eles estão no mesmo curso e estudam juntos. Ela é linda. No que diz respeito à aparência, eu diria que é o equivalente feminino do Jax. É mais alta que eu, tem o cabelo longo e ondulado e olhos castanhos. Todo o conjunto é agradável e ela irradia bondade.

Por um breve momento, uma emoção que não estou acostumada a sentir em relação ao Jax corre por mim: ciúmes. Mas assim que aparece, vai embora.

Ouço Stella tagarelar e recebo uma vibração positiva vinda dela. Ou ela é uma boa atriz ou deve ser a garota mais meiga do país.

— Ouvi dizer que você curte fotografia. Jax me mostrou algumas das suas fotos. Você é muito boa — ela continua falando.

Acho um pouco estranho Jax ter mostrado as fotos que tirei para sua colega de estudos. Balanço a cabeça, tentando afastar esses pensamentos. Estou sendo boba. *Por que Jax não mostraria minhas fotos?* Ele me ama e está orgulhoso de mim.

Estou presa em meus próprios pensamentos quando percebo que a sala está em silêncio e todos os olhos voltados para mim. Não tenho certeza do que eu deveria dizer ou que pergunta me fizeram. Mas acho que é seguro dizer:

— Bem, obrigada por ter vindo trazer os ingressos. Agradecemos de verdade. Estamos todas animadas para ir ao jogo.

— Ah, sem problemas. Estou a apenas algumas filas dos assentos de vocês. Talvez possamos nos encontrar depois do jogo. Uma das minhas amigas vai dar uma festa com cerveja de barril no pós-jogo. Vai demorar um pouco para os caras nos encontrarem.

As garotas todas concordam e trocamos números de telefone com Stella para o caso de nos perdermos dela no meio do público na saída do jogo.

— Ótimo. Vou mandar mensagem para o Jax e avisar onde estaremos — Stella avisa.

— Sim, claro. Ok — respondo.

Está um pouco frio quando andamos pelo estacionamento onde as pessoas se reúnem para comer e beber antes do jogo, mas, felizmente, esquentou um pouco desde ontem. O sol está brilhando e as folhas estão cheias com as cores vivas do outono. Nós quatro estamos usando o traje azul e amarelo da Universidade de Michigan e tatuagens temporárias de M nas bochechas.

Claro, Tabitha fica amiga de alguns universitários bêbados que vieram preparados para a confraternização antes da partida. Jogamos *cornhole*, — um joguinho divertido em que arremessamos saquinhos em uma tábua e tentamos acertar um buraco e marcar ponto —, bebemos um pouco e comemos algumas delícias grelhadas. Estamos nos divertindo e as garotas estão amando. Não consigo deter o sorriso em meu rosto, porque estou tendo um dia fantástico de verdade, mas parte de mim mal pode esperar que tudo isso — a confraternização, o jogo e a festa — termine para eu ver o Jax. Tenho tão pouco tempo com ele. Quando penso que tenho que ir embora amanhã, sinto falta dele de novo.

O jogo é incrível. Jax está na sua praia e nada é mais sexy do que ele no campo de futebol americano. Sei que ele dá duro para ser tão bom quanto é, mas faz parecer que não há esforço. Ele é um capitão talentoso e ajuda de verdade o programa de futebol daqui a voltar aos trilhos. Estou tão orgulhosa dele.

A partida é apertada e intensa. Sentar no setor dos estudantes em um jogo de futebol americano da Michigan é uma experiência por si só. Há algo empolgante em estar em um grupo barulhento e entusiasmado de fãs fervorosos que amam meu namorado. É surreal.

Quando o jogo termina, o time corre pelo campo em comemoração e Jax olha na direção do nosso setor. Não sei se ele pode me ver entre o mar de amarelo e azul, mas sinto seu olhar mesmo assim. Sei que é apenas para mim.

Encontramos Stella na frente do estádio e começamos a caminhar em direção ao centro. A casa da amiga dela fica em uma das ruas paralelas a uns quarteirões de lá. A festa já está rolando quando chegamos. Grupos de pessoas estão confraternizando por todo o jardim da frente e na varanda. Música alta vem lá de dentro e consigo ouvir as risadas e as vozes abafadas das pessoas que estão lá.

Minhas colegas de quarto e eu, junto com a Stella e mais alguns dos seus amigos, abrimos caminho até a casa. Tabitha e Molly logo se afastam, indo na direção do barril. Stella apresenta Jess e eu para algumas pessoas, mas não consigo ouvir a maioria dos nomes por causa da música altíssima.

Ficamos por um tempo perto dos barris com Molly e Tabitha, muitas conversas, várias pessoas fantásticas observando e incontáveis músicas de estourar os tímpanos antes de Jax chegar. Posso senti-lo e sei que está atrás de mim antes de envolver seus braços na minha cintura. Inclino-me em seu peito e seus braços se apertam ao meu redor.

— Aí está você — diz, em meu ouvido.

Arrepios logo surgem na minha pele.

Viro-me, ainda envolvida em seus braços, até o estar encarando e coloco as mãos ao redor do seu pescoço.

— Ótimo jogo. Você foi maravilhoso, Jax.

Ele sorri, tanto envergonhado quanto orgulhoso.

— Obrigado. Estou feliz por você ter estado lá. — Ele se inclina e seus lábios encontram os meus.

O entorno vira um murmúrio baixo quando todo meu foco se concentra nos lábios macios e sedosos que nesse momento acariciam os meus. Eu poderia beijar Jax por toda a eternidade.

Ele se afasta do beijo e sua expressão é o que deve ser o oposto da minha. Sinto um amor quente e satisfeito irradiando dos meus poros, enquanto Jax parece estressado, como se sentisse dor.

— Vamos sair daqui — pede.

Não questiono seus motivos. Só concordo.

Encontramos minhas amigas com um grupo grande de pessoas na sala ao lado, incluindo Stella e os companheiros de quarto do Jax. Aviso às garotas que vou voltar com ele e elas dizem que vão ficar por ali. Observo Jax dizer algo para Ben e Josh e os dois acenam ao me olhar.

Jax retorna para mim e pega minha mão antes de passarmos pelo grupo ainda maior de pessoas ali na casa.

No caminho para a porta, ouço: "bom jogo", "ótimo trabalho", "épico pra caralho, cara" e outros comentários parabenizando Jax.

Ele também recebe vários tapinhas nas costas e alguns soquinhos.

Uma vez que estamos na calçada, longe da festa, digo:

— Você é quase uma celebridade. — Inclinando-me na direção de nossas mãos entrelaçadas e o empurro com o ombro, de brincadeira.

— Não, eu não sou — diz, sério. — Sou só um jogador de futebol americano.

um amor *bonito*

— Não, você é mais do que um jogador de futebol americano, Jax Porter.

Ele fica em silêncio.

— Amor, o que está acontecendo com você? Você não está agindo como si mesmo. Está me assustando — comento, enquanto paramos na faixa de pedestres esperando o sinal abrir.

— Estou bem. Apenas cansado e estressado. Há tanta coisa acontecendo agora, tanta pressão.

O sinal pisca e nós atravessamos a rua.

— O que está te estressando exatamente? As aulas? O futebol? — indago.

— Sim, tudo isso. Meu pai, tudo… É apenas demais.

— Como podemos melhorar? Você pode desistir de algo? Talvez pegar menos aulas? — Dou voz aos meus pensamentos.

— Não sei… — A voz do Jax vai diminuindo.

Caminhamos mais um pouco em silêncio antes de entrar na Pizza Bob's, um restaurante local com o melhor sanduíche de chipati do universo. Nós dois estamos com fome e pedimos para viagem.

No apartamento, nós nos sentamos de pernas cruzadas no chão da sala, encarando um ao outro, com os sanduíches diante de nós em papéis quadrados.

— Sabe que dia eu sempre fico lembrando? — questiono.

— Que dia?

— Vou te dar uma dica. — Dou um sorrisinho. — Subway.

Um pouco do charme do Jax retorna quando me devolve o sorriso.

— Ah, eu sei exatamente em que dia você está pensando.

— Qual? — Dou uma risadinha, batendo no seu joelho com o meu.

— Nosso primeiro encontro de amigos depois do infame beijo no baile.

— Sim — respondo. — A noite em que demos um salto para a categoria "mais".

— Vou te dizer do que mais eu me lembro daquele dia. Lembra que todas as perguntas de Você Prefere eram focadas em eu ficar nu? — Seu rosto se abre em um sorriso brincalhão e ele agita as sobrancelhas.

— Isso não é verdade! — lamento.

— Ah, Little Love, é totalmente verdade. Queria poder lembrar as exatas perguntas, mas recordo que todas envolviam a minha nudez.

— Tanto faz. Se envolviam, tenho certeza de que era porque você fez com que fosse assim.

— Não, foi tudo coisa sua. Você me queria.

— Sim, óbvio. — Rio, ao balançar a cabeça. — Dá para acreditar que foi, tipo, há três anos e meio?

— É, doideira.

— Olhando para trás, não sei o que nos fez demorar tanto para ficarmos juntos. Você estava se pegando a torto e a direito com qualquer coisa que tivesse seios, mas nada da sua melhor amiga — provoco.

— Ei — Jax reclama, em ofensa fingida. — Em primeiro lugar, não era qualquer coisa que tivesse seios. Eu tinha padrões. E em segundo… — Ele para. — Você sabe o motivo. — Sua voz fica séria.

— Talvez, mas diga de novo.

— Porque você era diferente das outras. Era especial. Era importante e, mais do que isso, era necessária.

Olho em seus olhos cor de esmeralda, implorando que continue.

— Eu precisava de você e, por conta disso, não podia foder tudo e te perder. Nos perder, já que isso — ele gesticula entre nós — era o desconhecido. Eu não arriscaria algo que eu conhecia como sendo tão maravilhoso como era a nossa amizade por causa de algo que eu desconhecia e acabar perdendo tudo.

— O que exatamente fez a gente mudar de ideia? Lembra? — pergunto, em voz alta.

Jax ri, balançando a cabeça.

— Hormônios. Depois do nosso beijo no baile, não havia como sermos só amigos. Química é algo que sempre rolou entre a gente.

— Há bem mais do que isso rolando entre a gente.

Ele acena e seu olhar fica desfocado ao encarar algo atrás de mim.

— É.

— Então… — digo, com a voz animada. — Você prefere…

Ele coloca a mão em meu joelho.

— Little, podemos só nos deitar um pouco? Estou exausto.

— Sim, é claro.

Nós juntamos o lixo e jogamos tudo na cozinha. Depois vamos para o quarto e ele tranca a porta.

Deito-me de costas e Jax vem para perto de mim. Ele se deita de lado, e uma de suas pernas e braço me envolvem. Ele descansa a cabeça no meu peito e fecha os olhos. Arrasto os dedos pelo seu cabelo, pensando. Sua respiração diminui o ritmo e sei que ele está dormindo. Continuo tocando seu cabelo. Ele não colocou nada nele desde o banho depois do jogo e

um amor *bonito*

109

está muito macio. O movimento de arrastar os dedos me acalma, mas, por dentro, estou tudo menos calma.

Sinto vontade de chorar e não tenho certeza de por qual motivo. Algo está muito errado. Eu vi partes e pedaços do meu Jax este fim de semana, mas não muito. Preciso descobrir o que é este medo que ele está sentindo, para poder tirá-lo dessa.

Meu coração dói pelo meu doce menino. Ele é o garoto que cativou meu coração antes que eu soubesse o que é o amor, o garoto que me mostrou o que o amor é por meio de palavras e ações, o garoto que me amou com tanta força que não devolver esse sentimento a ele nem era uma opção para mim. Amar Jax nunca foi uma escolha, sempre foi um privilégio. Quando ele está magoado, eu também estou.

Só espero poder corrigir o que está causando tanta aflição.

Deitada aqui, ouvindo sua respiração se acalmar e estabilizar, rezo para que seus problemas não sejam demais para superá-los juntos. Jax tem que saber que, nessa vida, ele nunca estará sozinho. Tudo o que ele encarar, vai encarar comigo. Vou apoiá-lo e amá-lo para sempre. Tenho que acreditar que, com nosso amor inabalável, podemos superar tudo. Podemos conquistar o mundo, nosso mundinho perfeito.

Onze

Sou acordada por mãos quentes acariciando minha barriga por baixo da blusa. Abro os olhos e encontro Jax me encarando com uma expressão pensativa. Ele parece desperto e tenho a impressão de que está me observando por algum tempo.

— Jax. — Minha voz está baixa, as cordas vocais ainda despertando de uma soneca muito confortável e necessária. — Que horas são?

O apartamento ainda está quieto, indicando que nossos amigos bêbados não voltaram da noite de farra.

— Onze.

Onze da noite ainda é cedo para um sábado, então não há dúvida de que ninguém voltou ainda.

O olhar sofrido de Jax está de volta, mas antes que eu possa encará-lo de verdade e analisar demais sua expressão, seus lábios encontram os meus.

Toda a sonolência desaparece no mesmo instante quando meu corpo responde à sua coisa favorita no mundo: Jax; mais especificamente, seus lábios nos meus. O beijo é gentil e doce por um momento e o rápido espaço de tempo é preenchido por várias batidas do meu coração antes que o ritmo acelere. A suavidade se vai e a fome assume. Sua boca, lábios e língua me devoram.

Nossas mãos estão por toda parte. Frenéticas, puxam e removem peças de roupa. Gemidos preenchem o ar ao nosso redor. Os sons de uma fome desesperada falam do desejo de duas almas que queimam para se conectar da maneira para a qual foram feitas.

Isso aqui entre Jax e eu, nossos corpos e almas agindo por puro instinto e desejo, é para o que fui feita. Para ser parte dele e ele minha. Para nos tornarmos um só da forma mais bonita que se pode imaginar. Há apenas uma coisa nesse mundo que é mais bonita que o Jax: a nossa conexão, a forma como estamos juntos. Não há nada mais certo, mais puro, mais predestinado do que nós dois juntos.

A primeira vez que fazemos amor é dura e agressiva. As investidas de Jax são fortes, jogando meu corpo para trás em direção à cabeceira todas as vezes. É poderoso, necessidade crua, e eu amo. Nós dois gozamos com força: os corpos se desfazem simultaneamente, as vozes gritam no ar repleto com a luxúria que nos rodeia.

Jax cai por cima de mim, o peito suado subindo e descendo enquanto tenta recuperar o fôlego. Ele esconde o rosto em meu pescoço e respira em minha pele. Com cuidado, corro a ponta dos dedos por suas costas, sentindo seus músculos sob a minha pele.

Nenhuma palavra é dita ao retornarmos do clímax. Meu corpo vibra de satisfação. O coração bate com a plenitude do amor que sinto por Jax.

Ele deixa beijos leves no meu pescoço, todo meu ser recarrega no mesmo instante e fica pronto para ele de novo. Embora dessa vez seja diferente. Ele move os lábios pelo meu corpo; sugando, beijando e lambendo cada centímetro da minha pele. Fica bastante tempo em meus seios, trabalhando a boca na pele sensível com perfeição — puxando, beijando e mordendo de levinho — até minhas costas arquearem para fora da cama, implorando por mais.

Apesar dos meus apelos, ele não me possui de imediato. Os lábios continuam descendo por todo meu corpo, pelas pernas até os meus pés. É como se ele estivesse memorizando cada curva e recuo do meu corpo. Ele manipula meu corpo tanto com a boca quanto com as mãos, massageando os músculos de forma única e sensual. Isso traz uma calma e uma satisfação tão grandes que simplesmente fecho os olhos e absorvo tudo — cada sensação, cada beijo e cada toque.

Jax volta a subir por minhas pernas e sua boca para na minha entrada. A atenção generosa que ele vinha mostrando ao resto do meu corpo agora está focada nesse lugar, o feixe de nervos que me traz a sensação mais maravilhosa de todas. Sua língua se move devagar, saboreando a experiência. Sinto seu gemido ressoar por toda a minha carne enquanto a língua continua os movimentos talentosos.

Meu orgasmo vem rápido, com tanta intensidade que o êxtase beira a dor. Com as mãos, ele mantém minhas pernas abertas e a língua continua me atacando mesmo com os tremores que me percorrem.

— Ai, meu Deus, Jax — grito. — Sim. Sim. Sim.

Exausta, sinto Jax despejando beijos pela minha perna, minha barriga e ao redor dos meus seios. Ele abre meus joelhos com os seus e me penetra de novo, torturantemente lento dessa vez. Abro os olhos e Jax começa um ritmo cuidadoso, a paixão entre nós ainda lá. Mas, diferente da primeira vez, que foi dominada por desejo puro, essa agora é cheia de pura adoração, amor profundo e desejo controlado.

Meu olhar se conecta com os seus profundos olhos verdes que estão brilhando para mim e roubando meu fôlego. Seus olhos estão marejados, cheios de lágrimas não derramadas, e isso acaba comigo.

— Jax. — A dor em minha voz reflete a agonia que vejo em seus olhos.

— Te amo. — Suas palavras são curtas, hesitantes.

— Ah, querido, eu te amo. — Estico a mão de modo que estou embalando seu belo rosto.

— Para sempre — sussurra.

Seu rosto se abaixa e vem de encontro aos meus lábios. Ele continua a se mover para dentro e para fora de mim e sua língua imita o movimento em minha boca.

Agora estamos deitados lado a lado, nos recuperando do clímax. Nossa vida sexual nunca deixa a desejar. Às vezes, Jax gosta de ir com força, mas, outras, ele gosta devagar e doce. Eu amo de todos os jeitos. Mas a forma como ele acabou de fazer amor comigo é nova. Foi dolorosamente delicada. Seus olhos e movimentos enviam melancolia pelo meu coração. O contentamento saciado que a experiência deixou no meu corpo em comparação com a tristeza confusa que deixou em meu coração está em desacordo, me fazendo ter dúvida de como eu deveria estar me sentindo agora.

Um medo desconhecido passa por mim.

— Jax? Por favor, fala comigo.

Sua respiração ainda está irregular, mas nossos corpos tiveram tempo para se recuperar. Ele suspira.

— Little Love... — Meu apelido de longa data soa como um pedido de desculpas. — Precisamos conversar.

Essas três palavras fazem o terror correr por minhas veias. O tom da voz do Jax não é um que estou acostumada a ouvir e, lá no fundo, sei que o que ele vai dizer acabará comigo. Só espero ser capaz de me recuperar.

— O que foi? — pergunto, quase frenética. Na realidade, por alguma razão, não quero mais saber.

Jax fica em silêncio por um momento.

— Lil, eu nem sei como dizer isso. Porra! — grita, passando as mãos pelo cabelo.

A explosão me assusta e, por instinto, me arrasto para trás, envolvendo o lençol no corpo e me apoiando na cabeceira. Ele sai da cama, pega a cueca boxer do chão e a veste. Ele vai de um lado para o outro na frente da cama, os cotovelos dobrados ao entrelaçar os dedos na nuca.

Sento-me em silêncio e espero, meu coração quase saltando para fora do peito.

Ele remove as mãos da nuca e as esfrega pelo rosto ao bufar alto. Ele as abaixa e me olha assustado.

— Eu preciso dizer. Vou só dizer tudo de uma vez. Sinto muito.

Aceno, mas não tenho muita certeza da razão.

— Essa é a coisa mais difícil que eu já fiz e nem sei por que estou fazendo isso. — As palavras saem rápido, quase ensaiadas.

Faz com que eu me pergunte quantas vezes ele teve essa conversa na cabeça.

Ele volta a andar pelo quarto.

— Eu te amo, Lily. Você sabe que eu te amo. Amo demais. Você é perfeita pra caralho. Você sabe o quanto você é perfeita para mim?

Não respondo, sabendo que é uma pergunta retórica. Ele continua:

— Você é tudo para mim. Quero que saiba que eu te amo. Sempre te amei e sempre vou te amar. Para sempre.

Meus olhos se arregalam ainda mais quando ele para de andar e vem se sentar ao lado da cama. Por instinto, fujo para o outro lado da cama, para longe dele. Não estou com medo dele, mas sim das suas palavras. Posso prever o que vai vir a seguir, mas sei que não vai ficar tudo bem. *Eu não vou ficar bem.*

Embora ele esteja agora sentado na cama, não olha para mim. É como se não pudesse. Olha para a janela escura além da cama, os olhos desfocados.

— Isso não é algo que encarei de forma leviana. Sei que é importante, mas a situação é que, agora, não vejo alternativa. Sinto muito, Lil, mas temos que dar um tempo.

— O quê? — explodo.

— Precisamos fazer nossas próprias coisas por um tempo… separados.

O remorso escorre de suas palavras, mas o arrependimento que eu ouço não abafa a dor e a confusão explodindo em mim.

— Eu não entendo. Do que você está falando? — clamo.

— Escute, Lily, venho pensando nisso há muito tempo. Há muita coisa acontecendo. Estou sendo muito pressionado com a equipe e as aulas. Temos o resto da nossa vida para resolver nossas coisas, mas preciso focar em mim agora. Acho que nós dois precisamos.

Tudo que ele está dizendo não está sendo absorvido, mas não consigo ignorar a raiva que estou sentindo.

— Eu não entendo. Como estar comigo te afeta negativamente? Em primeiro lugar, nós quase nunca nos vemos. Não estou fazendo nada de mau contigo. Não estou entendendo o que você está dizendo agora.

— É isso mesmo. Praticamente não nos vemos por conta da nossa agenda maluca. Sinto culpa o tempo todo porque não te dou o tempo ou a atenção que você merece.

— Não estou reclamando disso. Eu entendo que você está sob muita pressão, Jax.

— Sei que você não reclama, mas ouço isso na sua voz, Lil. Não quero que você fique sentada me esperando ligar. Você queria ir para a faculdade para seguir seus sonhos e é isso que deveria estar fazendo. Essa é a sua vez de fazer o que quer.

— Eu quero conseguir um diploma específico, Jax! Nada mais. Não tenho nenhum sonho que não inclua você. Você não pode estar falando sério. Acabamos de fazer amor! Você disse que me amava. — Paro por um momento, controlando a minha fúria. — Como você pôde me dizer aquilo só para me esmagar um minuto depois?

— Eu amo você. Claro que amo. Isso não mudou e nem vai. Não estou dizendo que é para sempre. É só por agora. Sinto muito, mas preciso fazer isso, Lily. Tem muita coisa acontecendo. Precisamos focar em nós mesmos. Podemos voltar ao nosso relacionamento depois, mas, agora,

um amor *bonito* 115

neste instante da nossa vida, precisamos ser independentes. Nunca conseguiremos reviver esse momento.

— Não quero reviver esse momento. Eu sofro todo dia porque sinto sua falta. Sofro todo dia porque quero você. Espero ansiosa por quando poderemos estar juntos, só nós dois. Por que eu iria querer reviver esse momento?

— Esse é o ponto! Por que você não está me ouvindo? Não quero que você sofra todo dia. Não quero que sinta minha falta. Quero que você seja feliz, que aproveite a faculdade e viva sua vida por conta própria.

Minhas lágrimas quentes estão escorrendo pelo meu rosto.

— Não se atreva a dizer que é por causa de mim. Isso não tem nada a ver comigo. Não é o que eu quero. Sim, eu sinto sua falta. E daí? Você terminar comigo não vai me fazer sentir menos falta de você. Só vai fazer aumentar. Não quero viver uma vida sem você. Você é minha outra metade, Jax, meu melhor amigo. Não posso fazer isso, nada disso, sem você!

Enterro o rosto nos joelhos cobertos pelo lençol. Meu peito dói e pesa enquanto choro violentamente sobre as minhas pernas. Não consigo nem começar a entender o que está acontecendo agora. Apenas uma parte foi registrada e a agonia que aquele minúsculo amontoado está me causando é a maior dor que já senti na vida.

— Lily. — Sinto a cama se afundar ao meu lado e a mão do Jax nas minhas costas. — Sinto muito. Sinto muito mesmo. Estou tentando fazer a coisa certa para nós dois. Nós ficaremos juntos de novo. Eu sei que vamos. Só não consigo te dar nada mais de mim agora. Eu estou acabado. Você merece muito mais do que posso oferecer. Você não merece ser um pensamento no final do dia. Merece ser a razão de eu me levantar, o motivo de tudo. Merece tudo de mim, não apenas uma pequena fração. Não é justo com você e não é justo comigo. Não consigo mais conviver com a culpa. Estou sufocando nela.

Seco o rosto molhado no lençol e olho para cima.

— Estou bem com isso, Jax. Sei que você está sobrecarregado. Eu entendo. Não vê que prefiro ter uma pequena parte sua do que nada? Até mesmo a menor parte de você é suficiente para me fazer a garota mais feliz do mundo. Mas terminar tudo? Jax, não consigo. Não vou ficar bem. Nós não deveríamos terminar. Somos para sempre, lembra? Não posso viver sem você. Não posso. — Volto a chorar no lençol encharcado.

Jax se aproxima de mim na cama e passa o braço pelos meus ombros, puxando-me em sua direção.

116   **ELLIE WADE**

— Você pode. Já viveu sem mim antes.

— Não, não vivi — murmuro no lençol. — Sempre tive você. Na minha memória mais antiga, você estava lá. Não sei como viver sem você, Jax. Não posso. Não vê? Você vai me destruir se fizer isso.

— Lily... — A doce voz do Jax está tentando me acalmar, mas em vão. — Ainda seremos amigos. Isso não vai mudar. Sempre estarei aqui por você.

Como não vai mudar? E por que a palavra amigos do nada soa tão maligna? Aquela palavra costumava me encher de alegria, porque me fazia pensar em Jax, mas, agora, quando penso nela ligada a ele, acaba comigo.

— Amigos? — questiono, a palavra quase dolorosa de se dizer.

— Claro. Você é minha melhor amiga e sempre será. Isso não é permanente, Lily. É só por agora.

Ergo a cabeça e me viro para olhar em seu rosto cheio de dor.

— Você não sabe o que o futuro reserva, Jax. Isso é um erro. Eu sinto.

— Você está certa. Não sei o que o futuro trará, mas confio nisso. Confio em nós e acredito no nosso destino. Acredito que ficaremos juntos, se for para ser, Lil. O destino nos colocou juntos desde o começo e nos deixou unidos por vinte e um anos. Tenho que acreditar que tudo vai dar certo no final. Só sei que, agora, preciso de um tempo. Não posso continuar a ser desse jeito. Vou pirar com tanto estresse. Sei que pode não fazer sentido para você e que tudo isso deve estar parecendo ter vindo do nada, mas já faz um tempo que isso está na minha cabeça e é a única solução em que consigo chegar. Acho que nós dois precisamos nos focar em nós mesmos nos próximos dois anos enquanto terminamos a faculdade e fazemos planos para o futuro. Depois, talvez possamos voltar a ficar juntos quando for a hora certo.

— Isso veio do nada. Por que você não conversou comigo? Por que não fui incluída nessa decisão, Jax? — Meu coração está partido.

— Porque foi algo que tive que resolver por conta própria. Quero que você entenda, Lily. De verdade. Mas não acho que você consiga. Você não sabe o que é estar no meu lugar e eu não sei como explicar.

— Você poderia tentar.

— Lil, por favor, não faça ser mais difícil do que já é. Você sabe que eu não tomaria essa decisão sem ter pensado muito. Repassei todas as opções na minha cabeça e essa é a única forma de funcionar para mim no momento. Sei que a amo e quero o melhor para você. Não sou o melhor para você agora.

um amor *bonito*

117

Aperto o nariz. Seco debaixo dos olhos e as maçãs do rosto, recolhendo algumas lágrimas.

— Você não é o melhor para mim? O que isso significa? Quer que eu saia com outras pessoas? — Fico enjoada só de pensar naquilo.

Jax pigarreia, claramente mexido pela pergunta. Sua resposta é seca:

— Se é o que você precisa.

— Eu não preciso de outra pessoa! Preciso de você! — grito. — Isso é por causa de outra pessoa? Você quer alguém que não sou eu? Você me traiu? — Não consigo nem acreditar que essas palavras estão saindo da minha boca.

— Não! Claro que não! Eu nunca te trairia. Você sabe disso.

— Ao que parece, não sei de nada quando o assunto é você — respondo, séria.

A voz de Jax está mais suave quando ele diz:

— Sim, você sabe. Você me conhece melhor do que qualquer um. Não, eu não quero namorar outra pessoa. Não, eu não te traí nem nunca trairia. Não se trata *disso*. Namorar outra pessoa não tem nada a ver com a minha decisão. O pensamento de você estar com outra pessoa me deixa feliz? Com certeza não. Mas posso te pedir para não namorar mais ninguém? Não, não posso. Como eu poderia terminar com você e te pedir para esperar? Eu não posso.

— Eu vou esperar por você. Claro que vou, Jax.

— Lily, não. — Ele ergue as mãos e volta a passá-las pelo cabelo antes de apoiá-las no colo. Encarando as mãos vazias, ele diz: — Você precisa parar de pensar no que é melhor para mim e pensar em si mesma. Se não for namorar ninguém porque não achou quem te interesse e te faça feliz, é uma coisa. Mas se você não vai namorar porque está esperando por mim ou porque não quer me magoar, aí é outra. Você não pode fazer isso.

Meu queixo treme.

— Você vai namorar outra pessoa?

Jax suspira.

— Para ser sincero? Não sei. — Sua resposta monótona corta meu coração como uma faca.

Eu me envolvo com os braços e aperto os joelhos. Fecho os olhos e, devagar, me movo para frente e para trás, forçando a calma a vir, rogando a Deus que isso seja só um sonho, um pesadelo. Se não for, rezo para que eu possa suportar a agonia que virá, porque a dor em meu peito está me cegando.

— Como voltamos a ser só amigos? Como funcionaria? — pergunto, baixinho. Minha luta acabou, sugada pela dor esmagadora que sinto.

Jax está imóvel, apoiado na cabeceira.

— Não tenho certeza, mas vamos descobrir. Temos que descobrir. — Sua voz está desprovida de emoção.

Fecho os olhos com força, tentando segurar as lágrimas, abaixo o queixo para o peito e respiro pelo nariz.

Não consigo acreditar nisso. Não consigo entender de verdade o que está acontecendo comigo. Ainda tenho tantas perguntas. *Como fui de fazer amor com o homem da minha vida para estar nua, sentada na cama dele, coberta por um lençol, tremendo de tristeza e com uma dor de partir o coração?*

Todo esse cenário é uma página que sai direto do livro com os meus piores pesadelos, se eu tivesse escrito um livro sobre eles. Mas não escrevi. Nem tinha pensado em possíveis pesadelos, porque minha vida era maravilhosa.

Sinto como se não tivesse mais nada. A parte racional do meu cérebro está gritando tudo o que já tive de maravilhoso na minha vida e que não inclui o Jax. Mas não consigo dar ouvidos a isso agora, porque a parte do meu cérebro que sabe que ele é *o único* para mim está gritando tão alto de desespero que todo o resto está bloqueado. Não sinto nada, além de dor e uma tristeza esmagadora que me machuca fisicamente.

Neste momento, não sei como sobreviverei ao pesar gritando na minha cabeça.

um amor *bonito*

Doze

Minha cabeça dói, latejando com uma intensidade feroz. Meu corpo parece ter corrido várias maratonas, cada fibra de cada músculo está dolorida. Levo um segundo para lembrar. Por um momento, a dor é toda física, mas na hora em que me lembro, ela se intensifica. A dor física em minha cabeça e meus músculos que vem da exaustão e de chorar até desmaiar não se comparam à tortura emocional.

O luto irradiando do meu peito é paralisador. Não sinto meu coração bater. Sei que bate. Estou viva, então tem que estar batendo. Mas não consigo sentir. A aguda ferroada de pura angústia silencia todos os outros sentimentos. Ainda não consigo fazer minha cabeça processar o que está acontecendo, mesmo sabendo ser verdade.

Perdi o meu Jax.

Ele se foi.

Estou sozinha.

Não sei como continuar daqui.

Ouço uma leve batida na porta antes de pequenos passos silenciosos se aproximarem da cama.

— Lily — Jess diz baixinho, a voz cheia de pena.

Viro-me para ela. Meus olhos mal se abrem por causa do inchaço de horas de choro.

— Ah, Lily. — Jess suspira. — Vamos sair daqui.

Concordo com a cabeça, mas não me movo.

Jess começa a andar ao redor do quarto do Jax, pegando minhas roupas e colocando na mala. Ela pega uma legging, uma camiseta e algumas peças íntimas, jogando na cama.

— Vista-se, Lil — pede, com gentileza.

— Tylenol? — pergunto, os olhos semicerrados.

— Claro. Vista-se. Eu já volto.

Ela sai, e eu me esforço, apesar do latejar na cabeça, para vestir a roupa. Ela retorna quando estou colocando as botas por cima da calça e me entrega um copo d'água com dois comprimidos. Pego e tomo o copo inteiro antes de devolver a ela. Jess deixa o copo vazio no final da mesinha e pega meu telefone e a bolsa da cômoda do Jax antes de jogar tudo dentro da mala. Ela desliza minha bolsa no ombro e estende a mão para a minha. Seguro e ela me puxa para frente. Agarro-me à sua mão como se fosse uma tábua de salvação enquanto saímos do quarto do Jax.

— As meninas foram buscar o carro. Elas já devem estar no estacionamento agora.

— Você sabe?

— Sim, Jax nos contou antes de sair — disse, guiando-me pelo apartamento até a porta.

— Ele saiu?

— Sim, ele foi bem cedo hoje de manhã ou bem tarde da noite, depende de como você encara.

— Para onde ele foi? — Fungo, minha voz vacila.

Jess balança a cabeça.

— Não tenho certeza.

— Devemos esperar por ele?

— Não. — Jess perde o tom simpático, sua voz mais firme agora. — Não, tenho plena certeza de que ele queria que a gente fosse embora.

Estou sem palavras. Só tenho lágrimas. Rios de lágrimas que queimam minhas bochechas inchadas enquanto caem no chão.

Ao percorrermos o corredor dos apartamentos indo em direção à porta que dá no estacionamento, não consigo fazer mais nada, exceto segurar as mãos da Jess e chorar ao ser guiada por ela. Quando ela abre a porta, sou golpeada por um jato de ar gelado, que rouba o meu ar por um instante. Descemos as escadas em direção ao carro que nos espera.

— Nunca deveríamos ter vindo — Jess diz em voz alta. — Foda-se, Michigan. Foda-se o futebol americano. Foda-se Jax Porter.

Deslizo no banco de trás do carro dela e fecho a porta. Molly está sentada

um amor *bonito*

do outro lado, olhando para mim com pena e um sorriso simpático no rosto. Aceno para ela antes de me virar para a porta fechada e me inclinar ali. Cubro a cabeça com o capuz e a apoio na janela. Jess conduz para longe de Ann Arbor, e eu encaro a janela às cegas, vendo meu mundo inteiro se distanciar.

— Lily, é sério. Você precisa se levantar. Já deu. Vou ligar para os seus pais se você não se levantar agora. — A voz da Jess está cheia de preocupação, e não a culpo.

Tenho agido feito uma doida desde a semana passada. Voltamos de Ann Arbor no domingo e a partir dali eu não saí da cama mais de duas vezes por dia. Dei algumas mordidas na comida por insistência de Jess. Bebi água quando ela ficou parada na minha frente e me obrigou. Mas, além disso, não fiz mais nada, só dormi. Ficar acordada é uma agonia, então decido que dormir a vida inteira é a melhor opção.

Jess avisou aos meus professores que eu estava com uma gripe horrível. É muito legal que ela esteja cuidando de mim e eu deveria estar grata, mas não estou. Quero estar, mas não consigo sentir nada, apenas dor.

Só recebi uma mensagem do Jax. Ele mandou depois de sair do apartamento na noite em que tudo aconteceu.

> Jax: Sinto muito. Acho que vai ser mais fácil se eu não estiver aí para dizer adeus. Te amo mais. Para sempre.

Eu o odeio. Quero bater na droga da cara dele.

É mentira. Eu o amo. Eu ainda o amo mais do que qualquer coisa e é por isso que dói tanto. Eu também estaria mentindo se dissesse que não li a mensagem centenas de vezes durante a semana, porque eu li, especialmente a última frase.

Não contei para a minha família. Ainda não consigo acreditar que é real. Mas sei que é. Também sei que não posso ficar na cama para sempre, mas eu quero. Se não fosse pela Jess, eu ficaria aqui até morrer. Não tenho mais energia para me importar.

— Vamos lá, Lily. Por favor, levante hoje. Não quero ligar para os seus pais, mas eu vou.

Ignoro a Jess; não por maldade, mas porque não consigo encontrar palavras. Não tenho desejo de fazer outra coisa que não seja me deitar aqui.

Jess solta um suspiro alto e sai do quarto. Eu não diria que ela saiu batendo o pé, mas foi quase. Não há dúvida de que ela está pisando mais duro do que o normal.

Fecho os olhos e mergulho na escuridão.

— Ah! — grito, sentando-me abruptamente, o que faz minha cabeça girar.

Estou ensopada de água gelada. Leva um momento para eu entender o que está acontecendo.

Levanto a cabeça e vejo Jess parada lá com os braços cruzados, uma jarra vazia nas mãos.

— Sinto muito, mas já chega. Você vai se levantar hoje.

Não quero que o choro comece, mas as lágrimas caem mesmo assim. Sempre inicia quando estou acordada. As lágrimas quentes caindo pelo meu rosto são um contraste e tanto com a minha pele fria e molhada.

— Tudo bem. Chore. Deixe sair. Tanto faz. Mas você vai se levantar hoje. Darei cinco minutos para você chorar e dois para se vestir. Vou voltar daqui a sete minutos e quero você de pé. Na verdade, você precisa de um banho; precisa muito. Então, em sete minutos, vou voltar para te colocar no banho. Se não se levantar para isso, vai ter que tomar um banho conge-lado na cama mesmo. Tem mais de onde essa veio. — Ela levanta a jarra, sacudindo-a na minha frente, antes de sair do quarto e fechar a porta.

Assim que a porta se fecha, envolvo o lençol meio molhado ao meu redor, tentando acalmar os nervos. Jogo as pernas para o lado da cama. Eu me inclino, enterro o rosto nas mãos e choro, minhas costas balançando com a violência dos meus soluços.

Minutos depois, suponho que sete, Jess retorna. Ela estende a mão e eu pego antes de seguirmos para o banheiro.

— Precisa que eu te ajude? — indaga.

— Não. — Minha voz está rouca.

Jess vai até o chuveiro e o liga, colocando a mão na água para verificar a temperatura.

— Ok, vou deixar algumas roupas limpas para você no balcão.

— Ok. — Aceno.

um amor *bonito*

Ela coloca a mão no meu ombro.

— Você vai ficar bem, Lily. Sei que não vê isso agora, mas vai.

Nego com a cabeça em protesto.

— Você vai — repete com firmeza, apertando meu ombro antes de se afastar.

Tiro as roupas que estou usando desde que saí do apartamento do Jax e entro no chuveiro. Estou meio tonta, mas, admito, a água quente me faz sentir um pouco melhor. É um pequeno passo na direção certa no meu longo caminho para voltar ao normal, mas já é um passo.

Volto para a frequentar as aulas e a comer, mas, apesar disso, continuo a passar bastante tempo na cama. Mas Jess não fala nada e não ganho mais nenhum banho frio. Acho que esses dois passos são progresso o suficiente para ela no momento.

Duas semanas após o término, recebo uma mensagem do Jax:

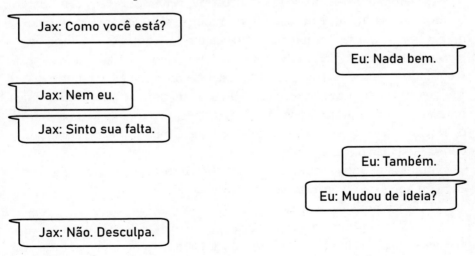

Desligo o telefone, vou para a cama e choro até dormir.

Um dia antes do Ação de Graças, ligo para minha mãe. Ela está se preparando para vir me buscar para que eu possa passar o fim de semana do feriado em casa, então planejo contar uma mentira.

— Ei, querida. Tudo bem? — minha mãe atende ao telefone.

— Oi, mãe. Tenho más notícias. — Esforço-me para soar cansada e miserável, o que, na verdade, não é tão trabalhoso assim. — Peguei uma gripe. Não vou conseguir ir para casa no Ação de Graças.

— O quê? — minha mãe questiona. — Não, eu vou te buscar. Precisa que alguém cuide de você enquanto está doente.

— Não, mãe. Sério, só quero ficar aqui e dormir. E a viagem de carro me deixaria enjoada. É capaz de eu vomitar o tempo todo. Não quero que mais ninguém fique doente também. Esse vírus andou por todo o *campus*, então é dos ruins. Eu me sentiria horrível se passasse para alguém. Sinto muito.

— Não quero que você fique aí sozinha. Vou te buscar — repete.

— Mãe, escute, estou bem. Só quero dormir. Vou ficar bem. Preciso descansar. Diga a todos que eu mandei um oi e que vou ver todo mundo no Natal. Faltam apenas algumas semanas para as férias de inverno. Vou ficar bem.

Ela fica quieta por um momento e sei que está decidindo se vai me ouvir ou me buscar.

— Ok. — Suspira. — Vou odiar não ter você aqui.

Posso ouvir a mágoa na sua voz e é como um soco no estômago.

— Eu sei. Eu também.

— Beba muito líquido e descanse bastante. Ligue para me dar notícias também.

— Vou ligar, mãe. Obrigada. Amo você.

— Também amo você.

Será meu primeiro feriado sem a minha família e agora me sinto extremamente culpada. Estou quase a ponto de ligar de volta e dizer que mudei de ideia sobre voltar para casa.

Mas não ligo.

um amor *bonito* 125

Estar em casa não só seria doloroso porque tudo me lembra do Jax, mas minha família também saberia que algo está errado e eu seria forçada a falar do assunto. Ainda não estou pronta para dizer em voz alta. Deixar minha família saber do acontecido faria parecer mais real e, por consequência, mais... permanente. Ainda estou conseguindo acreditar que todo esse pesadelo vai terminar em breve.

Jess, na verdade, também fica na faculdade durante o fim de semana do feriado. Ela não fala nada, mas tenho a sensação de que não quer ir para casa. Tabitha e Molly, assim como a maioria do *campus*, vão, então nós duas ficamos no nosso mundinho.

Passamos a manhã do Dia de Ação de Graças de pijama, comendo sucrilhos e assistindo à Parada de Ação de Graças da Macy na TV.

— Precisamos ir às compras — Jess declara.

— Para quê?

— Ingredientes para o nosso banquete de Ação de Graças, é claro.

Dou de ombros.

— Ok.

Acabamos tendo que dirigir por meia hora para fora da cidade, já que nosso mercadinho local estava fechado por conta do feriado. E enfim encontramos uma loja aberta.

— O truque vai ser fazer o jantar inteiro apenas no nosso micro-ondas — Jess declara. Pega um carrinho no estacionamento e começa a guiar em direção à entrada.

— Verdade — concordo. — Embora possamos trapacear um pouco.

— Como?

Abro um sorriso largo pelo que deve ser a primeira vez em semanas.

— Siga-me. — Guio Jess até o corredor dos congelados, escaneando os freezers até ver o que procuro. Abrindo a porta de vidro, puxo duas caixas de refeições de peru da Lean Cuisine. — Tchã-rã!

Gesticulo com a mão por baixo da caixa gelada de substância parecida com comida. *Sério, comida congelada pode ser classificada como comida de verdade?*

126 **ELLIE WADE**

Não sei como essas refeições são processadas, só que não parecem naturais para mim.

— Viu? — digo. — Temos nosso peru, purê de batata, molho e feijão verde, tudo em um recipiente adequado para micro-ondas. Ah, olha. Tem até um compartimentozinho de molho de cranberry, não que eu goste disso de todo jeito.

Jess sorri.

— É, eu também não gosto de molho de cranberry. E vou me render a você nessa. Não acho que eu conseguiria fazer melhor em termos de um jantar com peru.

— Então, do que mais precisamos?

— Pãezinhos? Hm, algum tipo de sobremesa. Talvez eles tenham alguma torta de abóbora pré-assada.

— Ah, vamos pegar algumas fatias de cheddar e uma caixa de biscoito.

— Não me parece muito de Ação de Graças.

— Hum, *hello*? Biscoito com queijo será nosso aperitivo. Temos que ter aperitivos para o nosso jantar de Ação de Graças. Sabe, para comermos enquanto nossa refeição cozinha?

Jess dá uma risadinha.

— Bem isso.

Reunimos todo o material, pagamos e vamos para o *campus*.

Ao voltarmos para o quarto, colocamos o novo álbum da Taylor Swift no último volume — e de novo, eu que escolhi a música — e dançamos enquanto nos preparamos para o banquete. Decidimos que precisamos de uma mesa de jantar decente, então arrastamos minha escrivaninha do quarto para a sala e cobrimos com um lençol. Pego uma vela pequena no quarto e coloco no centro da mesa improvisada. Enquanto nossas refeições giram no micro-ondas, nós nos revezamos para espirrar o chantili que compramos para a torta dentro da boca.

— Melhor Ação de Graças de todos — Jess declara, com as bochechas cheias de chantili.

O comentário me leva a todos os outros dias de Ação de Graças que tive. O que logo me faz pensar na minha família e na de Jax em casa comendo sem mim pela primeira vez. Pensar nisso traz de volta a dor para a minha cabeça, mas ignoro, não querendo estragar o bom humor do dia. Estou começando a me sentir seminormal, na verdade.

— É um ótimo dia — concordo.

um amor *bonito*

127

Depois de comermos o jantar congelado, vários pãezinhos, um monte de biscoito com queijo e uma fatia enorme de torta, decidimos fazer uma noite de filmes. Descubro que Jess nunca viu *De repente 30* com a Jennifer Garner e engasgo. Entre minhas irmãs e eu, esse é um clássico na minha casa, um dos meus filmes favoritos. E mais, é divertido e otimista, bem o que preciso.

Na metade do filme, quando as lágrimas começam a verter dos meus olhos como cachoeiras, percebo que talvez esse filme não seja a melhor escolha. Nem pensei no fato de que a história é sobre melhores amigos de infância que crescem separados quando deveriam estar juntos. Diferente do filme, não tenho certeza se terei meu final feliz.

Meu telefone toca e olho para ele, vendo uma mensagem do Jax. Tem uma foto do nosso carvalho favorito. Todas as folhas caíram e o pôr do sol laranja está brilhando além dos galhos.

— Já volto — aviso para Jess.

Vou a passos lentos para o nosso quarto e fecho a porta. Encaro a foto na tela do celular e meu coração se parte, sabendo que Jax está no nosso cantinho, e não estou lá com ele.

Meu telefone toca outra vez.

Jax: Não é a mesma coisa sem você.

Eu: Está em casa?

Jax: Sim, para o jantar de Ação de Graças e tudo mais. Pensei que você estaria aqui.

Eu: Ainda não conseguiria ir para casa. Não achei que você iria hoje.

Jax: Quem mora por perto foi de carro para casa para passar o dia. Vou sair daqui a pouco. Pegar o ônibus para Columbus amanhã para o jogo.

Eu: Ah. Como estava o jantar?

Jax: Ótimo como sempre. Por que você ainda não contou para a sua família, Lil?

> **Eu:** Porque ainda não estou pronta para falar sobre isso. Ainda não posso.

Jax: Bem, minha família agora sabe. Não vai demorar muito até minha mãe dizer algo para a sua. Pedi que ela não fizesse isso hoje enquanto estou aqui.

> **Eu:** Não queria que você se sentisse desconfortável.

Jax: Lily, não seja assim.

> **Eu:** E como eu devo ser? Por favor, me diga, porque não sei.

Jax: Acho que também não sei.

Jax: Talvez pudéssemos começar a mandar mensagens com mais frequência, como amigos.

> **Eu:** Não acho que eu esteja pronta para isso. Hoje foi o primeiro dia em muito tempo em que comecei a me sentir humana de novo e só porque fui capaz de evitar pensar em você o tempo todo. Se estivermos em contato, vai ficar mais difícil não pensar em você.

Jax: Ok. Entendo. Mas talvez em breve?

> **Eu:** Espero que sim.

Jax: Sinto sua falta. Sinto falta da minha melhor amiga.

> **Eu:** Não deveria sentir minha falta.

Jax: Talvez não. Mas sinto.

> **Eu:** Também sinto a sua.

um amor *bonito*

> **Jax:** Te amo.

> **Eu:** Também.

> **Jax:** Te amo mais.

> **Eu:** Queria que esse fosse o caso. Tchau, Jax.

Ele não responde e, por algum motivo, isso me faz me sentir melhor, saber que meu comentário o afetou. Releio as mensagens e amo a pontinha de agressividade que vejo no final. Não sou uma pessoa raivosa, mas sinto muita raiva dele.

Estou ficando brava por ele ter feito isso, por me fazer sentir assim e por não me amar o suficiente. E o fato de que estou experimentando essa raiva intensa me faz sentir melhor. Percebo que a raiva é uma emoção melhor para mim do que a depressão.

Sento-me de pernas cruzadas na cama, segurando o telefone e uma sensação de realização passa por mim. Estou tão aliviada por sentir outro passo do processo de luto além da depressão e do desespero. Não consigo saber em qual ordem as fases estão, logo não tenho certeza se raiva é o que eu deveria sentir a seguir ou se estou simplesmente pulando as fases do luto. Mas estou tão aliviada que, pelo menos agora, estou experimentando algo diferente de tristeza.

Então é sim para a raiva.

Foda-se Jax Porter.

Foda-se por me fazer te amar.

Foda-se por me deixar.

Foda-se por tudo.

Só quero jogar para o universo que Jax Porter é um escroto.

Pronto, é isso.

Treze

JAX

Deito-me na cama, olhando o telefone — mais especificamente para as mensagens que troquei com a Lily. Ela está muito brava, e o que eu posso dizer? Não consigo acreditar que ela não foi para casa no Ação de Graças. Não apenas eu fodi com a vida dela no que diz respeito a nós, agora também fodi a sua vida em família.

Não sei por que pensei que a separação facilitaria as coisas para ela, mas achei mesmo que seria o caso. Sabia que ela ficaria chateada no começo, mas esperava que voltasse ao normal em breve. Ela sabe que não é para sempre.

Meu pai está no meu ouvido, chamando-a de distração, desde o meu ano de calouro na faculdade quando me recusei a terminar com ela como ele achava que eu deveria. Ele sempre teve medo de que nosso relacionamento me prenderia, que não me deixaria alcançar todo o meu potencial, os meus sonhos — ou, mais precisamente, os sonhos dele.

Era objetivo do meu pai que pelo menos um dos filhos jogasse na Universidade de Michigan e fosse para a NFL, a liga nacional de futebol americano. Landon era um jogador decente no ensino médio, mas não foi feito para os esportes como eu. Tenho jogado desde que comecei a andar e amei cada minuto da experiência... até a faculdade. Alguma coisa mudou na faculdade e o esporte se tornou uma tarefa árdua quando a opção de não ser o melhor absoluto foi tirada de mim.

Vencer não é mais o suficiente. Meu pai encontra falhas na minha atuação mesmo quando vencemos. Nada é bom o bastante. Ele conhece meu treinador e até alguns dos meus professores pessoalmente. Ele é ex-aluno e um generoso doador da universidade. Orquestrou tudo para que tivesse olhos e ouvidos em mim o tempo inteiro. Estou tão cansado de suas visitas e ligações para me vigiar e me avisar que algum membro da equipe contou a ele que eu não dei o meu melhor ou que estava distraído.

Ele sugou a alegria da minha vida e estou contando os dias até me formar. Em menos de dois anos, vou terminar a vida que ele desejava ter vivido e viverei a que eu quero.

Não sei por que eu sequer ligo para o que ele pensa. Mais do que qualquer coisa, queria não ligar. Queria ter coragem de mandar todo mundo ir se foder antes de deixar o campo e as aulas, com os dois dedos do meio esticados no ar.

Mas a coisa é que eu ligo. Quero fazer meu melhor e passar por isso. Não é da minha natureza desistir. Meu pai ainda não sabe disso, mas, depois que eu me formar, vou parar de jogar. Planejo usar o prestigiado diploma que conseguirei para arrumar um bom emprego que vai garantir que Lily e eu vivamos nosso felizes para sempre.

Não contei a ela o quanto estou estressado. Ela não faz ideia de que meu pai fala sobre ela ser uma distração, e nunca deixarei que saiba. Se eu conseguir fazer as coisas do meu jeito, ela nunca será marcada pela negatividade dele. Indiretamente, acho que ela já foi.

Tudo se tornou demais esse ano. Enfim cheguei ao meu limite. Minha incapacidade de manter tudo funcionando veio à tona. Manter meu relacionamento com a Lily e ser um bom namorado exigia tempo e eu estava falhando nisso. Na maioria dos dias, eu estava lutando para conseguir falar com ela ao telefone.

Ela finalmente deu o passo de sair para a faculdade e realizar seus sonhos. E merece uma experiência universitária divertida e despreocupada, cheia de risadas com as amigas, noites de bebedeiras no bar, festas do pijama com as colegas de quarto enquanto ficam acordadas por metade da noite vendo filmes e fofocando — ou seja lá o que as universitárias fazem. Ela não merece uma experiência de oportunidades perdidas porque estava esperando o namorado ligar. Ela não precisa se preocupar em resolver meus problemas ou se estressar em como pode fazer a minha jornada ser mais fácil para mim.

Ela sempre me deu tudo. Mas não posso permitir que me desse tanto a ponto de tirar da sua qualidade de vida. Não seria justo com ela, mesmo que não veja agora. No final da estrada, espero que perceba que tudo o que eu quis foi que ela fosse feliz.

Assim que o choque por nosso término passar, rezo para que ela veja que essa é uma ótima oportunidade para aproveitar a época da faculdade. Estou esperando que ela acredite em mim quando digo que não é permanente. Espero que ela saiba que a amo mais agora do que já amei e que essa separação não faça nada para diminuir isso.

Rezo para não ter cometido um erro. Quando tudo terminar, se eu não ficar com a Lily, nada disso terá sentido. Nada do meu trabalho duro importará.

Só tenho que seguir minha intuição e fazer o que sinto que é o certo para Lily, porque ela é tudo o que realmente importa.

um amor bonito

Catorze

LILY

Dezembro passa em um borrão. Tenho mais uma prova final esta tarde e então meus pais virão me buscar. Consegui me atualizar em todas as minhas aulas e arrasei nas provas até agora.

Em geral, eu finalmente me sinto bem. Não iria tão longe ao dizer ótima, porque quando me permito pensar em Jax, a escuridão se arrasta de volta. Por isso tento não pensar nele.

Tenho estado focada nas minhas aulas e amigas. Agora que não estou sempre tentando ligar para o Jax, tenho falado com as minhas irmãs, com a minha mãe e Kristyn com mais frequência. Tenho pessoas maravilhosas na minha vida que me amam não importa o que acontece na minha vida amorosa.

Ficarei bem; pelo menos, depois de dois meses chafurdando em autopiedade, é isso que digo a mim mesma.

— Tem certeza de que não pode ficar e sair à noite? — Molly pergunta, do outro lado da mesa.

Espeto o garfo no frango emborrachado à minha frente, pensando no quanto vou aproveitar a comida da minha mãe pelas próximas três semanas.

— Não, Molls, eu não consigo. Minha mãe vai estar aqui hoje à noite. — Amo sair com as garotas, mas estou bem feliz de ir para casa e relaxar com a minha família.

— Acha que vai vê-lo? — Jess pergunta, hesitante.

O assunto Jax vem retornado às nossas conversas a passos lentos. A menção do seu nome não inicia mais uma cachoeira inesperada de lágrimas, o que é sempre um bônus. Aceno com a cabeça, devagar.

— Acho que sim. Nossas vidas estão muito entrelaçadas. Não sei como não o veria.

Meus avós vivem no Arizona e os do Jax morreram, então nossas famílias só têm realmente uma à outra. Sendo desconfortável ou não, eu não nos vejo passando as festas com outras pessoas no futuro. Sempre celebramos com os Porter e isso não vai mudar por causa do nosso status de relacionamento.

— Caramba. — Tabitha suspira. — Espero que não nos devolvam a Menina Flor comatosa. Você está finalmente começando a ser seminormal de novo.

Ergo o olhar para ela.

— Sinto muito, Tabs, que você nunca tenha amado alguém mais do que ama a si mesma. Se tivesse, entenderia como é a sensação de perder essa pessoa. Então, bom para você só estar investindo em si mesma. Dessa forma, você pode sempre ser normal.

Jess e Molly continuam em silêncio, mas a tensão desconfortável na mesa é tangível enquanto encaram Tabitha com expectativa.

Ela sustenta nosso olhar, seu rosto imóvel feito pedra. Depois de alguns momentos, suspira.

— Touché. — Faz biquinho e seus olhos estão semicerrados, me medindo. Acenando com a cabeça, declara: — Lily Agressiva, eu gosto dela.

A conversa retorna, todo mundo falando dos planos para o feriado. Jess não parece tão empolgada para ir para casa.

— Estou falando sério: você é bem-vinda lá em casa, Jess. Minha família amaria te receber.

— Obrigada, Lil. Mas tenho que ir para casa. Minha mãe ficaria possessa se eu não fosse para o Natal.

— Ei, gata. — Um corpo alto toma o lugar vago perto de mim.

— Ei, Trenton — respondo, resignada.

Ele parece estar em todo canto nos últimos tempos e sempre faz questão de conversar comigo. Tenho que admitir, seu excesso de confiança está me fazendo gostar dele. Estou descobrindo que toda a vibe de mulherengo arrogante que ele tem é mais um showzinho. Ele, na verdade, é uma pessoa bem legal. Passei a vê-lo como um amigo. *E, de verdade, quem não aproveitaria ter mais um amigo?*

um amor *bonito*

135

Minhas colegas de quarto também amoleceram com ele, principalmente a Molly. Ela e Trenton fazem aulas juntos e ele já veio várias vezes para estudar. Jess, eu diria, o tolera e Tabitha ama ser escrota com ele, mas acho que é assim que ela lida com amigos homens em geral. Apesar de que, às vezes, vejo os dois trocando olhares que comunicam alguma coisa, mas não tenho certeza do que é. Tenho a sensação de que ela pode estar começando a vê-lo como amigo, mas é muito teimosa para dizer em voz alta.

— Então, Lil, quer sair nas férias? Tomar um café ou algo do tipo?

A casa dos pais do Trenton fica a meia hora do *campus*, então ele estará por perto durante as férias.

— Não posso. Ficarei em casa o tempo todo.

— Que saco. Quando você voltar?

— Talvez.

Ele me chamou para sair como amigo várias vezes no último mês e eu sempre o rejeitei — educadamente, é claro. Posso sempre aproveitar ter outro amigo, mas tenho a sensação de que Trenton é do tipo que eu devo estar junto em um grande grupo, pelo menos por agora. Ainda não tenho certeza dos seus motivos e se está sendo sincero ao dizer que só quer ser amizade e, por agora, isso é tudo o que eu posso oferecer.

Apenas a minha mãe vem me buscar e é bom vê-la. Senti muita saudade dela.

Logo depois do Dia de Ação de Graças, ela ligou para falar do término, mas eu não estava pronta. Não voltou a tocar no assunto depois disso, sabendo que eu explicaria tudo na hora certa para mim.

Colocamos a conversa em dia no caminho para casa. Conto tudo para a minha mãe — a maior parte. Claro, não falo sobre o sexo maravilhoso que Jax e eu fizemos pouco antes de ele esmagar a minha alma. Esse pormenor se encaixaria, sem sombra de dúvida, na categoria "informação demais", porém, com exceção disso, revelo tudo: as razões do Jax, minha reação, o luto que vivi nos últimos dois meses e as poucas mensagens que trocamos desde então.

— Bem, querida, você pode não concordar, mas pode ser que seja uma coisa boa. Você sabe que amamos o Jax. Ele é como um filho para nós e sempre cuidaremos dele. Mas você é nossa garotinha e sua felicidade sempre será a coisa mais importante para nós. Acho que ele fez a coisa certa. Em algum momento, você verá. Vocês dois ainda são muito novos e provavelmente voltarão a ficar juntos de novo. Mas ele está certo. Esse é o seu momento de se descobrir. De ser quem você quer ser e fazer o que quiser. E acho que parte de você sempre soube disso, motivo pelo qual escolheu a Central em vez da Universidade de Michigan, correto?

Fico quieta por um momento.

— Sim, eu queria criar uma identidade própria e decidir ir para uma faculdade diferente da dele foi culpa minha. Só queria experimentar uma parte da vida por conta própria, ser eu mesma por um tempo. Mas terminar não é o que eu queria. Eu estava feliz no primeiro mês das aulas, fazendo minhas coisas, mas ainda tendo o Jax. Isso era tudo o que eu queria. Não queria ficar sozinha.

— Você, com certeza, não está sozinha. Nunca terá que se preocupar com isso. Prometa que vai aproveitar esse momento. Nada de gastar energia ficando triste. Jax ainda é parte da sua vida e eu acredito de verdade que, de alguma forma, ele sempre será. O tempo dirá qual é a forma, mas, por agora, curta a si mesma e seja feliz. A faculdade é um período ótimo da vida. Você nunca viverá essa fase novamente, então tire o máximo possível da experiência. Tudo acontece por um motivo, Lily. Eu acredito nisso.

Acontece mesmo? Bem, espero que o destino saiba o que está fazendo.

Concordo com o que minha mãe está dizendo e quero acreditar que tudo será como deve ser no final. Mas algo simplesmente não está se encaixando para mim.

Sinto como se estivesse andando em uma corda bamba em direção ao meu destino; se eu escorregar ou fizer um movimento errado, vou cair e nunca chegarei ao lugar que quero. Já que acredito que Jax está me esperando no final da corda bamba, os riscos de cair não são do tipo que estou disposta a assumir.

Mas acho que a escolha não é minha.

Depois de colocar o modelador de cachos sobre o balcão do banheiro, passo os dedos pelos cachos que acabei de fazer até que eles fiquem ondulados. Estou usando meu jeans *skinny* favorito, botas de cano alto e um suéter vermelho justinho. É uma das únicas peças de roupa vermelha que eu tenho, e é perfeita para o feriado.

— Pronta? — Amy pergunta da porta.

— Acho que sim. — Dou de ombros.

— Você está linda. Ele vai ter um caso sério de arrependimento hoje.

— Você sabe que não é essa a minha intenção.

— Eu sei, mas admita. Você se sentiria um pouquinho melhor se visse algum arrependimento nos olhos dele. — Ela me dá um sorriso convencido.

— Não, eu quero que ele seja feliz, Ames.

— Lily… — Ela prolonga o meu nome, erguendo a sobrancelha em questionamento.

Não consigo segurar a risada.

— Talvez um pouquinho.

As árvores alinhadas no caminho de entrada dos Porter estão iluminadas com luzinhas brancas. Cada uma delas brilha com a alegria natalina que estou tentando tanto aproveitar. Ceamos com eles no Natal há tanto tempo quanto consigo lembrar e sabia que esse ano não seria diferente. Todo ano, nós alternamos entre as casas e hoje à noite nós fomos para a do Jax. *Maravilha.*

Meu coração está batendo para fora do peito com nervosismo quando paramos em frente à residência.

Sou recebida com um grande abraço da Susie. Dura um pouco mais do que o normal, e sei que ela sente a minha falta tanto quanto sinto a dela.

— É tão bom ver você, querida.

— A você também — respondo, afastando-me.

Dou um leve sorriso, que ela corresponde ao acariciar minha bochecha.

— Ei, Lil — Landon me chama da cozinha. Ele pega um aperitivo da ilha central e joga para dentro da boca.

O senhor Porter dá tapinhas nas minhas costas e vou até a ilha da cozinha.

— Bom ver você, garota.

— Ao senhor também, senhor Porter.

Enquanto eu só chamei a mãe do Jax pelo primeiro nome a minha vida inteira, sempre me direcionei ao pai dele de maneira mais formal. Gosto do homem, mas existe uma aura intimidante ao seu redor desde que consigo me lembrar. Esticando a mão para a comida no balcão, jogo um pedaço de queijo dentro da boca.

— Como vai o trabalho? — pergunto a Landon.

— Tudo bem. Não posso reclamar — responde. — Como está a Central?

— Não posso reclamar. — Sorrio.

Em seguida, eu *o sinto* e meu sorriso cai. Respiro fundo e me viro.

Jax está de pé na entrada da cozinha, lindo como sempre. Meu coração bate rápido apenas por vê-lo e meu corpo quer correr até seus braços e enchê-lo de beijos, mas permaneço imóvel.

Ele sorri. Não é o sorriso largo com que estou acostumada, é só um pequenininho. Tenho que forçar um, mas devolvo o seu. Ele exala, o peito largo se movendo por baixo de sua camisa bem-ajustada com gola henley.

Depois de algumas respirações forçadas, ele vem até mim e me puxa em um abraço. Descanso o rosto em seu peito, saboreando o calor familiar que ele traz.

— Feliz Natal, Little.

— Feliz Natal — respondo.

— E aí? — pergunta, sem jeito.

Dou uma risadinha.

— E aí o que?

— Podemos ser amigos de novo?

Olho ao redor e descubro que a sua família saiu da cozinha, deixando nós dois a sós.

— Acho que sim — cedo. — Considere seu presente de Natal.

— Isso quer dizer que você não comprou um presente para mim?

Cruzo os braços enquanto empurro o quadril para o lado. Levanto a sobrancelha.

— Sério?

— Brincadeira. — Ele ri.

O jantar vai bem e, apesar das minhas reservas, estou me divertindo com Jax. Nossa amizade é tão inata e natural que brilha por toda a estranheza. A conversa foi mantida baixa e falamos sobre as aulas, futebol americano e nossos colegas de quarto.

Depois da sobremesa, enquanto minhas irmãs vão pegar os casacos, Jax me diz:

— Fique.

— O quê?

Jax dá um passo para frente.

um amor *bonito*

139

— Fique mais um pouco. Você não pode ir embora ainda. — Ele olha para baixo, capturando o meu olhar, me atraindo.

— Não posso? — Meu coração bate loucamente dentro do peito.

Ele está tão perto agora que posso ver as manchinhas douradas em seus olhos esmeralda. Posso sentir seu cheiro. A fragrância leve do seu perfume é inebriante.

Ele solta uma risadinha.

— Pelo menos não agora. Nós ainda não assistimos.

Suspiro, deixando sair o fôlego esperançoso que eu estava segurando. Quando respiro de novo, é o ar da realidade.

— Certo. *Um duende em Nova Iorque.*

— É claro. — Ele sorri para mim.

Jax e eu amamos tudo que tem a ver com Natal, incluindo os filmes. Nosso favorito é *Um duende em Nova Iorque* com o Will Ferrell e ao qual assistimos há anos nas noites de Natal.

— Ok — concordo.

Depois de dizer aos meus pais que irei para casa mais tarde, Jax e eu vamos para a sala de cinema. Ele abre um armário enorme de madeira com centenas de Blu-rays e puxa o que vamos ver.

— A melhor maneira de espalhar o espírito natalino… — começa.

— É cantando alto para todo mundo ouvir — completo, recitando uma das nossas frases favoritas do filme.

— Acha que a gente vai enjoar de assistir?

Nego com a cabeça.

— Não. É um clássico… atemporal.

Ele ri e vem até onde estou parada, em frente ao enorme sofá de couro. Encarando-me, ele segura meus braços, passando os polegares por eles. Nesse momento, desejo ter vestido mangas curtas. O desejo de sentir sua pele na minha é ensurdecedor, já que o sangue corre por minhas veias, pulsando em meus ouvidos. Seus olhos escurecem e sei que ele também sente.

Brincamos de faz de conta a noite inteira, fingindo que era quatro anos atrás, quando éramos apenas melhores amigos antes de nossos corpos saberem o que é a química maravilhosa que temos, e é extremamente difícil resistir quando isso está bem na nossa cara.

Ele suspira. Tirando uma das mãos do meu braço, ele coloca uma mecha solta de cabelo por trás da minha orelha. Ficamos assim, a centímetros de distância, respirando o mesmo ar em nosso casulo cheio de desejo. Não sei o que fazer ou dizer. Tudo o que eu sei é que não quero que ele se afaste. Meu corpo clama por essa proximidade e muito mais.

Seus olhos vão para os meus lábios antes de voltar para cima. Seu pescoço se curva, a cabeça se inclina, descendo. Fecho as pálpebras e, um segundo depois, sinto seus lábios na minha testa. Antes que eu possa processar a atitude, o beijo casto termina e Jax se afasta, tirando a outra mão do meu braço. Ele dá um pigarro.

— Hoje à noite foi ótimo. Senti muito a sua falta. Estamos indo bem com essa coisa de "apenas amigos", não acha? — Sua voz falha.

Só concordo com a cabeça, sem confiar que a minha voz sairia firme.

— Podemos fazer isso, Lil. Só vai ficar mais fácil a partir daqui.

Concordo de novo. Incapaz de encarar seus olhos, escolho focar um fiapo na sua camisa.

— Obrigado — ele diz.

Isso me pega de guarda baixa. Ergo um olhar de dúvida para ele.

— Pelo quê?

— Por essa coisa de ser minha amiga quando eu nem mereço. Não sou digno de te ter, mas preciso de você. Preciso disso.

— Você merece. — Suspiro. — Sempre seremos amigos. Não acho que não sermos amigos seja uma opção.

Ele me puxa para um abraço e eu aperto meus braços ao seu redor, segurando o homem que eu amo. Ele nos separa.

— Pipoca?

Dou um largo sorriso.

— Claro.

— Beleza. Já volto.

Vou até o armário onde os filmes estão guardados e passo os dedos pelos títulos. À maioria deles eu assisti bem aqui com o Jax ao longo dos anos. Alguns me trazem memórias específicas e não consigo evitar o sorriso quando penso nos momentos maravilhosos que vivemos.

Ouço um toque e olho para a mesinha perto do armário, onde o telefone dele está virado para cima. A tela se acende com uma mensagem. Ela arranca o meu fôlego e eu circulo os braços ao redor da cintura, tentando evitar o colapso iminente. Minhas respirações curtas vêm em rápida sucessão. A mensagem só tem três palavras, mas elas acabam comigo.

Stella: Sinto sua falta.

um amor *bonito*

141

Inclinando-me, seguro os joelhos e respiro devagar até que o ataque de pânico que está vindo se acalme. Vou até o sofá e me jogo bem no outro canto, longe da área com descanso de perna onde normalmente nos sentamos abraçados.

Jax volta com um pote grande de pipoca que eu não estou com a mínima vontade de comer. Ele olha para mim preocupado, obviamente avaliando a situação.

— Tudo bem? — indaga.

— Sim. Tudo certo — digo, com a voz mais animada que consigo reunir.

Dá para dizer que ele não tem certeza de onde se sentar. Vendo que estou na outra ponta do sofá para catorze pessoas, seria estranho sentar aqui perto de mim. Ele olha pela sala como se o ato fosse lhe dar respostas e nota o telefone. Depois me entrega o pote de pipoca e anda até lá para pegar. Vejo-o ler a mensagem e seus lábios automaticamente se curvam ao olhar para tela. Rápido, ele digita uma mensagem e guarda o celular no bolso de trás.

— Pronta?

— Sim — respondo, animada.

Ele acena antes de apagar a luz. Acaba se sentando do outro lado do sofá, perto de onde temos o hábito de nos sentarmos juntos. Pegando o controle, dá o play no filme.

Fico sentada durante o filme, segurando o pote cheio e intocado de pipoca. Não rio nas partes de que costumo achar graça. Não rio em momento nenhum. Meu cérebro não consegue parar de pensar na mensagem e suas implicações.

Ele está namorando a Stella? Quanto tempo ele esperou depois de ter partido meu coração para cair na cama dela? Ele estava com ela enquanto fiquei deitada em coma no meu dormitório, dominada por uma tristeza debilitante? Ela é parte da razão para ele ter terminado comigo em primeiro lugar?

Tenho muitas perguntas, mas, por incrível que pareça, não quero saber a resposta. Nós dois somos amigos, afinal, então eu poderia simplesmente perguntar. Mas escolho não fazer. De algum jeito, tenho medo de que a verdade vá acabar ainda mais comigo do que as dúvidas. Se eu soubesse a verdade, ela viraria realidade, algo que não posso negar. Negação é uma amiga minha e vou me agarrar a essa amizade até quando chegar o momento em que enfrentar a verdade não será um sacrifício.

Quinze

Estamos tendo um dos janeiros mais frios da história. Tivemos dias sem fim em que a temperatura ficou perto de zero e, com os ventos cortantes, a sensação térmica era negativa o tempo inteiro. A brisa que congela meus ossos toda vez que piso do lado de fora é reconfortante de certa forma, porque é um espelho do frio glacial no meu coração.

Se um coração puder congelar de dor, o meu certamente congelou, ainda que eu saia com um sorriso no rosto. Recuso-me a voltar para onde estava em novembro e dezembro. Não vou mais ser aquela garota fraca e miserável. Devo a mim mesma mais do que isso.

Jax e eu voltamos a trocar mensagens — não todo dia, mas algumas vezes na semana. O assunto nunca é nada substancial. Apenas algumas palavras aqui e ali para manter a comunicação rolando na nossa amizade quebrada. Com o tempo, sei que será mais fácil. Mas não acho que algum dia será igual. Não é possível. Não dá para experimentar um amor profundo e uma conexão com alguém e depois fingir que nunca aconteceu. Não funciona desse jeito. Nossa história de amor sempre será uma sombra em nossa amizade.

Estou sentada em uma cafeteria local. Tive sorte o suficiente para pegar uma mesa perto da lareira. Trenton tem me perseguido, todos os dias desde que voltei das férias há quatro semanas, para tomar um café com ele e eu finalmente me rendi. Então, aqui estou. Mas, de todo jeito, o cara já está quinze minutos atrasado. Se me der um bolo, vou perder a cabeça com ele.

O bônus pela falta de pontualidade do Trenton é que me deu tempo de falar com a Kristyn por alguns minutos.

Nós duas conseguimos nos encontrar nas férias, o que foi ótimo. Fazia um ano desde que a vi pela última vez. Ela está estudando na UCLA e só vem para casa uma ou duas vezes no ano. Perdemos o contato nos últimos tempos, mas lamentar sobre nossos amores perdidos trouxe a amizade de volta para onde paramos no final do ensino médio. Ela é uma daquelas amigas que, não importa quanto tempo fiquemos sem nos falar, podemos voltar exatamente de onde paramos ao nos reunirmos.

Ela ainda sente falta do Ben, mesmo que eles tenham terminado há dois anos. Gosta de se manter atualizada sobre ele e, já que Jax é seu colega de quarto, eu tendo a saber, na maior parte, o que está acontecendo em sua vida. Quando Kristyn e eu nos separamos depois das férias, prometemos nos falar mais e espero fazer isso. Bons amigos nunca são demais.

Meu telefone vibra.

Jax: Ei, Little.

Eu: Ei, moço.

Jax: Fazendo o quê?

Eu: Encontrando um amigo para um café. E você?

Jax: Dando uma pequena parada nos estudos.

Eu: O que você está estudando?

Jax: Direito empresarial.

Eu: Não me parece divertido.

Jax: Não é. Me motive.

Eu: Você prefere ser um bilionário cego ou ser extremamente pobre e conseguir enxergar?

Jax: Isso é meio depressivo.

> **Eu:** HAHA

> **Jax:** Um cara pobre que consegue ver.

> **Eu:** Por quê?

> **Jax:** Porque há muitas coisas bonitas neste mundo e eu não conseguiria viver sem vê-las. Há uma em especial que eu não conseguiria viver sem enxergar. E mais, dinheiro não é tudo. Ele sozinho não traz felicidade.

> **Eu:** Verdade.

> **Jax:** Tenho que ir. Stella acabou de chegar. Temos que estudar para a prova.

Qualquer traço de calor e aconchego que eu estava sentindo toma um banho de água fria.

> **Eu:** Ok. Tchau.

> **Jax:** Te amo.

> **Eu:** Também te amo.

> **Jax:** Te amo mais.

Encaro a tela escura do telefone como se todas as respostas para os problemas do mundo fossem surgir se eu focasse ali por tempo o suficiente.

— O telefone matou seu gato ou algo do tipo?

— Oi? — Olho para cima e vejo Trenton.

Ele dá uma risadinha.

— Seu olhar maligno está assassinando o telefone.

— Ah. — Sorrio. — Só estava pensando.

— Não deve ser nada bom.

— Não. Mas sabe o que não é bom? Você estar vinte minutos atrasado — digo, erguendo a sobrancelha.

Ele se senta na minha frente, levantando as mãos em rendição.

um amor *bonito*

145

— Desculpa. Desculpa. Surgiu uma coisa aí. Não vai acontecer de novo.

— Você podia pelo menos ter mandado mensagem ou algo assim — respondo.

— Desculpa — repete, antes de esticar a mão por cima da mesa e pegar a minha.

Olho para onde a mão dele sobrepõe a minha e depois viro em sua direção.

— Me perdoa?

Puxo a mão devagar e coloco no colo.

— Claro. Para que servem os amigos?

— Você não quer saber as diversas maneiras de como eu posso responder a essa pergunta.

Eu rio.

— Não, provavelmente não.

Trenton e eu nos sentamos e conversamos por uma hora. Seu humor descarado me faz rir de vez em quando e a troca de mensagens anterior com Jax se perde nos recônditos da minha mente.

Sou grata por amigos que me ajudam a esquecer.

Fevereiro não se sai muito melhor que janeiro no que diz respeito ao clima. Ouço a expressão *vórtex polar* sendo falada o tempo todo e diria que é uma boa descrição, mesmo que seja um pouco dramática.

Palavras que vem à minha mente são *erma, vazia, gélida e desolada*, e agora estou falando da minha vida amorosa, não do meio ambiente. Mas é irônico como adjetivos para definir o inverno mais frio da história e minha falta de interações românticas podem ser intercambiáveis.

O lado positivo é que essas descrições não definem mais o meu humor. Eu não diria que minha disposição seria sinônima de palavras usadas para descrever um paraíso tropical como Aruba, mas seria justo dizer que me sinto tipo a Carolina do Sul. *É quente e agradável lá, né?*

Quatro meses depois do término, estou bem. A faculdade está ótima. Minhas amigas são maravilhosas. E, mais importante, minha amizade com

Jax está legal e agora me traz mais alegria do que tristeza.

Estamos, no momento, sendo atingidos pelo que está sendo chamado de a maior nevasca do ano, o que é cômico, porque mal se passaram dois meses. Acho que deram o nome de Vulcan, o que também é engraçado porque Vulcano era o deus do fogo na mitologia romana. Quando penso em fogo, trinta centímetros de neve gelada não vêm à minha mente de imediato.

Eles deveriam ter nomeado a tempestade com o deus das festas, se ele existir um, porque a Central está se preparando para a celebração do ano. As aulas de amanhã já foram canceladas. Mesmo que a faculdade esteja fechada, os bares não estão e o corpo estudantil está aproveitando ao máximo.

Estou enrolada em um cobertor macio na sala de estar, esperando Molly e Tabitha terminarem de se arrumar. Garanto que Tabitha, junto da maior parte das garotas do *campus*, estará mostrando muita pele hoje à noite, apesar da temperatura gelada. Tento parecer decente quando saio, mas meu jeans *skinny*, suéter preto e botas vão funcionar bem para mim.

— Aqui, Lil. — Jess me entrega um copo plástico com canudo.

— O que é? — pergunto, antes de dar um gole.

— Vodca de uva com Sprite.

É o paraíso. Jess sabe do meu desgosto por cerveja e fez de sua missão encontrar alternativas aceitáveis, mas saborosas, para nossas bebidas pré-festa.

Suspiro.

— Meu Deus, Jess. Você se superou. Essa agora é a minha favorita. Tem gosto de pirulito de uva; melhor ainda, picolé.

— Obrigada. Sim, é muito gostosa. Essa deve ser a nossa escolha por um tempo.

— Eu topo. — O líquido com sabor de fruta desce suave, quase demais. Essa mistura pode ser perigosa.

Não falo com Jax há alguns dias, então decido ligar para ele. Sua agenda não está tão lotada agora que a temporada de outono do futebol acabou, então gosto de ser capaz de falar mais vezes com ele. Disco seu número e ele atende no segundo toque.

— Little Love. Como você está?

— Bem. E você?

— Muito bem. Fazendo nada demais. O que você está fazendo?

— Só esperando a Tabs e a Molly se arrumarem. Vamos sair. Ei, já provou vodca de uva com Sprite? É uma delícia — digo, com entusiasmo.

um amor *bonito*   147

— Não, nunca. — Ele dá uma risadinha.

— Bem, você deveria. É muito bom, sério — aviso.

Jess convenientemente enche meu copo depois de consumir o primeiro em velocidade recorde.

— Planos para hoje à noite?

— Não. Acho que só vou ficar em casa. Então, algo legal rolando? Certeza de que você tem alguma história da Tabitha para contar — comenta, com carinho na voz.

Amo a Tabitha e admito que só as suas travessuras poderiam me manter entretida em uma cidade isolada. Penso se há alguma coisa que não contei para o Jax e estou perto de responder quando ouço.

— Jax, você está pronto?

As palavras são baixas do outro lado, mas as ouço em claro e bom som. Eu poderia notar aquela voz em uma multidão. Tenho pensado bastante na origem dela voz nos últimos dois meses.

Stella.

Ouço um farfalhar e então a voz abafada de Jax.

— Vou sair em um minuto.

A voz doce como mel diz algo em resposta, mas não consigo entender as palavras através da mão dele, que agora cobre o telefone. Seu relacionamento com Stella não é algo sobre o que conversamos. Ele a menciona de passagem às vezes, mas não fala muito dela, e eu não pergunto. Na verdade, reconheço que estou indo bem com a coisa de "apenas amigos" e acho que Jax e eu sabemos que tenho meus limites.

Sua voz retorna, agora direcionada a mim.

— Ei, Lil. Vou deixar você ir.

Pigarreio.

— Sim, eu tenho que ir também. Só queria dizer oi.

— Estou feliz que ligou. Divirta-se. E se cuida.

— Eu vou. Você também. — É uma mentira parcial. Não quero que ele se divirta com ela hoje. Mas quero que se cuide. — Te amo — digo, por hábito. Arrependo-me no momento que sai da minha boca, sabendo que ele vai desligar comigo para ficar com ela.

— Te amo mais. Tchau.

— Tchau.

Largo o telefone no colo e repito nossa curta conversa na cabeça. Meu coração dói e eu automaticamente quero me retrair, deixar o frio me tomar e me deitar na cama, sentindo pena de mim mesma.

Mas não faço isso.

Eu sou a Carolina do Sul, quente e feliz, repito o mantra na cabeça até sair para o bar.

Abro a porta do nosso dormitório, saindo no frio ar noturno, e meu rosto é atingido por uma poderosa rajada de vento e neve. Sinto como se a tempestade Vulcan tivesse me dado um tapa. A força no meu rosto é uma lembrança concreta de que não estou nos trópicos, estou em um vórtex polar. O ar está tão frio que dói inspirar, congelando todo meu corpo de dentro para fora.

Mas eu inspiro. Já senti frio antes e sentirei de novo. Essa tempestade vai passar, como todas as outras. Quando o calor retornar, vou aproveitar o sol no meu rosto, aquecendo minha pele, mais do que antes.

O pub não tem lugar para sentar. Abrimos caminho até o bar e ficamos atrás da multidão esperando para sermos atendidas. Conforme aguardamos, dou as costas para o balcão, querendo absorver o cenário. Observo o local, vendo vários rostos conhecidos, mas paro ao ver um em particular me encarando, o sorriso convencido de sempre. Levanto a mão e aceno.

Trenton usa o dedo para apontar para mim enquanto murmura "você". Em seguida, aponta o dedo para o peito e diz "eu", antes de apontar para a pista de dança e completar com "dançar".

Rio com suas técnicas primitivas de comunicação e aceno.

— Vou dançar com o Trenton — aviso, em voz alta, em direção às garotas, tentando me fazer ouvir por cima da música enquanto aponto para a pista.

Jess me dá um joinha e volta a se virar para o bar.

Começo a atravessar o mar de gente e Trenton faz o mesmo até me encontrar.

— Oi — diz, segurando minha mão. Ele me guia até a pista.

Caminhamos pelo grande quadrado no meio do cômodo e paramos em um ponto no canto de trás. Não estamos tecnicamente na pista, mas é o mais próximo que vamos conseguir.

Trenton é um ótimo dançarino. Já dançamos várias vezes nos últimos meses e ele sempre me faz sentir feliz e livre. Sua atitude em relação à vida é refrescante. Ele diz o que sente, faz o que quer e não liga para o que pensam dele. Sim, às vezes ele pode ser um idiota, mas acho que o entendo.

Ele é daqui da cidade. Acho que o pai pode ser o único advogado em uns cem quilômetros. Tenho certeza de que existem outros, mas o senhor Troy, pai dele, é o único de quem já ouvi falar. A senhora Troy é uma socialite.

um amor *bonito*

Ouvi que ela nasceu com bastante grana. O pai dela inventou e patenteou vários itens que usamos diariamente. Os Troy são uma das famílias mais ricas de Mount Pleasant e meio que são grande coisa por aqui. As similaridades entre Trenton e Jax não passam despercebidas por mim.

Uma música lenta começa e um senso de incerteza me toma. Eles costumam tocar as mais lentas conforme o fim da noite se aproxima, quando todo mundo está acabado e se pendurando um no outro. Normalmente estou com as garotas nesse ponto.

Afastando-me, olho para Trenton e tento ler sua expressão, pensando que ele talvez queira voltar para o bar. Mas ele se limita a sorrir e a me puxar para perto. Envolvendo os braços ao meu redor, me segura apertado enquanto nos movemos com a música.

Apoio a cabeça em seu peito, sentindo a firmeza na minha bochecha. Ele tem um cheiro bom e estou confortável em seus braços. É legal ser segurada assim e, por um momento, sinto culpa por gostar. Depois, lembro-me de que estou solteira e meu melhor amigo está saindo com uma garota tão doce que me faz passar mal. Além disso, dançar é inocente o bastante.

Trenton se inclina para frente, posicionando a boca na curva do meu pescoço. Beija minha pele com suavidade, e eu congelo.

— Lily — sua voz rouca vibra pela minha pele, chegando ao meu ouvido —, eu gosto de você. Pra caramba.

Não tenho certeza de como responder, então apenas aceno. Seus lábios encontram minha pele mais uma vez. Os beijos leves começam na base da minha orelha e fazem um caminho para baixo até o pescoço. Estou tão confusa sobre como reagir a isso. Parte de mim sente que era para eu empurrá-lo e sair correndo, ainda que outra parte, na verdade, esteja gostando.

Ele se afasta do meu pescoço e os olhos castanhos estão escuros de desejo, atraindo-me. Sou incapaz de afastar o olhar enquanto nos encaramos por um momento. Em seguida, Trenton desvia o dele e seus olhos vão para os meus lábios antes de voltarem para cima.

— Lily. — Meu nome é uma dúvida, uma declaração e um querer que saem dos seus lábios.

Dou um pequeno aceno com a cabeça, meus olhos se fecham, e sinto seus lábios nos meus. O beijo é hesitante de primeira, os lábios massageiam os meus com cuidado. Ele me puxa para mais perto pela cintura, estamos dividindo o mesmo espaço. O beijo se aprofunda, seus lábios se movendo com mais fervor, e foco na sensação que me traz.

A língua desliza por meus lábios e eu suspiro, abrindo-os para dar espaço a ele. Trenton aceita, entrando na minha boca com golpes suaves. Meus sentidos estão sobrecarregados conforme processo a resposta do meu corpo ao beijo. Já fui beijada milhares de vezes antes, mas nunca foi assim. Esse não é melhor nem pior. Só é diferente e novo. Seu gemido ressoa na minha garganta durante a exploração de sua língua na abertura da minha boca com uma paixão desconhecida.

Minhas emoções conflitantes inundam meu corpo e eu suspiro, afastando-me de Trenton. Ergo o olhar para sua expressão preocupada. Seus olhos ainda estão escuros com luxúria, mostrando sua fome por mais. Dou a ele uma tentativa forçada de sorriso antes de deitar o rosto em seu peito mais uma vez. Ele me segura, e nos movemos com a música.

Fecho os olhos com força, respiro fundo e expiro. Estou em um turbilhão de emoções. Uma confusão que nunca senti invade minha alma e dói fisicamente. Meu peito está apertado e meu coração está dividido com culpa, mas, ao mesmo tempo, se enche de esperança. *Como se processa algo assim?*

"Jax, você está pronto?"

Essas palavras, a voz dela, tudo ressoa lá dentro, lembrando-me de que está tudo bem expulsar a culpa.

Não tenho certeza do que está começando aqui com Trenton ou o que quero que aconteça, mas sinto que algo está se iniciando.

Algo novo, algo diferente e algo que não inclui o Jax.

E tudo bem. Tem que ser assim.

Então, vou dançar com esse garoto fofo e me concentrar na esperança crescendo em meu peito, permitindo que ela silencie a culpa.

Saímos do bar lotado mais cedo. Outros quinze centímetros de neve nos cumprimentam ao sairmos. As luzes dos postes lançam um brilho dourado nas ruas vazias. Trenton se oferece para caminhar conosco e nós cinco passeamos pelo centro da rua coberta de neve — tão estranhamente desolada, apesar de linda. É surreal, na verdade.

Parece que somos as primeiras pessoas da Terra a descobrir este paraíso gelado. Há algo mágico no mundo estar coberto por um pó branco e fresco. Todas as imperfeições ao nosso redor são suavizadas com a brancura à nossa frente.

Nós, as garotas, começamos a dar risadinhas — por qual motivo, não sei.

Começo a girar de braços abertos. Erguendo o rosto para o céu, abro a boca e pego os flocos, deixando a pureza encher meu corpo e nutrir minha alma.

— Anjos de neve! — alguém grita.

Quando vejo, nós cinco estamos esparramados, deitados no meio da rua deserta, fazendo anjos de neve. Espalhando braços e pernas, eu os movo para cima e para baixo, encarando o céu escuro. A alegria inocente do momento é capaz de curar, trazendo a calma que eu tenho desejado. Rio com meus amigos, aproveitando cada segundo desse momento.

Isto aqui, esse sentimento de alegria e abandono, é o motivo para eu ter vindo para a faculdade e sei que sempre vou dar valor a isso. Toda a energia triste que estava pesando em mim nos últimos meses se vai, diminuindo a pressão no meu coração. A desolação cai do meu corpo para o chão, onde é absorvida pela pureza da neve.

E assim como a nevasca vem forte e rápida, trazendo os flocos que cobrem essa parte do mundo com sua inocência, também vem a sensação esmagadora de que estou no caminho certo. Vou ficar bem, não importa o que o futuro traga.

A partir daqui, viverei o momento — não pelas memórias do passado ou pelos sonhos para o futuro; pelo agora, esse espaço no tempo em que estou. Estou feliz. Estou livre. Sou apenas eu.

Estou vivendo pelas risadas dos meus amigos. Pelos anjos de neve em uma rua deserta. Por beijos roubados. Pela sensação de novidade e descoberta. Por este momento e todos os que vierem pela frente.

Viverei por cada instante, pelos que não se repetirão. Vou experimentar e aproveitar a vida agora, porque, sério, ninguém sabe o que o amanhã trará.

No momento, o céu está deixando cair flocos fofos e gelados de esperança que pousam na minha bochecha, que fazem cócegas na minha pele. Por agora, isso basta.

Dezesseis

Eu vou a um encontro. Um encontro de verdade. Não vou mentir. Estou surtando um pouco. Não tenho a exata certeza do motivo.

Trenton não é nenhum estranho. Ele é um amigo que eu conheço há sete meses. Apesar de *amigo* não ser a melhor maneira de descrevê-lo. Ele é mais que isso, mas o quanto a mais ainda não tenho certeza.

Tenho que dar crédito a ele. O cara tem sido paciente — tipo, muito paciente —, ainda mais nos últimos trinta dias. Desde o nosso beijo ardente na pista de dança há um mês, ele tem sido uma presença diária, mas estou hesitante em levar a relação adiante.

Sinto muita falta do Jax. Sinto falta de tudo em relação a ele. Continuamos a conversar e trocar mensagens algumas vezes por semana e carregamos nosso status de melhores amigos, mas nem sempre é genuíno. Posso dizer que nós dois estamos tentando voltar o nosso relacionamento para onde estávamos aos dezessete anos, antes de toda a estranheza que veio com a parte física e romântica da coisa.

Nossas conversas não são profundas e isso é parte do problema. *O que se conversa com um ex-namorado?* Há tantos tópicos que trazem dor ou sentimentos desconfortáveis. Não pergunto sobre Stella e ele não questiona a respeito da minha vida amorosa. Tentamos manter os assuntos em uma zona de segurança, mas, para ser sincera, as linhas que delimitam são no mínimo difusas. Então, ultimamente, nossas conversas têm sido curtas e secas, mas sei que vai melhorar com o tempo.

Trenton deixou bem claro o que sentia por mim. Ele quer um relacionamento. No último mês, tem se contentado com uma amizade melosa.

Nós damos as mãos e ficamos juntinhos no sofá, assistindo filmes. Vamos a encontros para tomar café e estudar. Ele janta comigo e com as minhas amigas. Tem sido compreensivo a respeito da minha situação e dos meus sentimentos confusos. Esperou e dedicou tempo a mim.

Mas posso dizer que está ficando impaciente e não o culpo. Preciso fazer uma escolha. *Vou seguir em frente ou permanecer estagnada?*

Sei a resposta. Já sei há meses, mas é difícil de todo jeito.

Ainda tenho esperanças de que Jax aparecerá por aqui e professará amor eterno, pedindo desculpas por sua escolha errada e implorando para eu voltar? Claro que sim, várias vezes ao dia.

Mas vai acontecer? Não. Em meu coração, sei que não vai, pelo menos não agora. Essa coisa que o incomoda, ainda está lá.

Não desisti de esperar por um futuro com ele, mas não há presente, pelo menos não como um casal.

E prometi a mim mesma que começaria a viver o hoje.

Então, aqui estou, pronta para um encontro e surtando de ansiedade.

Jax e eu fizemos coisas como uma dupla por tanto tempo quanto consigo me lembrar, então namorá-lo era mais do mesmo, com adição de beijos.

Com Trenton, tudo é novo. Esse nervosismo e as inseguranças vindo à superfície são território desconhecido. Não estou acostumada a sentir inseguranças. Ponto.

— Menina Flor, seu encontro chegou! — Tabitha grita, da sala.

Volto a olhar no espelho de corpo inteiro preso na porta do meu armário e passo os dedos pelo cabelo. *Ou vai ou racha.*

— Você está linda, Lil, como sempre — Trenton diz, beijando minha mão.

— Obrigada — digo, tímida.

Saímos do meu dormitório e vamos até seu carro. Ele abre a porta do passageiro da BMW para mim.

Entro e respiro fundo ao prender o cinto. Trenton abre a porta e uma rajada de vento frio me atinge antes de ele a fechar.

— Então, o que faremos? — indago.

Seus lábios se viram em um sorriso convencido.

— Não vou divulgar todos os meus segredos de uma vez, gata.

— Uma dica?

— Bem, começaremos com um jantar. Está com fome?

— Sim, claro — respondo.

Trenton conduz pelas ruas cobertas de neve até um restaurante que nunca vi. É fora da cidade. Uma estrada estreita e sinuosa nos leva a uma área arborizada que se abre em uma clareira com uma construção que se parece com um casarão das plantações sulistas. Uma varanda envolve a construção e colunas altas que vão do chão até o teto acima de nós. Imagino que o lugar seja ainda mais bonito quanto está mais quente, quando a vegetação está mais viçosa. Pergunto-me se as pessoas saem para comer na varanda, cercadas pelo lindo cenário.

— Que lugar bonito. Nunca vim aqui.

— É sim, um dos clientes do meu pai é o dono. Atende a uma clientela mais abastada. Acho que não são muitos os estudantes que vêm aqui.

Trenton abre a porta do carro e pega minha mão, gentil, ele me ajuda a sair do interior de couro. De mãos dadas, caminhamos até o restaurante.

O interior é um luxo absoluto: piso de mármore, vigas de madeira e obras de arte adornando cada parede. Somos levados a uma sala privada. No meio dela, há uma mesa posta para dois. O ambiente não está muito iluminado. Das velas que adornam cada superfície, lampejos quentes de luz dançam nas paredes.

Trenton puxa minha cadeira e eu me sento.

Acomodando-se no assento à minha frente, ele diz ao garçom:

— Vamos começar com o Gaja Barbaresco de 2007.

O garçom acena.

— Sim, senhor — responde, antes de sair da sala e nos deixar a sós.

— Não tenho ideia do que você acabou de pedir. — Solto um risinho abafado.

Ele sorri.

— É vinho tinto, um dos meus favoritos.

— Ah, entendi. — Aceno. Sinto-me um pouco deslocada.

Trenton está no último ano, o que significa que ele é um ano mais velho que eu, mas, no momento, sinto-me bem mais nova. Ele coloca as velas de lado para poder pegar minha mão. Esfregando o polegar pela minha pele, diz:

— Então a bela e intocável Lily finalmente concordou em ir a um encontro de verdade comigo.

— Não sou intocável.

Trenton olha para baixo.

— Sim, você é. Estou tentando te convencer a sair comigo desde setembro.

um amor *bonito*

155

Balanço a cabeça, descartando o comentário.

— Não está não. Eu tinha namorado em setembro.

— Ah, acredite em mim, eu sei disso — diz, seco. — Com sorte, depois de hoje, você terá outro. Alguém que se encaixe melhor com você.

Dou um sorriso amarelo. Trenton não faz ideia do quanto o seu antecessor era perfeito, mas essa não é uma conversa que quero ter com ele.

— E o que te faz pensar que você se encaixa melhor? — pergunto, inclinando a cabeça para o lado.

Trenton ri, apertando minha mão.

— Ah, Lily. Nunca na vida eu tive que me esforçar tanto para ficar com alguém.

— Isso quer dizer o quê? — pergunto, sem rodeios, mesmo que já tenha uma ideia.

— Bem, não querendo soar arrogante, mas todas as garotas que chamaram a minha atenção no passado quiseram ficar comigo na mesma hora. Não tive que fazer essa coisa de amigos primeiro ou esperar até que estivessem prontas para estar em um relacionamento. Elas sempre estiveram dispostas e prontas desde o começo.

Meus olhos se arregalaram por estar levemente ofendida com o tom. Ele percebe e continua:

— Escuta, tudo o que estou dizendo é que eu te quis desde a primeira vez que te vi dançar com suas amigas em setembro. Você é a mulher mais deslumbrante que já vi na minha vida. Você e eu, Lily... somos um casal e tanto.

Trenton olha para o teto e solta um baixo gemido antes de voltar a me encarar mais sério.

— Não tem como você saber o quanto que te quero ou já teria percebido o quanto os últimos meses foram difíceis. Imagine como seria estar morrendo de fome e visualizar o pêssego mais maduro e delicioso de todos. Agora pense como seria ter esse pêssego sendo esfregado na sua cara todo dia. Você está com tanta fome e quer tanto aquilo, mas deixam longe de você, te tentando. Vou te dizer. É uma tortura do cacete. Lily, eu sempre consegui o que queria. Esse é quem eu sou. Não estou acostumado a esperar. Mas esperei por você, porque valia a pena. Pela primeira vez na vida, encontrei algo que vale. Mas não posso mais fazer isso. Preciso de você mais do que você imagina.

Estou sem voz, tanto assustada quanto intrigada pela recente admissão.

— Venha aqui — Trenton exige, baixinho. Soltando minha mão, ele empurra a cadeira para trás e bate na sua coxa. — Por favor.

Fico de pé e rodeio a mesa até ficar na sua frente.

— Monte em mim — ordena, a voz rouca.

— Mas eu estou de vestido — digo, apontando para o tecido preto apertado que termina acima dos meus joelhos.

Ele passa a mão dos meus joelhos para cima, até a lateral dos meus quadris, puxando o tecido para cima. E se detém antes de expor meu traseiro.

— Venha aqui — insiste, mais uma vez.

A necessidade em sua voz faz minha barriga sentir coisas estranhas.

Corrijo a postura e subo em seu colo, de frente para ele. Minhas pernas nuas balançam nas laterais da cadeira. Ele passa os dedos pelos fios de cabelo na minha nuca e fecho os olhos, apreciando a sensação que isso traz.

Sinto um movimento e abro os olhos para ver o garçom entrando com nossa garrafa de vinho.

— Deixe-nos a sós — Trenton ordena.

— Sim, senhor — diz o garçom, girando e se retirando de imediato.

Este Trenton não é aquele da faculdade que me perseguiu por meses com toda paciência. Ele é exigente. Por razões que desconheço, sinto meu corpo reagir a esse lado dele e acho sua arrogância e autoridade atraentes. Minha pele se aquece de desejo e meu sangue lateja nas veias enquanto meu corpo anseia por seu toque.

Com as mãos entrelaçadas no meu cabelo, ele me puxa em sua direção até nossos lábios se encontrarem. Gemo em sua boca com o contato e ele aproveita a oportunidade para deslizar a língua entre meus lábios.

Já beijei Trenton antes, mas esse é diferente. Da última vez, meus sentidos foram oprimidos por uma névoa de álcool, música alta e corpos esbarrando em nós na pista de dança lotada. Mas agora, não tenho mais nada em que me concentrar, apenas neste beijo.

E eu gosto. Muito.

Os lábios de Trenton continuam capturando os meus, a língua dança sedutoramente em minha boca. Eu me sinto desejada, e isso é o que mais me excita. Trenton me faz sentir não só bonita, mas também sexy.

Ele explora a pele exposta de minhas coxas, braços, pescoço e peito enquanto nos beijamos. Minha pele queima de desejo sob o seu toque. Pode ser a luxúria fora de controle me animando a nível subconsciente, mas, por alguma razão, a experiência parece certa.

um amor *bonito*

Perco a noção do tempo, mergulhada na névoa cheia de luxúria, e continuamos a nos beijar. Trenton se afasta, gemendo baixinho. Meus lábios estão inchados e quentes pelo uso.

— Só quero sair daqui e te levar para outro lugar, para que eu possa explorar cada centímetro do seu corpo. — Sua voz rouca está crua de necessidade.

Meus olhos se arregalam, e estudo o rosto de Trenton, seus olhos esverdeados escurecem de desejo. Os lábios parecem mais carnudos que o normal, ligeiramente separados, enquanto ele respira fundo.

Trenton suspira, colocando uma mecha de cabelo atrás da minha orelha.

— Mas eu tenho uma noite inteira planejada, e você merece um pouco de romance também.

Não tenho certeza, mas seu tom parece em conflito com a declaração.

— Levante-se, linda. Vamos pedir algo para você comer.

E com essa afirmação, eu saio de seu colo, empurro a saia para baixo até que ela esteja onde deveria estar e meio que caminho, meio que tropeço de volta para o meu assento. O tempo todo, estou tentando descobrir o que diabos acabou de rolar.

O jantar está delicioso. Aproveito cada porção do macarrão com caranguejo e molho de creme de manteiga de trufas. O vinho que ele escolheu também é perfeito.

Apesar da sessão superintensa de amassos, a conversa flui com naturalidade. Trenton fala muito da própria vida, mas gosto do fato de não ter que pensar na minha. Qualquer coisa que eu pudesse dizer a ele sobre a minha casa traria de volta algum momento ou memória querida com meu melhor amigo, e a última coisa de que preciso no meu primeiro encontro de verdade é que essas lembranças me distraiam.

Achei que a família de Jax tivesse dinheiro, mas sinto que a riqueza dos Porter não é nada comparada com a dos Troy. Partes da conversa me deixam desconfortável enquanto Trenton fala da sua casa de veraneio no Havaí e de viagens familiares a Paris. Das várias casas até a época em que cresceu em um colégio interno chique, começo a duvidar da minha capacidade de me encaixar em seu mundo. Sou uma garota do campo, pé no chão, que cresceu em uma cidade pequena.

Minha família é rica em nossa área, mas a dele e a minha não pertenceriam aos mesmos círculos. Não tenho certeza se gostaria que fosse o caso. Há algo de superficial e raso nesse estilo de vida, a meu ver. Mas, de novo, é um julgamento de minha parte, assim como também seria um julgamento se Trenton pensasse que sou inferior porque não vivi a mesma vida. Por suas ações, ele não parece me ver assim, então é injusto que eu o faça. Acalmo os pensamentos em minha cabeça que me perguntam que tipo de indivíduo poderia ser criado em um contexto desses.

Uma parte que não entendo é por que Trenton escolheu a Central em vez de uma universidade da Ivy League. Eu amo isso aqui, mas o local não é conhecido por seu prestígio.

— O que te fez escolher a Central? — pergunto.

— Não tenho muita certeza. Acho que é reconfortante estar perto de casa. Este é apenas um trampolim para a faculdade de direito para mim. Tenho um emprego garantido no escritório do meu pai quando me formar, então percebi que não fazia sentido ir para outro lugar. Por que fazer mais esforço por algo que já se tem garantido, sabe?

Aceno devagar, absorvendo sua declaração. Suponho que faça sentido. Talvez? Acho que nunca ouvi ninguém colocar dessa forma.

Jax sempre se esforçou para ser o melhor em tudo, independentemente do resultado. Ele queria ir para a melhor faculdade com o melhor programa de negócios, mesmo esse programa sendo muito mais difícil que os outros.

Estou confusa com essa maneira de pensar, mas tenho que parar de compará-lo a Jax. Trenton não é nada igual a ele e tenho que estar bem com isso. Nunca vou seguir em frente se comparar todos os caras com meu ex.

Depois do jantar, Trenton começa a voltar para o *campus*, mas, antes de chegarmos à faculdade, ele para na calçada e estaciona. Olhando para o outro lado da rua, vejo dois lindos cavalos grandes e brancos presos a um trenó digno da Cinderela. Suspiro e me viro para Trenton, encontrando seu sorriso largo.

— Isso é para nós? — pergunto, apontando para o trenó.

Ele passa a mão pela minha bochecha.

— Isso é para você.

Trenton dá a volta na frente do carro e abre minha porta. Ele pega minha mão enquanto nossos pés esmagam a neve e caminhamos em direção ao outro lado da rua.

Um cobertor grande e macio está dobrado com esmero no assento de couro do trenó.

Trenton o sacode e o coloca sobre o encosto do assento.

— Sente-se, gata.

Faço o que pediu e ele se senta ao meu lado, envolvendo o cobertor em torno de nós dois. À minha frente estão duas canecas de viagem prateadas

um amor *bonito*

nos suportes para copos. Trenton estende a mão para elas e entrega uma para mim.

— O que é?

— Chocolate quente, é claro. — Ele pisca.

— Uau. Este é um encontro e tanto. Acho que você pensou em tudo.

Depois de colocar a caneca de volta no porta-copos, ele puxa meu cabelo para o lado e dá um beijo quente no meu pescoço, abaixo da orelha, fazendo-me estremecer.

— Espero que sim, com certeza. — Dá outro beijo suave no meu pescoço.

Fecho os olhos, deleitando-me com a sensação que seus beijos suaves trazem.

— Não tenho certeza de como um encontro pode ficar melhor do que isso — digo, baixinho.

Seus lábios puxam o lóbulo da minha orelha. Com a voz rouca, ele sussurra:

— Ah, ainda essa noite eu gostaria de provar que você está errada.

Meu corpo estremece. Se pelo frio da noite, pela expectativa do que está por vir ou pelo medo de que minha vida esteja prestes a mudar para sempre, eu não sei.

Damos uma volta no parque. O homem que segura as rédeas do cavalo olha para Trenton em dúvida e algum tipo de comunicação não verbal é trocada. Ele acena para meu encontro antes de virar de leve para o lado e parar onde começamos há apenas alguns momentos. Tenho a sensação de que Trenton está encurtando o passeio.

Ele pega minha mão e me ajuda a descer do trenó. Atravessamos a rua, indo em direção ao carro. Começo a diminuir assim que chegamos ao lado do passageiro, mas Trenton me puxa pela mão, fazendo-me passar direto. Depois da calçada está uma fila de novas casas feitas para parecerem clássicas. Cada uma tem um teto escuro, exterior em estuque castanho e um belo trabalho em pedra na base da parede externa. Paramos em uma porta de madeira como se estivéssemos em uma missão.

— É aqui que eu moro — declara Trenton, tirando uma chave de dentro do bolso.

— Ah, é? — indago, confusa.

Eu tinha impressão de que ele morava com alguns dos seus amigos da fraternidade em uma casa fora do *campus*, porque sempre vai para lá depois de uma noitada.

— Sim, eu tenho um quarto com os caras também e durmo lá na maior parte das noites, mas meus pais compraram essa casa para mim há um ano, então tenho meu próprio espaço quando preciso — diz, com naturalidade.

— Ah. Uau. Você fica aqui com frequência?

— Não muito, na verdade. Eu venho para cá se precisar estudar ou se quiser uma noite afastado, mas fica entediante quando estou sozinho.

O interior parece algo saído de uma revista. Observo o conceito aberto que inclui uma cozinha paradigma de um chef, uma área formal para jantar e uma sala de estar chique, mas não vejo nenhum toque pessoal. As linhas simples e a sensação acolhedora do espaço foram provavelmente criados por um designer de interiores.

Trenton pega meu casaco e pendura no vestíbulo. Caminho pelo piso de madeira, olhando ao redor do espaço por algo que dê pistas da vida do Trenton. Mas ainda assim, nada pessoal chama atenção. Essa poderia ser uma casa de *showroom*. É elegante, mas simples o suficiente para atrair qualquer pessoa.

Sinto sua presença atrás de mim e paro de andar. Seus braços me circulam por trás e ele enterra o rosto no meu cabelo, suspirando de contentamento.

— Lily, Lily, Lily — canta, quase em um sussurro.

Viro em seu abraço para encará-lo.

— Sim? — indago.

Ele estuda meu rosto por um momento a mais do que é confortável. Em seguida pisca e pergunta:

— Então, o que acha? — Aponta para o cômodo.

— É legal, bem legal. Eu gostei.

Seus olhos escurecem.

— Que bom, porque quero passar mais tempo aqui.

— Ah, é? — pergunto.

— É, e agora tenho você para ficar aqui comigo.

— Tem, é? — insisto, em tom de brincadeira.

um amor *bonito*

161

O rosto de Trenton fica sério.

— Tenho outro cômodo que quero muito que você veja.

— E qual é? — Nervosismo passa por mim.

— Meu quarto. Está pronta para vê-lo? — Seu olhar se prende ao meu.

Estou? Meu coração começa a acelerar, batendo em um ritmo ansioso. Olho para baixo, pensando.

Trenton põe o dedo por baixo do meu queixo e o levanta. No momento que meus olhos se conectam com os seus, sua boca está na minha. O beijo é urgente e suplicante. A língua entra na minha boca, lambendo e girando, numa tentativa de incentivar minha resposta. O ato faz minhas emoções darem pirueta e meus hormônios vão a toda.

Meu corpo quer. Meu corpo o quer. É difícil saber o que meu coração quer, porque o desejo carnal passando por mim é tão grande que não consigo pensar direito.

Não consigo falar, então aceno. Não é um movimento confiante. É uma tentativa, uma dúvida, mas é o suficiente para Trenton. Ele me ergue e passo as pernas por sua cintura. Não tira a boca da minha ao me levar para o quarto.

Ele me solta e deslizo por seu corpo até meus pés tocarem o chão. Trenton tira as minhas roupas a toda pressa e, antes que eu possa recuperar o fôlego, estou nua diante dele. Seus olhos me estudam de cima a baixo.

— Porra, Lily — geme, antes de se despir também.

Ele me empurra de costas para a cama e sua boca e mãos estão em toda parte. As preliminares não são demoradas, mas são talentosas. Posso dizer que Trenton sabe o que está fazendo e, se os rumores estão corretos, ele teve bastante prática. Empurro aquele pensamento para longe da minha cabeça enquanto ele põe a camisinha e me penetra.

Ofego enquanto meu corpo é empurrado para cima e coloco as mãos na cabeceira, firmando-me, e ele continua a estocar com intensa força e velocidade. Ele segura um dos meus seios, apertando a cada impulso. Minha mente está correndo a toda velocidade, tentando processar todas as sensações, tanto físicas quanto mentais. Meu corpo está cambaleando com um mix de emoções tão contraditórias.

Trenton puxa um dos meus mamilos a ponto da dor e eu grito.

— Diga que você é minha, Lily — ordena. — Diga. Que. Você. É. Minha.

Ele continua a apertar meu mamilo, e o ritmo já implacável se intensifica. Sinto meu orgasmo vindo e fecho os olhos, preparando-me para os tremores que me destruirão.

— Diga! — grita.

Ofego em busca de ar.

— Sou sua! Sou sua! — grito. Vejo cores por trás das minhas pálpebras e um orgasmo intenso me rasga.

Estou voltando do ápice quando sinto o corpo do Trenton ficar tenso com o próprio clímax. Ele desaba sobre mim e ficamos quietos, recuperando o fôlego.

Depois de alguns momentos, Trenton sai de cima e retira a camisinha antes de amarrar e jogar na lixeira perto da cama.

Ficamos deitados um ao lado do outro, os dois encarando o teto.

— Porra, Lily. — Trenton inspira. — Eu sabia que a sua bocetinha apertada seria perfeita. Perfeita pra caralho. — Continuamos em silêncio por alguns segundos antes de ele dizer: — Boa noite, gata.

Em seguida, vira de lado, de costas para mim. Fico imóvel, estudando as sombras no teto, e escuto sua respiração se acalmar. Quando ele está dormindo, rolo para fora da cama e saio do quarto.

Não demora muito para eu encontrar o banheiro de visitas. Entro e tranco a porta. Ligo o chuveiro, deixando a água tão quente quanto consigo suportar e entro. Fecho os olhos, deixando a água me cobrir, queimando minha pele ao descer.

Apoiada no azulejo, deslizo até o piso e choro. Meu corpo treme de tristeza e soluço no espaço cheio de vapor. As lágrimas continuam a cair até minha pele estar enrugada e vermelha pelo ataque violento e prolongado da água quente.

Quando não tenho mais lágrimas, arrasto-me para fora. Depois de me secar, volto para o quarto. Encontro Trenton dormindo na mesma posição em que o deixei. Usando a limitada luz da lua que vem da janela do quarto, procuro uma boxer e uma camiseta em suas gavetas.

Ao vesti-las, deslizo na cama e envolvo o edredom com firmeza ao redor do corpo. O calor e a pressão daquilo ali me encobrindo com segurança traz um senso de contentamento. Minha mente e meu corpo estão exaustos. Não tenho mais certeza do que sentir, mas, neste momento, não tenho energia para descobrir.

Minhas pálpebras se fecham, bloqueando a confusão em mim, e caio em um sono agitado, cheio de sonhos com os olhos esmeralda que amei por toda a minha vida. O bonito verde tem flashes de decepção e mágoa. Eles irradiam dor, e aquela visão sempre me assombrará.

um amor *bonito* 163

Dezessete

Desperto assustada e ofegante. Levo um segundo para me lembrar de onde estou, mas, quando vejo as costas musculosas de Trenton perto de mim, tudo volta em velocidade máxima. Dobro os joelhos que descansam debaixo do cobertor e seguro perto do peito. Viro levemente de lado e enterro o rosto no edredom macio, tentando me acalmar.

O sonho que tive quando perdi a virgindade com Jax na casa no lago foi tão vívido que trouxe de volta as emoções cruas que tenho trabalhado com tanto afinco para enterrar nos últimos meses. Com as visões do sonho tão frescas na mente, acordar ao lado de um homem nu que não é o Jax é o suficiente para me fazer vomitar. Tenho que me esforçar muito para manter a compostura.

A reação é natural. Estava fadado a acontecer. Seguir em frente é uma merda, mas é parte da vida. Jax queria esse término e seu subsequente relacionamento com Stella. Não foi escolha minha. Eu não queria isso, nada disso, mas ainda assim aqui estou. Tenho que seguir em frente.

Recuso-me a me deixar chafurdar ainda mais na tristeza.

Trenton me faz rir. Sinto-me bonita quando estamos juntos. Ele gosta de mim de verdade e sinto o mesmo por ele. *Se eu acho que vamos durar? Não sei.* Minhas emoções em relação ao Jax ainda estão por aqui, então é difícil ter uma leitura adequada dos meus sentimentos. Mas sei que quero tentar.

É difícil entender o que penso da noite passada. Trenton me agradou fisicamente, porém, emocionalmente, senti culpa o tempo inteiro. Fica óbvio que Jax está tendo mais facilidade para seguir em frente. Só que ele já tinha transado com várias garotas antes de mim, enquanto foi meu primeiro e único, até a noite passada. Agora não é mais, e isso é algo que não posso mudar. Jax nunca mais será meu único parceiro, o que parte o meu coração.

A cama se mexe perto de mim.

— Gata. — A voz do Trenton está rouca de sono.

Levanto a cabeça e me viro para ele.

— Ei — respondo, tímida.

— Venha aqui. — Aponta para a curva do seu braço esticado. Deito-me de encontro à sua pele e ele me puxa para perto. — Você está bem?

— Sim, estou — minto.

— A noite passada foi incrível, gata — diz, a palma da mão livre correndo para cima e para baixo do meu braço. Ele desliza a mão pela minha cintura por baixo da camiseta, aquecendo minha pele. O toque encontra meus seios e eu respiro fundo. — Só uma coisa poderia ser melhor do que uma noite de sexo com a minha gostosa. — Ele pausa por um momento e, quando não respondo, continua: — Uma foda matinal com a minha gostosa.

Ele gira para ficar por cima de mim. Depois, seus lábios cobrem os meus e ele geme. Sinto sua excitação pressionada em mim através da boxer que estou usando.

— Mas, antes de tudo, você precisa ficar nua. — Ele é rápido ao tirar as roupas do meu corpo. — Meu Deus, Lily — fala, escaneando minha pele exposta. — Maravilhosa pra caralho.

O sexo não é de abalar o planeta, mas é bom. Agora já é a segunda vez que não tenho Jax como meu único parceiro. Tenho que calar o remorso na minha cabeça enquanto fico deitada em um brilho pós-orgasmo com Trenton.

Infelizmente, o remorso é um cretino persistente.

Ao longo do último mês, Trenton continua a me surpreender — em mais de uma maneira. Todo dia é uma nova aventura ou gesto que me faz sentir querida e adorada. Se ele não manda entregar flores ou outros presentes fofos para o meu quarto, me leva a encontros românticos. Os dias geralmente terminam em alguma atividade física muito satisfatória e essa parte também está ficando mais fácil. Está ficando menos doloroso lidar com a realidade do meu novo status de relacionamento.

Não é como se Jax não fosse romântico, porque ele era, mas parte da empolgação com Trenton é pela novidade e expectativa. Ainda estou aprendendo sobre ele. Foi difícil me sentir assim com Jax porque nos conhecíamos muito bem. É difícil ser espontânea quando seu parceiro pode prever o que você vai fazer. Nós tivemos uma vida de conhecimento e experiências adicionada ao nosso relacionamento. Não me lembro do que era descobrir coisas novas sobre ele, pois sempre pareceu que eu o conhecia.

E de novo, é injusto comparar Trenton e Jax. Comparar os dois relacionamentos que tive na vida não seriam nem como equiparar maçã com laranja. Seria mais como fazer relação entre maçãs e carros. Eles não estão nem na mesma categoria. São incomparáveis. Ainda assim, eu me vejo comparando-os com frequência para justificar minha vida, não há outra explicação.

Ter Trenton comigo desse jeito por um mês inteiro está fazendo ser mais fácil aceitar a perda do Jax e seguir em frente. A tristeza escondida continua ali, mas estou tentando extingui-la por inteiro, para poder seguir oficialmente com a minha vida.

Jax continua a ser uma presença constante. Ainda somos amigos e nos falamos com frequência, mas estou mantendo-o à distância e tem funcionado. Pouco a pouco, vou encontrando um novo normal, uma vida com a qual eu posso viver. Ainda não falei do Trenton com ele, o que não parece certo para mim, mas, para ser justa, ele não me contou sobre a Stella também.

O celular vibra no meu colo. Olho para baixo e vejo uma mensagem de Jax. Meus lábios automaticamente formam um sorriso. Na mensagem, há uma foto de Jerome, seu colega de quarto. Ele está sentado em uma cabine com uma garota apoiada em seu braço. A menina parece encantada, mas Jerome parece estar irritado.

> **Jax:** Tomando café com os caras e a conquista do Jerome na noite passada. Ao que parece, ela vai ficar com a gente por um tempo. HAHA. Dá pra ver que ele está feliz com isso!

> **Eu:** Legal. Bem, ele merece. ;-)

> **Jax:** Sim, merece.

> **Eu:** Me mantenha informada! Com sorte, ela vai ficar o dia inteiro e deixar o cara louco! HAHA.

> **Jax:** Pode deixar! O que você está fazendo?

> **Eu:** Indo para a casa dos pais de um amigo para um brunch.

Na mesma hora me sinto culpada por não mencionar que meu amigo agora é meu namorado. Omitir a verdade não é exatamente mentir, né?

> **Jax:** Legal. Bem, divirta-se. Sinto sua falta, Little!

> **Eu:** Eu também! Mas as férias de verão são em duas semanas!

Minhas provas finais terminam na última semana de abril, então vou para casa em maio.

> **Jax:** Mal posso esperar.

> **Eu:** Te amo. Tchau.

> **Jax:** Te amo mais.

— Com quem você está falando? — Trenton pergunta, do banco do motorista.

— Com o Jax — respondo, com sinceridade.

O carro fica em silêncio e consigo sentir a tensão saindo de Trenton. Ele odeia a nossa relação, mas fui bem clara de que nossa amizade não é negociável.

um amor bonito

— O que o *Jax* queria? — bufa.

Não dando ideia para o desgosto em sua voz, respondo animada:

— Ele está tomando café da manhã com os colegas de quarto. Um deles, Jerome, está preso com a garota com quem saiu na noite passada. Jax me mandou uma foto dos dois e a cara dele está hilária.

— Não gosto disso, Lily.

Encarando a janela do passageiro, reviro os olhos. Não quero começar essa discussão de novo. Entendo sua preocupação. Eu odiaria se ele tivesse uma melhor amiga com quem conversa todo dia. Mas escolhi estar com Trenton e não vou ferrar com isso. Não sou esse tipo de pessoa. Ele precisa confiar em mim, especialmente em relação ao Jax, porque meu melhor amigo não vai a lugar nenhum.

— Eu sei. — Não vou ser sugada para uma briga agora.

Eu disse o que tenho a dizer várias vezes. Agora, ele precisa aceitar. Tenho esperanças de que, com o tempo, ele irá.

Os pais do Trenton não são minhas pessoas favoritas no mundo. Eles se portam com tanto ar de superioridade e, para ser honesta, sinto-me inadequada perto deles. São corteses o suficiente e tentam puxar conversas educadas, mas nada parece ser genuíno. Os dois são o tipo de pessoa que são doces como mel na sua frente, mas, no momento em que você vira as costas, falam coisas perversas a seu respeito. É essa a impressão que tenho com os Troy. Apostaria que eles falam de mim quando não estou presente, mas deixo pra lá. Eles têm sido agradáveis comigo e talvez minhas inseguranças estejam levando a melhor.

— Ah, Lily, querida. Que maravilha ver você. — A voz estridente da sra. Troy me cumprimenta.

— Obrigada por me receber, sra. Troy.

— Não há de quê. — Ela meneia a cabeça para mim antes de virar o olhar de admiração para Trenton. Sua voz está feliz de verdade ao falar com ele: — Trenton, querido, como você está, coração? — Apoia a palma da mão na bochecha dele.

— Bem, mãe.

— Por favor, entrem. Isabel preparou uma refeição impressionante. Espero que tenham trazido o apetite. — Seus saltos batem no chão de mármore enquanto ela desce até a área de jantar.

Já comi o que Isabel preparou várias vezes e concordo com a senhora Troy. É maravilhoso.

O brunch segue como imaginei que seria. Trenton e o pai repassam os casos recentes da firma e falam de diferentes estratégias e abordagens. Usam vários termos do Direito que me fazem abstrair o que está sendo dito.

A senhora Troy conta ao Trenton todas as fofocas sobre as famílias influentes que estão em seu círculo social.

— Dá para acreditar que a Veronica largou Harvard para sair em turnê com o namorado baterista daquela bandinha? Deplorável! Os coitados dos pais dela estão com tanta vergonha. Tiveram que faltar o jantar no clube semana passada — interrompe.

Não é surpreendente o tipo de tragédia pelas quais as pessoas passam? Espero que os pais da Veronica consigam superar essa. Socorro.

Trenton se acomoda no lado do motorista e fecha a porta. Ele ri alto.

— Ah, Lily, sua cara está impagável. Que bom que você não quer ser atriz.

— O que foi? — pergunto, inocente.

— Não foi tão ruim, foi? — indaga, uma risada na voz.

— Defina *tão ruim* — provoco.

— Sei que meus pais são um pouco demais, mas você vai se acostumar. Eles têm boas intenções.

Claro que têm.

Quero dizer a ele que seus pais são idiotas arrogantes, mas não faço isso.

— Eu sei. Não estou acostumada a estar com eles. Não tenho nada a adicionar às conversas, o que me faz sentir estúpida. — Não que seus pais já tenham tentado perguntar algo sobre mim ou conversar sobre algo com que eu possa contribuir.

— Sei disso, mas quanto mais ficarmos juntos, mais familiarizada com a minha vida você ficará e se tornará mais natural. Você vai chegar lá.

Aceno em confirmação, mas espero nunca ter nada em comum com os Troy, exceto o Trenton, é claro. Ele tem um ar de arrogância, mas não é como os pais. Encaixa-se no mundo deles, sem dúvida, mas quando não está com os dois, é uma pessoa diferente. Pode ser grosseiro e mandão às vezes, mas faz isso de uma maneira que acho atraente. Ele nem sempre é um idiota. É divertido, inteligente, amoroso e despreocupado também. Ele é uma contradição ambulante de atributos e pode ser por isso que o acho tão interessante.

— Então, o que você quer fazer pelo resto do dia? — pergunta.

Amanhã começa a última semana inteira de aulas antes das provas finais e tenho um monte de trabalho para fazer.

— Tenho uns trabalhos para fazer hoje à noite.

Trenton dirige com a mão esquerda no volante e a direita segurando a minha, o polegar fazendo círculos na minha pele.

— Tudo bem. Que tal pegar suas coisas e irmos para a minha casa? Podemos parar na sua cafeteria favorita no caminho. E mais... — sua voz muda, soando como se indicasse problemas — minha casa é bem confortável durante as pausas do estudo.

Eu rio.

— Ah, acredite em mim, eu sei bem, mas não chamaria de *pausas*. Normalmente não consigo descansar muito durante elas.

— Muito verdade.

Chegamos ao meu dormitório momentos depois.

— Vá pegar suas coisas, inclusive o que for precisar para amanhã, e volto para te buscar daqui a pouco. Tenho que fazer umas coisas.

— Ok, mas está tudo bem se eu voltar para cá hoje à noite. Tenho que estar no *campus* às oito e meia da manhã.

— Sem problemas. Tenho um longo dia amanhã também. Posso te deixar na aula.

— Ok, vejo você daqui a pouco. Manda mensagem quando voltar, e eu desço. — Inclino-me sobre o console para dar um selinho nele.

— Mando. Amo você, gata.

Meus olhos vão para os dele antes de eu abaixar a cabeça depressa.

— A gente se vê — falo rápido, ao sair do carro.

— Sério, Lil? Você não pode voltar hoje? É noite de karaokê. Vem com a gente — Tabitha lamenta.

— Desculpa, Tabs. Já falei para o Trenton que vou ficar na casa dele. Além disso, tenho mesmo que estudar.

— Tudo bem. — Ela bufa. — Mas a gente nem te vê mais.

— Sinto muito. Prometo que teremos uma noite das garotas das boas antes de eu ir para casa nas férias.

Meu telefone vibra no bolso. Pego o aparelho e destravo a tela para ler a mensagem. É Trenton avisando que está esperando lá fora. Olho para Tabitha.

— Depois que a loucura dessas duas semanas terminar, vamos sair para curtir algumas noites, ok? — Sorrio, reafirmando.

— Ok, senhorita responsável. Vá em frente e estude. — Tabitha acena para mim com um beicinho.

Rio comigo mesma.

Volto a atenção para o futon onde Jess e Molly estão sentadas comendo cereal.

— Tchau, meninas. — Aceno, antes de deixar o dormitório.

Sinto um pouco de culpa por todo o tempo que estou passando com Trenton, porque não quero sentir como se estivesse perdendo nenhum interação com as meninas. Como minha mãe me disse alguns meses atrás, esse é o único período da minha vida em que terei essa experiência e preciso viver enquanto estou na faculdade. Uma pequena parte lá nos recônditos da minha mente se preocupa de eu estar substituindo minha necessidade do Jax pelo Trenton, ainda que eu não compre isso totalmente.

Amo me sentir necessária e querida? Sim, com certeza.

Trenton deixa bem claro o quanto me quer. Mas o que tenho com ele é tão diferente do que tive com Jax. Não estou por inteiro nesse relacionamento ainda, e não tenho certeza se estarei um dia. Trenton é bom para mim no momento, mas é impossível saber se ele será bom no futuro e estou bem com o desconhecido, por enquanto.

Diferente de como era com Jax, quando eu sentia que nosso futuro tinha sido escrito para nós desde o momento em que nascemos, meus sentimentos por Trenton são um completo mistério para mim. Podemos durar bastante tempo e alcançar o felizes para sempre, ou podemos terminar amanhã. Não estou me preocupando com nenhum dos cenários. Estou vivendo o hoje.

um amor *bonito*

Dezoito

As provas finais terminam. Hoje à noite é a minha última comemoração como aluna do terceiro ano. Amanhã será meu último dia morando nos dormitórios. As garotas e eu assinamos um contrato de aluguel de um apartamento perto do *campus* para o próximo ano escolar. Estou feliz, e não tem nada a ver com as margaritas de morango correndo pelas minhas veias.

— Agora, Lil, telefone na mesa — Jess instrui, sentada no banco de frente para o meu em nosso restaurante mexicano favorito.

Suspiro e coloco o telefone virado para baixo na torre que já tem outros quatro que está armada no meio da mesa.

— Isso. Agora, quem olhar o telefone primeiro paga a conta — Jess nos relembra.

Ela viu algum meme no Facebook sobre colocar todos os telefones na mesa dessa forma para permitir que nos concentremos nas amizades da vida real e não nas virtuais.

— Isso é idiota. — Tabitha faz beicinho.

É algo raro, mas concordo com ela, na verdade. É bem idiota.

Sinto-me quase em pânico sem ter acesso direto ao meu telefone. Meu dedo está doendo para pressionar a tela e ver se há qualquer notificação em vermelho aparecendo em um dos meus ícones, mostrando que as pessoas por aí disseram algo que querem que eu veja. E mais do que qualquer coisa, estou surtando por talvez ter perdido alguma mensagem do Jax.

E se ele me mandar mensagem? E se precisar de alguma coisa?

Balanço o joelho para cima e para baixo sob a mesa e foco em dar mordidinhas nos nachos em minhas mãos. Em seguida, para tirar ainda mais minha atenção da ânsia que sinto pelo meu telefone, decido fazer um joguinho comigo mesma para ver se consigo comer o chip usando apenas os quatro dentes da frente, igual um esquilo.

Não é como se Jax fosse mandar algo, de todo jeito. Nossa comunicação não é como costumava ser. As mensagens têm sido mais espaçadas. Acho que deve ser mais saudável assim. Eu não deveria estar obcecada para receber notícias de um amigo, de todo jeito. *Duas vezes na semana é mais do que o normal, né?*

— Ai, meu Deus, vocês são todas malucas. Dá para ficar uma hora sem olhar o telefone. E mais, esse é o nosso último jantar de colegas de quarto até o outono. Então, não acham que deveríamos focar umas nas outras em vez de se concentrar no que algum garoto aleatório do ensino médio com quem não falamos desde a formatura está tuitando? Tipo, sério? Vocês são todas malucas e precisam se controlar — Jess diz.

— Você está certa — Molly cede.

Tabitha solta um suspiro exagerado.

— Como se alguém fosse te mandar mensagem, de todo jeito. — O comentário é direcionado à Molly.

— Ei, pega leve, Tabs — Jess avisa, com ar de autoridade.

Tabitha bufa.

— Está bem. — E vira a atenção para mim. — Lily, que inferno você está fazendo? Parece um roedor.

Tirando o chip da boca, digo:

— Só mastigando. — Dou de ombros.

Tabitha balança a cabeça.

Nossas entradas e outra rodada de margaritas chegam e a conversa começa a fluir. Todas rimos ao nos lembrar de alguns dos nossos momentos favoritos dividindo o quarto no último ano.

— Ok, memória ou evento preferido do ano — digo.

— Tirar oito em Estatística — Molly fala primeiro.

— Lamentável. — Tabitha balança a cabeça.

— Não, não é. Foi a terceira vez que eu peguei essa droga de matéria. Eu e a Estatística não somos melhores amigas. Eu precisava passar. Essa nota foi uma grande conquista para mim.

— Que incrível, Molly. — Sorrio.

Estatística era uma das matérias que ela e Trenton faziam juntos. Eles passaram boa parte do ano estudando para essa prova e não consigo deixar

um amor *bonito*

de me sentir orgulhosa do meu namorado por ajudar minha amiga a entender algo que era difícil para ela.

— Minha coisa favorita foi ir para o jogo da Universidade de Michigan contra a Estadual. — Jess limpa a garganta e olha para mim, desculpando-se. — Antes da noite de sábado, é claro.

Abro um sorriso largo, sem querer que ela se sinta mal. Sei que ela é superfã do time de futebol americano. Percebo que significou muito para ela estar em um jogo tão bom no qual eles venceram um grande rival.

— Concordo, Jess. Foi um jogo fantástico. — E foi mesmo.

Jax e o time inteiro jogaram com o coração e venceram a Estadual pela primeira vez em muitos anos. A energia no estádio foi algo de que nunca vou me esquecer.

— Acho que o meu foi voltar para casa depois que saímos do bar durante a Tempestade Vulcan. — No mesmo instante sou preenchida por uma sensação de gratidão pela capacidade de viver aquela noite bonita. É uma memória que sempre guardarei com carinho. Eu continuo: — Lembra como tudo estava tão lindo coberto de branco? Os flocos de neve eram enormes e fofos enquanto caíam. Amei fazer anjos de neve na rua deserta.

Todo mundo fica em silêncio ao relembrar aquela noite.

— Sim, com certeza foi digno de nota — Molly diz.

Jess e Tabs acenam, concordando.

Tabitha bate a mão na mesa para nos trazer de volta da memória da tempestade de neve. Em seguida, inclina-se, exigindo nossa atenção com um brilho no olhar.

— Meu evento favorito do ano passado foi... — Ela faz uma pausa para garantir efeito dramático. — Finalmente dar para o Travis Peters.

Eu me recosto.

— O quê? — dissemos juntas, desapontadas, esperando algo mais profundo.

— O quê? — devolve a pergunta, inocente. — Estava tentando colocar as mãos no boy desde o primeiro ano.

— Mas você só transou com ele uma única vez — Jess aponta.

Tabitha acena com a mão, fazendo pouco caso.

— Bem, sim. Depois que fiquei com ele, percebi que não queria mais nada. Ele é meio babaca. — Ela olha para longe com um sorriso satisfeito no rosto. — Mas me queria muito. Uma sensação muito boa.

Jess balança a cabeça, tomando um gole de margarita.

— Tabs, você precisa de terapia — afirma, sem rodeios.

Tabitha ri baixinho.

— É? Vocês queriam saber o que eu amei nesse ano e falei. Estou muito orgulhosa por pegar o Travis. Tive que dar duro.

Em seguida, um dos telefones soa alto no meio da mesa. Olhamos para Tabitha, conhecendo o barulho do dela. Jess a encara.

— Eu falei para colocarem no mudo, Tabs.

Tabitha olha para a pilha de telefones.

— Não se atreva — Jess avisa.

Tabitha morde o lábio, os olhos vão do telefone e para nós. Depois de meros três segundos do que tenho certeza de que foi uma enorme luta interna, ela estica a mão para o telefone.

— Tabs! — exclamamos, em uníssono.

Ela nos ignora e olha para o aparelho. Os dedos se movem rápido pela tela antes de ela colocar o telefone na bolsa e começar a cavar lá dentro. Joga três notas de vinte na mesa.

— Jantar por minha conta, suas vacas. Tenho que ir.

— O quê? — indago.

Ela dá um sorriso largo.

— Sim, preciso resolver uma coisa, tenho que ir. Encontro vocês no bar daqui a pouco, ok? — diz, toda meiga.

Ela salta do assento e quase corre para fora do restaurante, os quadris se movendo de um lado a outro enquanto vai embora.

— Bem, um brinde ao jantar grátis. — Jess ergue a margarita.

— Saúde! — Molly e eu dizemos, batendo nossos copos um no outro.

O bar está lotado de alunos se preparando para uma última noite de celebração antes de voltar para casa nas férias de verão.

Meu pé dói de dançar, mas não deixo isso me incomodar. Estou com a sensação de dever cumprido. Passei pelo ano letivo, que, para o meu choque, foi cheio de novas e desconhecidas experiências e corações partidos, mas chego ao fim dançando com minhas amigas e com um sorriso gigante no rosto.

um amor *bonito*

Trenton sabe que preciso dessa noite com as meninas e foi bem gentil de ficar de lado com alguns amigos para me deixar aproveitar, mesmo eu sabendo que ele prefere estar dançando comigo. Falando disso, seria legal dançar com ele agora. Estar envolvida em Trenton diminuiria um pouco a pressão nos meus pés.

Viro para a mesa onde ele esteve sentado a noite inteira com os amigos. Observo a área algumas vezes, mas não o vejo em lugar nenhum. Dando de ombros, volto para minhas amigas.

Jess está de olhos fechados, sacudindo as mãos diante de si. Seus dois indicadores estão apontados, como se ela estivesse atirando. É sua dancinha de bêbada e, cada vez que vejo a cena, fico feliz.

Molly também está em seu mundinho. As mãos estão levantadas e os quadris se mexem com a batida.

Tabitha não está mais no nosso círculo. Por um breve momento, eu me pergunto onde ela está. Não me lembro de ela sair. Se estivesse aqui, estaria movendo a pélvis para frente e para trás com os braços para frente, os dedos espalhados como se estivesse fazendo rápidas flexões no ar.

Sei que também tenho uma dancinha de bêbada. Não sei bem como descrevê-la, mas inclui um sexy estalar de dedos.

— Ei, cadê a Tabs? — grito para Jess.

— Não tenho certeza. Banheiro? — responde, gritando também.

Aceno, ainda procurando Trenton na multidão. Mesmo que a noite de hoje seja para as garotas, eu gostaria de dançar com ele. Ouvi poucos minutos atrás que o bar está fechando, então não teremos muitas músicas mais.

Bem antes da última, Trenton envolve seus braços ao redor de mim por trás.

— Ei, eu estava te procurando — comento.

Ele se inclina para o meu ouvido, assim não tem que gritar por cima da música.

— Desculpa, gata. Fiquei preso conversando com um velho amigo do outro lado do bar.

— Bem, estou feliz por conseguir dançar uma música com você. — Viro e envolvo os braços ao redor do seu pescoço.

— Vou compensar hoje à noite, gata.

Assinto, com a bochecha encostada em seu peito.

ELLIE WADE

— Bem, é isso — declaro, enquanto Jess coloca a última das minhas caixas no meu carro. — Dá para acreditar que o ano já acabou? Foi o mais longo e o mais rápido da minha vida.

— Sim, é uma droga voltar para casa. — Jess deixou claro que ela não gosta muito da companhia dos pais.

Puxo-a para um abraço.

— Serão apenas alguns meses, depois vamos voltar.

— Vou sentir sua falta — ela diz, devolvendo o abraço.

— Eu também — concordo.

Digo adeus para Molly e depois mando uma mensagem para Tabitha, avisando que estou indo.

Essa garota é um grande mistério para mim. Ela brincou de quente e frio comigo o ano inteiro. Ou choramingava por eu ficar demais com meu namorado, ou ficava ausente, sem aparecer para o que marcávamos. Ela saiu hoje de manhã quando voltei da casa do Trenton e, ao que parece, não vai voltar para me dar tchau. Não levo pelo lado pessoal. Além disso, vamos morar juntas de novo em alguns meses.

Paro na casa dele ao sair da cidade. Uso a chave que me deu para entrar. Ele está no chuveiro quando chego, então espero no sofá. Apoiando a cabeça para trás nas almofadas macias, fecho os olhos. Estou ansiosa para chegar em casa. Tenho muita coisa para contar para a minha família. E espero que minha amizade com o Jax fique menos desconfortável e comece a parecer mais normal quando passarmos mais tempo juntos nos próximos dois meses.

— Ei, gata. — Os pés descalços de Trenton caminham silenciosos pelo piso de madeira. Ele está usando um jeans gasto e uma camiseta apertada. O cabelo parece mais castanho do que loiro, ainda molhado do banho. Ele se senta ao meu lado no sofá e me puxa para si. — Não vá. Fique aqui comigo nas férias.

Essa conversa se repetiu no último mês.

— Já falamos disso. Tenho que passar um tempo com a minha família. Eu quero.

— Mas eu quero que você fique comigo. — Ele beija do topo da minha cabeça.

— Sim, eu sei, e também sei que você está acostumado a conseguir o que quer, mas não dessa vez. — Suspiro. — Qual é. Vamos apenas aproveitar um ao outro por alguns minutos antes de eu ir. Não quero repetir tudo de novo.

um amor *bonito*

177

— Tudo bem. Mas eu vou te trazer de volta nas férias. — Sua mão sobe e desce nas minhas costas. A voz fica mais sombria ao dizer: — O que você tem em mente? Posso pensar em diversas atividades que me ajudariam a aproveitar sua companhia.

Reprimo um sorriso e balanço a cabeça.

— De jeito nenhum. Só tenho alguns minutos. Preciso pegar a estrada.

— Lily. — Seu tom parece o do meu pai quando eu era criança e fazia algo de errado.

— Trenton. — Imito seu jeito.

— Vamos lá, gata. — Sua voz suaviza.

— Não posso. E a gente aproveitou a companhia um do outro várias vezes na noite passada. Você vai sobreviver. — Dou tapinhas de brincadeira em seu peito.

Trenton vive de sexo. Talvez a maioria dos homens viva. Mas não estou no clima. Estou muito animada para ir para casa e ver todo mundo.

— Ok — diz, mal-humorado.

Começo a rir do seu biquinho.

— Essa é a cara que você quer que eu lembre quando estiver lá em casa nas férias?

— Não sei? Você acha atraente? Vai te fazer sentir minha falta? — Sua sobrancelha se curva em dúvida.

— Hummm. — Penso por um momento. — Não, acho que não. É fofo, tipo um cachorrinho fofo, mas não é atraente, no sentido de "quero te pegar".

— Então não. — Ele é inflexível. — Não se lembre daquela cara. Que tal essa?

Ele franze os lábios e aperta os olhos no que acho ser uma tentativa de parecer sexy.

Balanço a cabeça, rindo.

— Definitivamente não. Você parece estar com prisão de ventre.

Ele deixa sair um grito assustado.

— Ok, apague esse olhar da sua memória. — Em seguida, começa a rir também.

Estico a mão e envolvo seu rosto feliz.

— Vou me lembrar desse aqui. — Inclino-me e dou um beijo casto em sua boca. — Tenho que ir embora — digo, em tom de desculpas.

— Ok — responde, ficando de pé para me acompanhar. — Vejo você em breve.

— Parece bom para mim. Estamos a duas horas de distância. Acho que posso arrumar tempo para vir para cá no verão. — Dou uma piscadinha.

— Acho bom.

— Eu vou. Eu vou. Pare de fazer biquinho. Tenho que ir. — Aperto sua mão antes de descer as escadas para o meu carro, minha animação para chegar em casa me dá tontura.

um amor *bonito*

Dezenove

Apoio-me na casca dura da minha árvore favorita, meu lugar favorito na terra. Coloco meu Kindle no colo, minhas pernas estão esticadas, e eu estou sentada em um cobertor na sombra do meu, ou melhor, do nosso — antigo carvalho que foca no campo atrás da minha casa.

Já estou em casa há umas duas semanas. Não vi o Jax ainda. Ele ficou no *campus* para um treinamento de primavera. Tem sido bom ter algum tempo para mim mesma — longe das aulas, das minhas amigas, de Trenton e Jax. Aproveitei os últimos dias preenchendo-os de tempo para descansar e para a família.

Estou bem. Estou contente. Feliz com meu relacionamento com Trenton. Ansiosa pelo verão antes do último ano de faculdade. Emocionada por alugar um apartamento com minhas colegas de quarto no outono. Através de tantas mudanças, fui capaz de manter minha amizade com meu melhor amigo, e isso é o que me deixa mais feliz.

Observo os campos montanhosos diante de mim. A grama alta em suas variações de verde, cinza e marrom balança com o vento suave. A floresta além do campo está cheia de árvores altas com folhas verdes e vibrantes que formam sombras dançarinas na grama. Um ruído silencioso preenche o ar. É o som da natureza; o som do nada e do tudo, ao mesmo tempo.

Encostando a cabeça na árvore, eu ouço, absorvendo o suave zumbido da tranquilidade que me rodeia. Olho em direção ao horizonte. O céu está incrivelmente azul com o tipo mais perfeito de nuvens, aquelas que parecem tão fofas e macias que seria possível esticar a mão e sentir a textura.

Amo as nuvens que são como se eu pudesse ir até lá e pular entre elas, e depois parar para um rolê na vila dos Ursinhos Carinhosos. Amo encarar cada nuvem até uma forma nítida aparecer. A que está acima de mim se assemelha a uma bailarina.

Um som de algo se quebrando soa, alertando-me da presença de alguém ao meu redor. Viro a cabeça. Antes mesmo de vê-lo, sei que está aqui. Nossa conexão inata vem à vida e meu coração bate no peito de ansiedade. Sei que deve ser coisa da minha cabeça, mas o ar ao meu redor parece diferente na presença dele. Está vivo, dançando com sua energia.

Jax fica de pé perto de mim, longe do meu alcance. Olhando para baixo, os olhos verdes brilham de alegria.

— Little.

A voz rouca envia arrepios pela minha espinha. A paz que me cercava momentos atrás é substituída por uma energia nervosa e aquecida.

— Oi — respondo, minha voz sai hesitante.

Coloco o Kindle no cobertor e apoio as mãos de cada lado dos meus quadris, preparando-me para me levantar. Antes de ter chance de subir, o braço do Jax se estende para mim, a mão esticada. Coloco a mão na dele. Seus dedos se entrelaçam nos meus e ele me puxa para si. Envolvendo os braços na minha cintura, ele me abraça apertado, inclinando-se para descansar o rosto no meu pescoço. Devolvo o abraço, apoiando o rosto em seu peito.

Enquanto seguramos um ao outro nesse abraço, ouço seu coração batendo no peito. Ele tem cheiro de Jax, delicioso e sexy. Fecho os olhos, afastando todas as minhas necessidades que querem me fazer cruzar os limites da amizade e me tornar uma traidora.

Jax quebra nosso contato primeiro e abro os olhos para encarar os seus.

— Meu Deus, senti sua falta — diz, seu olhar alternando entre meus olhos e minha boca.

— Também senti a sua. Não sabia que viria para casa hoje.

Ele abre um sorriso largo.

— Eu não falei. Queria que fosse surpresa. O que você está lendo? — Ele acena em direção ao Kindle apoiado no cobertor.

— Um romance cafona. Você não se interessaria.

Ele ri consigo mesmo.

— Provavelmente não. Posso ficar aqui mesmo assim?

— Claro.

um amor *bonito*

Nós nos sentamos no cobertor lado a lado, as costas apoiadas na árvore. Nossas pernas tocam uma na outra.

— Então, converse comigo — declara Jax.

— Sobre?

— Qualquer coisa. Me conte qualquer coisa. Como foram as provas finais? Como foram os últimos meses na faculdade? O que você tem feito desde que veio para casa? Apenas fale.

— Ah, você já sabe várias dessas respostas — brinco.

Temos nos comunicado por ligações ou mensagens com frequência.

— Eu sei, mas não é a mesma coisa que falar com você pessoalmente. Só quero te ouvir falar. Senti falta disso. Senti a sua falta. — Sua voz fica baixa após a última declaração.

Então eu falo. Conto ao Jax sobre minhas aulas. Meu terceiro ano na Central superou as minhas expectativas. Terminei todas as matérias básicas e consegui tirar só notas altas. Meu último ano será ótimo, porque só vou pegar as disciplinas de fotografia. Minhas amigas são maravilhosas. Dei muita sorte de ter colegas de quarto tão diferentes, ainda que divertidas.

Continuo divagando pelo que parece uma hora, dizendo ao Jax tudo em que consigo pensar, desde a peruca terrível do meu professor de Comunicação, dr. Lile, até minha bebida favorita chamada Benny's Farewell em um barzinho no fim da rua do nosso dormitório. Depois de um ano tentando, eu e as garotas ainda não descobrimos o que vai no drink, que ganhou o nome do antigo barman que o criou antes de se mudar.

Viro-me para o Jax. Sua cabeça está apoiada na árvore, os olhos fechados.

— Ei, você dormiu? — pergunto.

— Não — responde, um sorriso agraciando seu rosto, os olhos ainda fechados. — Só aproveitando o som da sua voz.

— Você está me ouvindo ou deixando minha divagação te colocar para dormir?

— Ouvi cada palavra do que você disse, Little Love.

— Ok, sorte a sua, mocinho — digo de brincadeira, cutucando-o nas costelas.

Ele passa o braço pelos meus ombros e me puxa para perto. Apoio a bochecha em seu peito. Ficamos deitados ali em silêncio por um momento, absorvendo a paz que nos envolve.

— Jax? — chamo, baixinho.

— Sim?

ELLIE WADE

— Tem uma coisa que eu não contei sobre o meu período na Central.

— Ah, é? O que é?

Eu me sinto mal do estômago enquanto descanso ao seu lado. Não sei por que estou tão nervosa de contar a ele. Não fiz nada de errado, mas estou aterrorizada de contar a ele mesmo assim.

— Bem, eu tenho um namorado — falo rápido, arrancando o Band-Aid, como se dizer as palavras mais rápido fizesse doer menos.

Jax fica tenso de imediato. Sinto seus músculos firmes ficarem feito pedra debaixo da minha bochecha enquanto ele endurece e retira o braço que estava sobre o meu ombro.

Fico de pé e o encaro. O sorriso despreocupado e sonhador que estava em seu rosto há alguns momentos sumiu.

— O que você quer dizer? — pergunta, curto e grosso.

Pigarreio e seco as palmas das mãos no short.

— Eu tenho um namorado. O nome dele é Trenton.

Jax olha para mim como se não fizesse ideia de quem eu sou. Seus músculos estão visivelmente tensos e sua postura está rígida.

— Trenton? — repete, como se o nome fosse uma doença.

Abaixo o queixo, acenando de leve.

Ele levanta o joelho, apoiando os cotovelos neles e passando os dedos pelo cabelo.

— Não acredito nisso — fala tão baixinho que creio que está falando para si mesmo. — Não consigo acreditar nessa porra.

Meus olhos se arregalam, vendo-o sacudir a cabeça entre as mãos. Minhas sobrancelhas se franzem antes de eu responder:

— Não entendo. Isso era o que você queria. Você seguiu em frente. Por que não quer que eu siga? Disse que eu deveria sair com alguém.

Jax olha para mim, suas pupilas dilatadas.

— Nunca disse para você sair com alguém.

— Sim, você disse.

Ele dá um passo para trás.

— Não. O que eu disse foi que se você precisasse sair com alguém, poderia. Eu nunca disse que você deveria. Eu só… Eu… não consigo acreditar que você quis outra pessoa. — Sua boca se abre de novo, mas nenhuma palavra se forma. Ele balança a cabeça de leve, olhando para baixo.

Sinto meu rosto ficar vermelho ao olhar para ele.

— Eu não quis outra pessoa! Eu queria você! Você sabe disso! Implorei para você não terminar comigo! Implorei. Mas você só queria ser meu amigo. Queria que eu seguisse em frente! Foi difícil e eu fiquei uma bagunça por um bom tempo, mas segui. Você seguiu. Por que não queria isso para mim também? Não quer que eu seja feliz?

— Claro que quero, Lil. Só não achei que você fosse querer que outro cara te fizesse feliz. Pensei que você sempre fosse me querer.

— Eu quero… quis. Eu *quis* você. Você que não me quis! — Todos os sentimentos que tive no último outono quando ele partiu meu coração voltam para mim e minha frustração continua a crescer. — Isso era o que você queria, Jax! Por que está tão chateado?

Ele balança a cabeça.

— Não, eu não queria isso. Queria que a gente tirasse algum tempo para focar nos estudos. Eu estava estressado e precisava concentrar minha energia no futebol e na faculdade. Não achei que fosse justo sempre te deixar em último lugar. Queria dar uma pausa até te colocar em primeiro lugar, como você merece.

— Bem, eu não mereço sua raiva agora ou que me faça me sentir mal por uma decisão que eu não quis tomar em primeiro lugar. Você seguiu em frente com outra pessoa. Então, eu também segui. Não queria, mas o fiz.

— Do que você está falando? Eu segui em frente com outra pessoa?

— Jax, não pense que não sei sobre a Stella. — Bufo.

Ele está de pé agora, andando. Fico de pé também. Ele vira o rosto para mim, as feições confusas.

— Stella?

— Sim, Stella. Sei que você está saindo com ela.

— Não estou.

— Vamos lá, Jax. Não sou idiota.

— É tudo por causa disso? Da Stella? — Ele aperta a mandíbula antes de soltar um longo suspiro. — Não estou saindo com ela — garante, com tristeza na voz. — Ela é só minha amiga, Lil. Prometo. Ela gosta de mim, sim. Mas nunca fiz nada que a levasse a crer que seremos mais que amigos.

— Você nunca a beijou?

— Não. Nunca.

Uma infinidade de emoções me toma, quase me derrubando. Raiva, tristeza arrependimento e confusão ressoam mais alto na minha mente desordenada.

— Achei que vocês dois estivessem juntos.

— Queria que você tivesse me perguntado. Eu nunca disse que estava namorando. Não acha que eu teria dito se fosse o caso?

— Acho que pensei que seria desconfortável para você falar com a sua ex sobre sua namorada atual. Então, achei que estava evitando o assunto. — Dou de ombros.

— Minha ex — solta. — Você não é minha ex. Você é minha melhor amiga, minha alma gêmea, meu tudo. Eu nunca esconderia algo assim de você.

Suspiro.

— Bem, sinto muito. Não sei como tudo isso funciona. Ninguém nunca terminou comigo antes. Não conheço o protocolo. Só peguei a informação que tinha e tomei a melhor decisão que podia. Você não queria estar comigo. Fiz o que pude para seguir em frente. Sinto muito.

— Há quanto tempo você está namorando?

Faço as contas.

— Oficialmente, quatro meses, acho.

— Você o ama?

Respiro fundo.

— Bem, acho que sim. É diferente do jeito que eu te amei, mas me importo de verdade com ele. Ele me trata bem e me faz feliz. — *Faz, não é?*

Jax corre a mão pelo cabelo, encarando o céu. Ele abaixa o olhar para encontrar o meu. Morde o lábio inferior antes de perguntar:

— Você dormiu com ele?

Meus olhos se enchem de lágrimas, meus lábios formam uma linha rígida.

— Porra! — grita. E começa a se afastar de mim.

— Espere! — chamo.

Ele para e se vira para mim. Parece perdido, triste. Sua voz embarga ao dizer:

— Tenho que ir. Não consigo… Eu simplesmente não consigo. — Vira mais uma vez e me deixa ali, sem olhar para trás.

Meus joelhos cedem e deixo meu corpo cair no cobertor. Deito-me de lado, encolhida, enquanto as lágrimas caem pelo meu rosto. Não sei o que estou sentindo, mas estou miserável. Ele está chateado por eu estar namorando outra pessoa, mas não disse nenhuma vez que queria que ficássemos juntos.

Se ele tivesse dito, importaria? Estou com o Trenton agora e estou feliz.

Eu acho.

Fico enjoada porque li mal a situação com Stella. *Teria feito diferença de todo jeito?* Ele que terminou comigo. Talvez ele não tenha sugerido que eu seguisse em frente, mas também não me pediu para esperar. *Pelo que eu estaria esperando, de todo jeito? Por um momento em que ele poderia me colocar em primeiro lugar? Quem sabe quando ou se isso aconteceria?*

Não fiz nada de errado. Meu coração estava partido. Outro cara me quis e eu gostei dele. Segui em frente. É assim que funciona.

O que Jax esperava? Não tenho nada pelo que sentir culpa. Repito para mim mesma de novo e de novo, enquanto a culpa continua a invadir meus sentidos, deslizando pelo meu corpo, marcando cada célula com sua presença.

Apenas mais uma emoção irradia mais que a culpa, e é o remorso.

Deitada aqui, lamento tudo o que passou, tudo o que poderia ter sido e tudo o que é. Não é assim que minha vida deveria estar, mas continuo aqui.

Uma hora atrás, eu estava contente, até mesmo feliz. Agora, tenho que começar a estrada para encontrar a felicidade de novo, e odeio essa situação. Só queria que a alegria fosse permanente e não o destino de uma batalha sem fim. Agora, eu simplesmente não tenho energia para lutar.

Vinte

— Você deveria falar com ele. Não gosto dessa coisa de silêncio que vocês estão fazendo. Não é normal. Deixa as coisas estranhas — Amy diz, virando para se deitar de bruços na cadeira do deck perto da piscina. Ela desamarra o biquíni, deixando as tiras caírem de lado. Dobra os braços debaixo do queixo, de forma que possa apoiar o rosto para me ver.

Também estou sentada em uma cadeira no deck, um guarda-sol enorme fazendo sombra por cima de mim. Eu nem tento mais pegar um bronzeado. Eu só fico queimada, depois volto a ficar branca e pálida. Percebi que não faz sentido expor minha pele à dor da queimadura se não vou receber os benefícios do bronze.

— É, nem me fale, Ames.

Obviamente, o tratamento de silêncio com Jax é desconfortabilíssimo para mim também. Faz pouco mais de duas semanas desde que contei a ele sobre o Trenton. Já mandei algumas mensagem, mas não tive nenhuma resposta. Odeio não poder conversar com ele, mas não sei o que mais posso fazer ou dizer. Sinto-me horrível por ele estar magoado, mas, ao mesmo tempo, estou ferida também. E não posso deixar de pensar que é tudo culpa dele.

— Já mandei mensagens. Ele sabe onde me encontrar quando estiver pronto.

— Você vai para a casa dos Porter amanhã para o churrasco? — indaga.

— Acho que sim. Não me sentiria bem de não ir. Não posso evitar a família toda só porque o Jax e eu não estamos nos falando. — Penso por um momento. — Mesmo que vá ser estranho e, tenho certeza, vou me sentir desconfortável o tempo inteiro.

— Posso imaginar — concorda.

— Queria que você pudesse ir. Amenizaria o clima.

— Eu também queria. Droga de trabalho. — Amy esteve em casa, de visita, nos últimos dois dias, mas tem que voltar hoje à noite. Está de plantão no hospital essa semana. — Já falou sobre tudo isso com o Trenton?

Nego com a cabeça.

— Não. Ele odeia tudo o que tenha a ver com Jax. Tem muito ciúmes do relacionamento que temos. E o que eu posso dizer? Se os papéis estivessem invertidos, eu também me incomodaria. Só não quero que ele fique preocupado ou chateado.

— Sim, você deve estar certa. Já pensou sobre a oferta de emprego? É um bom negócio, Lil.

Aceno que sim, mastigando o lábio inferior. Levo um segundo para pensar.

O pai do Trenton me ofereceu um trabalho de *freelancer* na empresa dele esse verão. Ele quer fazer uma série de vários anúncios, outdoors e material promocional durante o próximo ano e me pediu para ser a fotógrafa que registrará as imagens da campanha. É uma oportunidade enorme, para a qual não estou realmente qualificada. Sei que Trenton tem algo a ver com isso. Ele tem tentado, de maneira inflexível, me fazer voltar para o restante das férias. O emprego paga muito bem e seria maravilhoso para o currículo. Seria idiotice recusar. Mas aceitar a vaga significaria voltar para a faculdade um mês antes e, já que nosso aluguel só começa em agosto, eu teria que ficar com Trenton.

— Eu sei. Vou acabar aceitando o emprego. Seria idiotice não aceitar. Só é difícil pensar nisso agora com tudo isso rolando com o Jax. Odeio ficar mal com ele. Toda essa dificuldade está consumindo meus pensamentos, e fica difícil pensar na oferta de emprego.

— Eu entendo — declara Amy. — Mas você não pode basear sua vida em outras pessoas, nem mesmo no Jax. As coisas vão se resolver. Por ora, precisa focar em si mesma.

— Sei disso. Não é só o Jax. Eu realmente queria ficar aqui nas férias. A mãe vai ficar triste se eu voltar antes.

— Ela vai entender e superar. E mais, você só estará a algumas horas de distância. Pode voltar para casa nos fins de semana, se quiser.

ELLIE WADE

Suspiro.

— Verdade. Eu provavelmente deveria ligar para o senhor Troy e avisar que estou interessada no trabalho antes que ele ofereça para outra pessoa.

— Sim, acho que é uma boa ideia — Amy concorda.

Ao caminhar para a casa dos Porter, minhas mãos tremem segurando o pote de salada de batata da minha mãe. Meu corpo inteiro está tenso e sinto um leve enjoo na boca do estômago. Nós jantamos com os Porter toda semana e Jax esteve ausente nas duas últimas. Pelo fato de seu carro estar na entrada, presumo que ele está aqui hoje e estou extremamente nervosa de vê-lo.

Susie nos recepciona e retira o pote das minhas mãos. Minha mãe a segue para o deck, onde coloca a outra salada que trouxe na mesa com o restante da comida. As duas estão sorridentes, conversando. Com um sorriso largo no rosto, estou vendo nossas mães rirem quando ele aparece perto de mim.

— Ei — diz, baixinho.

— Ei — respondo, sem olhar para ele.

— Podemos conversar?

— Claro.

— Vamos dar uma volta? — pede.

Viro-me e o sigo. Caminhamos devagar pelo quintal enorme por vários minutos antes de Jax parar em um balanço de madeira e se sentar. Erguendo as pernas e cruzando-as por baixo de mim, eu me sento ao seu lado. Seus pés estão pressionados na grama, permitindo que o balanço se mova em um ritmo constante.

Ele exala.

— Sinto muito.

— Eu também — respondo.

Ele balança a cabeça.

— Não, você não tem nada pelo que se desculpar. É tudo culpa minha.

— Ouço-o continuar: — Você está certa. Esse término foi escolha minha e agora tenho que arcar com as consequências. Não a culpo por querer namorar outra pessoa.

— Eu não qu...

— Eu sei — Jax me corta. — Você não queria nada disso. É minha culpa não estarmos juntos, o que faz ser minha culpa você estar com outra pessoa. Não tenho o direito de ficar chateado. Por que você não namoraria alguém?

— Eu não queria, e não fiquei com ninguém por bastante tempo. Eu estava triste e sozinha. Você partiu meu coração, Jax, e ainda não entendo bem a razão, para ser sincera.

Ele assente.

— Sei disso.

— Eu estava tão cansada de ficar triste. Trenton apareceu e me deixou feliz de novo. Ele não era você, mas era alguém que me queria e... era bom ser querida. — Meu queixo treme e a honestidade saindo dos meus lábios me faz sentir mais vulnerável.

— Ah, Little... Venha aqui. — Ele passa o braço pelo meu ombro e me puxa para si. Inclino a cabeça para o lado, apoiando-a no ombro dele. — Sinto muito ter feito você se sentir assim. Sinto de verdade. Sinto muito por tudo. Sinto muito por ter ferrado as coisas.

Balançamos em silêncio por vários momentos.

— Você está dizendo que queria que não tivéssemos terminado? — pergunto, tentando esconder a esperança na minha voz.

Sua mão aperta meu ombro e ele solta um longo suspiro.

— Não. Ainda acho que é o melhor para nós... agora. Não posso ser quem você merece agora. Não posso te dar o que precisa. É que tem apenas muita... merda me estressando e não quero que você faça parte disso.

Meus instintos querem argumentar, brigar por nós, mas não há um nós no momento e estou cansada de lutar. Sem mencionar que sou parte de outro nós agora.

Ele continua:

— Quero que você seja feliz, Lil, e se esse tal de Trenton te faz feliz, então tenho que aceitar. Não pedi que você esperasse por mim e seria egoísta da minha parte fazer isso. Todo esse término foi a minha tentativa de não ser egoísta. Eu estava tentando te colocar em primeiro lugar.

Jax já disse isso antes e eu discordo dele assim como já discordava. Mas ele parece bem resolvido. *Qual é o sentido de argumentar?* Então, eu só aceno.

— Então vamos voltar a focar na nossa amizade. O restante das coisas vai se resolver com o tempo, ou não. Independente do que acontecer nessa vida, não importa que caminhos nós vamos seguir ou que desvios tomemos... Você, Lily Anne Madison, é minha melhor amiga. Estou muito confuso agora, mas a única coisa de que tenho certeza é que preciso de você e vou precisar para sempre... de um jeito ou de outro. — Ele pega a minha mão com a que está livre e aperta, gentil. — Amigos?

— Sempre — sussurro, inclinando a cabeça para encontrar seu olhar. — Te amo.

Ele solta a respiração, alívio preenchendo sua expressão.

— Te amo mais.

Enquanto nos balançamos, o céu começa a mudar de cor à distância e o sol vai se pondo. Risadas distantes do deck traseiro preenchem o ar ao nosso redor.

— Então, quais são seus planos para o resto das férias? — pergunta.

Suspiro.

— Bem, eu, na verdade, só tenho mais duas semanas de férias.

Ele ergue a sobrancelha em dúvida, e eu continuo:

— Recebi uma oferta de emprego como fotógrafa *freelancer* e meio que é um negócio importante. Não posso recusar.

Conto para Jax sobre o emprego e o prazo que o advogado me deu para deixar tudo pronto. Não conto a ele que o advogado é o senhor Troy ou que ficarei com Trenton até as aulas voltarem.

— Parece ótimo, Lil. De verdade, estou tão orgulhoso de você.

— Obrigada.

— É sério. Você é muito talentosa e os outros estão começando a reconhecer isso. Você será uma fotógrafa e tanto algum dia. Sei disso. Também tenho que voltar em breve. Os treinos estão começando.

Seus lábios se curvam para baixo em uma cara triste exagerada, o que me faz rir.

— Quão breve?

— Uma semana.

Assinto com a cabeça.

— Ok — digo, firme. — Então temos que encaixar tudo nessa semana. Temos que priorizar. O que é mais importante na sua lista de afazeres?

— A casa no lago — ele responde imediatamente.

— Concordo. O que mais?

um amor bonito

— Bom, teremos que passar um dia no nosso cantinho. Talvez um piquenique e um jogo bem perverso de Você Prefere, mas sem brigar desta vez. — Ele dá uma piscadinha.

Fico grata porque meu Jax despreocupado voltou.

— Esse também é meu Top 2 — comento. — Mais alguma coisa?

Ele nega com a cabeça.

— Não. Só quero passar um tempo com a minha melhor amiga.

Não consigo evitar as risadinhas que escapam. Toda essa situação não é nada engraçada, mas é hilária ao mesmo tempo.

— Então, que tal isso: já que temos tempo limitado, precisamos ir direto ao que mais importa, certo? Vamos para a praia amanhã. Ficaremos lá por cinco dias ou algo do tipo e voltaremos. Em seguida, passaremos seu último dia aqui, descansando debaixo da árvore.

— Perfeito — concorda.

— Vamos voltar para ficar com a família? Comer alguma coisa? — questiono.

— Ainda não. Ficar aqui, balançando com você, está nas coisas que mais quero fazer também. Esqueci-me de mencionar. — Seu sorriso está caloroso e travesso.

Isso me deixa muito feliz.

— Ok — digo, rindo.

— Então, senhorita Lily, você prefere que ninguém apareça no seu casamento ou que ninguém apareça no seu funeral?

— Uau. Eu seria uma grande perdedora se qualquer uma dessas coisas fosse possível. Mas definitivamente no funeral. Eu vou estar morta. Não saberei a diferença. Se ninguém aparecer no meu casamento, pode ser que estrague meu grande dia. — Rio. — Você prefere entrar no mundo do seu livro favorito por um dia ou que seu personagem favorito de um livro viva no seu mundo por uma semana?

— Nenhum dos dois. Eu não leio.

Bato na coxa dele de brincadeira.

— Sim, você lê. O tempo todo.

— Não por prazer. Apenas para adquirir conhecimento. Leio jornais de negócios e outras merdas sobre tendências no mercado de ações. Nada empolgante. E você?

— Dã. Obviamente, iria para o mundo do Harry Potter. Eu seria uma bruxa de arrasar.

— É, seria. Você lançaria vários Avada Kedrava na bunda dos comensais da morte.

Começo a rir.

— Para mim, parece que você lê.

— Bem, há algum tempo, tive uma namorada que era uma fã maluca de Harry Potter. Ela costumava jurar que ver os filmes eram muito melhores depois de ler os livros. Então eu li para deixá-la feliz.

— Ela parece maravilhosa.

— Ah, ela é. A pessoa mais incrível que eu conheço.

Nossos olhares se travam e dou um sorriso amarelo. Meu coração dói e meus pensamentos se perdem nos profundos olhos cor de esmeralda.

Ele pigarreia, quebrando minha encarada.

Fecho os olhos, bloqueando a torrente de emoções que ameaça entrar em erupção. Ignoro o medo na boca do estômago. Estou aterrorizada com o que o futuro trará, mas não posso deixar a preocupação me consumir.

Abro os olhos e sorrio.

— Bem, senhor Porter, você tecnicamente não respondeu a última pergunta e, como bem sabe, isso é uma violação das regras. Então ainda é minha vez de perguntar e você terá que responder.

— Entendido, chefe — responde, brincando.

Nós nos balançamos e conversamos por horas, aproveitando a noite quente. Tudo parece certo no mundo. Agora, sou só uma garota passando um tempo com o melhor amigo. Deixo nossas risadas me preencherem de esperança enquanto o céu noturno de verão escurece ao nosso redor.

um amor *bonito*

Vinte e um

— Essas estão ótimas, senhorita Madison. — O senhor Troy passa as imagens que tirei. — Você realmente capturou a essência do que eu queria registrar. — Ele levanta a foto de uma família. — Essa, por exemplo, quando a vejo, penso que essas pessoas estão felizes, seguras e satisfeitas. É exatamente assim que quero que as pessoas se sintam depois de nos escolher. Bom trabalho.

— Muito obrigada pela oportunidade de trabalhar com sua empresa, senhor Troy. De verdade.

— Os agradecimentos são todos meus, senhorita Madison. Trenton me disse que você era ótima. Bom ver que ele estava certo. — ele coloca as fotos na sua frente. — Vou entregar para a nossa equipe de marketing. Gostaria de que se reunisse com eles, se não se importar. Creio que será benéfico para você contribuir com o *brainstorm*.

— Eu não tenho nenhuma experiência nisso — respondo.

Ele faz um gesto de desdém.

— Não se preocupe, querida. Só acho que seria de grande ajuda se você repassasse as emoções que cada imagem representa. Pode trazer algumas ideias para o time de marketing, só isso.

— Ah, ok. Sem problemas. Posso fazer isso.

— Ótimo. Mando um e-mail com data e hora do primeiro encontro. Acho que você queira se adiantar, não?

Olho para ele, em dúvida.

— Você não tem planos com Trenton, já que é a última noite dele aqui e tudo mais?

Ah, sim. Planos.

— Ah, sim. Obrigada mais uma vez, senhor — gaguejo, antes de sair meio sem jeito do escritório do senhor Troy.

Meus saltos batem no piso de ladrilhos do escritório conforme caminho em direção à porta que dá no estacionamento.

Essa é a última noite de Trenton aqui em Mount Pleasant. O semestre de outono começa na segunda e ele vai embora para estudar Direito na Universidade de Michigan.

É claro.

Ele não quis sair do estado e lá é a melhor faculdade de Direito do estado e está entre as Top 10 do ranking nacional. Então essa foi sua primeira escolha.

Ann Arbor é um lugar enorme, então não me preocupo tanto com ele esbarrar em Jax. O lado bom é que Trenton só estará a uma distância de duas horas de carro, então é provável que eu consiga vê-lo algumas vezes por mês.

— Amor, voltei! — chamo da entrada da casa do Trenton, enquanto tiro os saltos. Deixo a bolsa e as chaves na mesinha perto da parede e entro. Procurando na sala de estar, não o vejo, então vou para as escadas. — Trenton? — grito de novo.

— Aqui, gata! — responde de um dos quartos de visitas que transformou em escritório. Abro a porta de madeira pesada e o vejo sentado à mesa, os dedos digitando rapidamente no teclado do notebook.

— O que está fazendo? — pergunto, caminhando até lá.

Ele ergue o olhar por um segundo e me dá um sorriso rápido antes de voltar a atenção para a tela.

— Só terminando um e-mail. Me dê um segundo, linda.

Caminho pelo escritório, olhando as fotos penduradas na parede — algumas com os irmãos de fraternidade e outras com a família. Foco em uma foto sua e de seu pai com alguns outros homens que não conheço. Eles estão de pé em frente a um carrinho de golfe e Trenton está usando o look branco de jogador mais absurdo de todos. Isso me faz sorrir.

Ouço alguns cliques altos e o som de um computador sendo fechado.

— Tudo pronto. Venha aqui, gata.

Ando em sua direção e, quando estou ao alcance, ele me puxa pela mão até o seu colo, empurrando minha saia lápis por cima da coxa no processo.

— Como foi?

Envolvo os braços em seu pescoço.

— Foi ótimo. Seu pai amou minhas fotos. Ele quer até que eu encontre a equipe de marketing para falar da minha visão sobre cada foto e ajudar com ideias. — Estou explodindo de empolgação.

Trenton me puxa para um beijo rápido.

— Que maravilha, gata. Sabia que você faria um ótimo trabalho. Estou tão orgulhoso de você.

Seus olhos estão sorrindo de orgulho, o que me deixa feliz. Tivemos um verão maravilhoso juntos. No começo, achei que seria estranho demais, como se estivéssemos brincando de casinha, mas não foi. Pareceu tão natural, tão certo. Criamos uma rotinazinha feliz enquanto vivíamos juntos em nosso próprio mundinho. Estou muito triste por ele ir embora. Quando eu voltar a morar com as meninas, sei que vou ficar bem, mas, agora, estou focada no quanto sentirei falta desse tempo com ele.

— Obrigada. — Inclino-me e dou outro beijo nele. — Quais são os seus planos para hoje?

Acredito que Trenton tenha algo extravagante planejado. Ele gosta de ir com tudo em nossos encontros. E me levou para vários durante o verão.

— Bem... — Ele puxa minha blusa de seda para fora da saia e corre as palmas pelas minhas costas, fazendo arrepios irromperem por toda a minha pele. — Já que é a nossa última noite juntos em algum tempo, estava pensando que podíamos simplesmente ficar aqui.

Surpresa, afasto a cabeça para encará-lo.

— Sério?

Ele ri.

— Sério. Tudo bem?

Eu rio também.

— Claro! Está ótimo. Só achei que você teria algo chique planejado.

— Bem, eu pensei nisso, mas então percebi que tudo o que eu queria fazer era ficar aqui com você.

— Parece perfeito para mim, pois é exatamente o que eu queria também. — Puxo-o para um abraço.

— Que bom. Agora, para começar, gostaria de passar um tempo com você aqui nessa mesa. Em seguida, estou pensando que deveríamos pedir alguma coisa e, enquanto esperamos, passar um tempo juntos na ilha da cozinha. Depois de comermos, quem sabe passar um tempo no chuveiro. E terminar a noite passando tempo juntos na cama... talvez algumas vezes.

Jogo a cabeça para trás dando risada.

— Você planejou mesmo a noite toda, né? — Mordo o lábio. — Parece que passaremos um monte de tempo juntos. Você aguenta?

Grito quando Trenton, abruptamente, fica de pé da cadeira. Ele empurra os papéis e o computador de lado com uma mão e segura meus braços por cima da cabeça com a outra. Minha saia está erguida, enrolada na cintura.

Trenton usa a mão livre para tirar a minha calcinha. Ele me encara, intensidade irradiando do seu olhar. A voz está profunda e grave quando diz:

— Ah, eu aguento.

— Menina Flor — Tabitha choraminga —, me faça um café com aquele creme delicioso que você comprou.

Abaixo o Kindle, descendo o olhar até ela. Erguendo a sobrancelha, lançando um olhar maligno.

— Por favor — pede, sem qualquer entusiasmo.

— Você é um caso sério — digo, levantando-me do sofá e indo para a cozinha.

— Eu sei, mas você me ama — comenta, irreverente.

— Algo do tipo — respondo, com voz de tédio, sabendo que vai irritá-la.

— Ei! — reclama.

Sorrio, pegando uma cápsula de café.

— Brincadeira, Tabs! — grito, da cozinha. — Você sabe que eu te amo.

Volto para a sala e entrego o café. Ela o pega, sem tirar o olho do livro. Pigarreio e cruzo os braços.

Ela ergue o rosto e me encara.

— Ah, desculpa. Obrigada.

— Você é inacreditável. — Rio sozinha.

— Desculpa. Você sabe que não gosto de estudar. É difícil.

— Sim, a vida é difícil. — Balanço a cabeça ao revirar os olhos.

Viro para Molly e Jess, que também estão sentadas à mesa com os livros abertos. Molly está escrevendo freneticamente em uma folha de papel pautado.

— Posso pegar café para vocês?

Jess olha para cima de seu livro.

— Não, obrigada.

— Molly? — insisto.

— Estou bem. Obrigada, Lil.

— Imagina — respondo, antes de me jogar no sofá de novo.

Minhas colegas de quarto têm um monte de trabalho para entregar esse ano e estão tentando encaixar tudo antes da formatura. Por outro lado, fiz as disciplinas mais difíceis nos três primeiros anos, então todas as que sobraram são as de fotografia, e não tem muito trabalho nelas.

Pego o iPhone e vejo uma mensagem do Trenton.

> Trenton: Você vem me ver esse fim de semana?

> Eu: Claro!

Nossas aulas voltaram há um mês, e só o visitei uma vez. Ele tem estado mais ocupado do que imaginou.

— Ei, meninas. Vou para Ann Arbor esse fim de semana. Querem vir? Acho que o jogo é em casa. Podemos conseguir ingressos com o Jax.

Minhas colegas de quarto tiram os olhos do trabalho. O rosto da Jess se anima.

— Caramba, é claro, estou dentro!

Molly e Tabitha ambas concordam em vir.

Mando mensagem para ele.

> Eu: Minhas amigas vão também.

Ele responde de imediato.

> Trenton: Porra, Lily. Não quero perder tempo com elas. Só quero que você venha. Diga a elas que não.

> **Eu:** Não posso retirar o convite. Seria falta de educação. Vai ficar tudo bem. Vamos ficar sozinhos. Prometo.

> **Trenton:** Não, eu não quero que elas fiquem aqui.

Ele consegue ser difícil às vezes.

> **Eu:** Ok, tudo bem. Vou perguntar para o Jax se elas podem ficar lá.

> **Trenton:** Tanto faz, mas elas não vão ficar aqui.

> **Eu:** Ok, ouvi bem alto e claro.

Respiro fundo. Não quero que minhas amigas saibam que ele está sendo um babaca e em seguida se sintam mal em ir.

> **Eu:** Vou perguntar ao Jax se ele consegue ingressos para nós. Quer que eu peça para você ou algum dos seus amigos?

> **Trenton:** Eu também estudo aqui, sabe? Se eu quiser ir a um jogo de futebol, consigo a droga dos meus ingressos.

> **Eu:** Quer saber? Não estou gostando dessa atitude. Talvez eu deixe para ir outra hora.

> **Trenton:** Desculpa, gata. Só não quero ter que te dividir. Por favor, venha. Preciso de você.

Suspiro.

> **Eu:** Ok, eu vou.

um amor bonito

> **Trenton:** Amo você, gata.

> **Eu:** Também te amo.

Tento deixar minha irritação com Trenton passar. Sei que ele está estressado e um relacionamento à distância deixa tudo mais tenso.

Mando mensagem para o Jax.

> **Eu:** Nós vamos aí esse fim de semana.

> **Jax:** Maravilha!

> **Eu:** As garotas podem ficar com você?

> **Jax:** Claro!

> **Eu:** Pode conseguir ingressos para irmos ao jogo?

> **Jax:** Sim!

> **Eu:** Obrigada!

> **Jax:** Quando quiser!

As meninas estão empolgadas pelo fim de semana e, para ser sincera, eu também estou. Amo o *campus* da Michigan. É uma faculdade muito linda e tem um clima divertido. Vim aqui tantas vezes nos últimos quatro anos que parece mais uma casa.

Paramos no apartamento do Jax primeiro. Tocamos o interfone e somos liberadas imediatamente, sem ninguém conferir quem somos. Do lado de fora da porta, ouvimos a música alta e as vozes que vêm lá de dentro. Batemos algumas vezes, mas, quando ninguém atende, decidimos entrar sozinhas. A primeira coisa que percebo é Stella e Jax em um canto da sala. A conversa deles parece intensa. Ambos têm olhares sérios no rosto enquanto conversam com firmeza.

Jerome nos vê primeiro.

— Senhoritas! — grita. Ele vem até nós e abraça cada uma.

Saio do abraço de Jerome e percebo Jax vindo até nós. Ele abraça cada uma das minhas colegas de quarto, depois me puxa para si. Ele me abraça e me tira do chão ao mesmo tempo.

Passo os braços em seu pescoço e me equilibro.

— Bom te ver também!

— É tão bom ter você aqui — diz. Beija o topo da minha cabeça e me coloca no chão.

Olho ao redor do apartamento.

— Achei que vocês não deveriam dar festas antes dos jogos. Está relaxando no último ano?

Ele ri.

— Não é uma festa. — Ele pausa por um momento. — Apenas uma reuniãozinha de amigos que gosta de ouvir música alta.

É a minha vez de rir.

— E estamos bebendo água, não cerveja. Então, dá para saber que só por isso não é uma festa, com certeza.

Estreito os olhos para ele, duvidando. Ele ri.

— É sério. Todo mundo vai ser expulso daqui em breve, então teremos nosso sono de beleza até o jogo de amanhã. Feliz?

Ergo as mãos em rendição.

— Ei, não é minha carreira no futebol americano que está em jogo.

Ele balança a cabeça, sorrindo.

— Não é uma festa, ok?

As meninas já estão se misturando.

— Muito obrigada por deixar as garotas ficarem.

— Quando quiser. — Ele pega minha mão e me guia até o seu quarto. Paro abruptamente.

— O que você está fazendo? — questiono, tirando a mão da dele.

Ele olha para mim, confuso. Ergue a mão e esfrega a nuca.

— Só pensei que poderíamos ir para o meu quarto, que não é tão barulhento. Sabe, para podermos pôr a conversa em dia? Não vejo você há séculos.

— Ah, certo — respondo, sentindo-me boba. — Eu amaria, Jax. De

um amor *bonito*

verdade. Só não posso fazer isso agora. Prometi ao Trenton que iria para lá assim que deixasse as meninas. — Olho para o chão, com medo de ver a decepção em seu rosto.

Mas não importa, porque ouço na voz dele.

— Ah. Ok. Sim.

— Sinto muito — digo.

Jax nega com a mão.

— Não, eu entendo. Não se preocupe. A gente se vê amanhã?

— Sim. Estarei no jogo e com certeza podemos conversar depois.

— Ótimo. Bem, tenha uma boa noite.

— Sim, você também, mocinho. Não festeje demais. — Pisco.

— Não é festa, Little Love. Não é festa.

Rio, virando-me em direção à sala. Encontro as garotas e me despeço. Em seguida, retorno para o carro. Só fui ao apartamento do Trenton uma vez e definitivamente não sei como chegar lá daqui, então coloco o endereço no GPS. Acaba que Jax e Trenton vivem a menos de dois quilômetros um do outro, um trajeto de dois minutos de carro com todas as placas de Pare.

— Não vá, gata. — Os braços do Trenton se envolvem ao meu redor.

Estamos deitados lado a lado, com minha bochecha apoiada no peito dele, nossas pernas entrelaçadas nas cobertas.

— Tenho que ir. Me sentiria horrível de estar aqui em dia de jogo e não ir.

— Em primeiro lugar, você já foi a vários jogos. Inferno, você assiste todo sábado. E veio aqui para me ver, não a ele. Não acho que estou pedindo demais quando peço para você passar o único dia completo que tem aqui comigo. — A voz do Trenton está controlada, mas posso sentir que ele está à beira da raiva. — Escute, gata, senti muita saudade. Odeio estar longe de você. Podemos passar o fim de semana juntos, só nós dois?

Absorvo o que ele disse e entendo o seu ponto.

— Tudo bem.

— Tudo bem? — pergunta, feliz. — Vai ficar comigo o dia inteiro? Deixo um beijinho em seu peito.

— Sim, vou ficar aqui com você o dia todo. Feliz?

— Muito.

Dou um gritinho enquanto ele agarra minha cintura e me gira, para eu ficar deitada por baixo. Ele começa a depositar beijos rápidos no meu rosto e pescoço, e eu rio.

— Só vai levar alguns minutos. Prometo. — Trenton me dá um beijo casto.

— Posso ir com você e te fazer companhia — ofereço de novo.

— Não, gata. Só tenho que fazer algumas coisas entediantes para a faculdade. Fique aqui, tome um banho e relaxe. Estarei de volta antes que perceba. Aí poderemos continuar de onde paramos. — Ele pisca.

Tomo um banho longo e quente, o que é bom para os meus músculos cansados.

Visto-me, como um pote de cereal, escovo os dentes e mando mensagem para minhas amigas.

Olho a hora no telefone. Trenton saiu há uma hora.

Passo a mão no rosto e suspiro profundamente ao me jogar no sofá. Pego o controle remoto e coloco no jogo. Assisto o pontapé inicial e me acomodo no confortável sofá de couro. O tempo passa rápido enquanto observo Jax jogar na enorme tela à minha frente. Mando mensagens para ele, comentando seus ótimos passes e jogadas. Ele não receberá as mensagens até mais tarde, mas sempre mandei o que eu estava pensando e meus elogios enquanto assistia ao jogo. Não quero me esquecer de mencionar algo para ele mais tarde.

Na metade do terceiro quarto, ouço o barulho da porta. Fico focada na tela da TV enquanto os passos de Trenton se aproximam.

— Ei, gata.

— Oi. — Minha saudação é curta.

Ele se senta perto de mim, puxando-me para si. Meu corpo fica rígido em seu abraço.

— Desculpa, demorou mais do que imaginei.

— Sim, é o que parece.

— Ah, gata, não fique chateada. Sinto muito. — Ele se inclina, dando um beijo na minha bochecha. — Vou tomar um banho e te compensar.

Deixo passar a irritação. Tenho certeza de que qualquer coisa que Trenton teve que fazer não era o que ele queria estar fazendo. Sei que preferia

um amor *bonito*

203

estar aqui comigo. Não quero passar nosso fim de semana juntos estando irritada. Então, quando ele volta do chuveiro, retomo minha atitude otimista.

O restante do fim de semana é maravilhoso. As meninas estão ficando com Ben e os Três Jotas, enquanto Trenton e eu não saímos do apartamento dele. Ficamos o máximo de tempo juntos que pudemos antes de eu ter que voltar.

Paro no prédio do Jax para pegar as meninas. Pela cara delas, perdi uma boa festa na noite anterior. Todas parecem exaustas. Jax vem atrás delas, segurando a mala da Tabitha. Ou ele não foi para a festa ou a ressaca cai muito bem nele, porque o cara está irradiando perfeição e beleza como sempre. Um sorriso se espalha por seu rosto ao me ver. As meninas caem no meu carro com um pouco mais de um grunhido de saudação para mim.

Jax me encontra no porta-malas e coloca a bagagem lá dentro. Fecho e viro-me para ele.

— Parece que a noite de vocês foi boa.

Ele ri.

— É, acho que elas se divertiram.

— Um pouquinho demais, ao que parece.

— Talvez — concorda, com um sorriso.

— Que bom que não saí com vocês. Não teríamos ninguém para dirigir na volta.

Seu sorriso diminui um pouco, mas ele se recupera.

— É. Bem, dirija com cuidado. A gente se vê no Natal.

— A gente se vê.

Inclino-me para frente e ele me puxa em um abraço. Nós nos separamos e ele dá um passo para longe do carro. Dou a volta até a porta do motorista. Antes de eu abrir, olho de volta para Jax.

— Tchau. Te amo. — Dou um sorrisinho para ele.

— Te amo mais — responde, antes de se virar.

Com as mãos nos bolsos, ele volta para o prédio e eu o observo entrar.

Vinte e dois

JAX

— Um Bloody Brain, Statutory Grape, Nuts and Berries e uma Dirty Girl Scout. — Josh passa os olhos pelo cardápio. — Sim, vai ser isso nessa rodada.

— Não pense que vou segurar seus cachinhos dourados para trás se você vomitar essa merda toda mais tarde. — Jerome balança a cabeça.

— É uma mistura e tanto, cara — Ben concorda.

— Estou de boa — Josh responde, sem tirar os olhos de Brittany, nossa garçonete.

Os peitos fartos estão lindamente à mostra em sua camisa justa.

O resto de nós pede cerveja e a moça se afasta dos avanços de Josh para preparar nossos pedidos.

Good Time Charley's, um bar popular da área, está sempre lotado e hoje não é diferente. É uma rara noite de sexta durante o semestre de outono em que podemos sair. Tivemos o último jogo da temporada no sábado passado e agora temos três semanas antes do jogo de pós-temporada, o *bowl game*, no final de dezembro.

Várias cervejas depois, minha atenção se afasta dos garotos quando ouço meu nome.

— Se não é o Jax Porter — uma voz masculina diz.

Olho para o lado, onde um típico mauricinho universitário está de pé em seus jeans de grife e camisa social. Sempre que eu saio, sou abordado várias vezes, mas normalmente por garotas que querem uma *selfie* comigo ou caras que querem discutir o jogo. Esse cara está exibindo o que parece ser uma carranca em seu rosto, o que é diferente do normal.

Ótimo, ele deve estar irritado por alguma jogada que fiz na temporada. Vai ser divertido.

— Sim? — respondo.

— Só queria te ver de perto para ver a razão de todo esse burburinho. Continuo sem entender. — Ele balança a cabeça, estreitando os olhos para mim.

— Cara, vai embora. — Jerome solta.

— Com prazer — rosna. — Ainda não tenho ideia do que ela viu em você. Minha irritação com esse babaca está por um fio.

— De que porra você está falando?

— Lily — responde, ganhando toda a minha atenção.

Fico de pé.

— O que tem ela? — pergunto, irritação sai de mim em ondas.

O cara ri, uma demonstração falsa de indiferença.

— Ah, é. Acho que eu deveria me apresentar. Sou o Trenton, o namorado dela.

Mas que porra?

Meu punho se fecha e meus lábios se apertam enquanto procuro as palavras que quero que esse babaca escute.

Todo o 1,93m do Josh se ergue ao meu lado enquanto ele fala para Trenton:

— Mano, acho que você deveria se afastar. Agora.

Trenton levanta as mãos em uma rendição falsa.

— Não tenho nenhuma intenção de brigar com você. — Ele balança a cabeça, forçando uma risada. — Não preciso brigar por ela. A Lily já é minha.

— Não por muito tempo, babaca — vocifero.

— A pedra que comprei para ela diz algo diferente. Que pena que você não sabia o que tinha quando a teve. Mas não estou reclamando. Amei confortá-la depois que você terminou o namoro. Na verdade, talvez eu devesse te agradecer.

Qualquer traço de compostura que eu tinha evapora e sinto meu corpo se mover na direção dele por conta própria. Jerome e Josh seguram meus braços, prendendo-me no lugar.

— Não vale a pena, cara — Jerome garante.

— Vá embora, seu filho da puta! — Ben grita. — Você está prestes a ter nós quatro socando a sua cara. Isso não é uma ideia muito brilhante, né, porra?

Trenton dá um sorriso afetado de novo, afastando-se. O som normal do bar lotado ao meu redor desaparece. Tudo o que ouço é minha respiração profunda e as batidas em meus ouvidos. Meus braços se sacodem do agarre dos meus amigos.

— Continue andando — Jerome avisa.

Eu me esforço para acalmar a respiração, meu peito pesado com a fúria.

Trenton se vira, mas antes de estar muito longe, diz:

— Ah, mais uma coisa. Você precisa seguir em frente. Pare de ligar para ela. Pare de mandar mensagens. É patético. Ela está mais que satisfeita com o que tenho a oferecer e você está só passando vergonha.

Pulo em sua direção, mas ele dá meia-volta e se afasta.

— Jax! Pare!

Meu nome chama minha atenção e luto para afastar as mãos me segurando. Ben surge na minha frente.

— Mano, não vale a pena. O babaca vai prestar queixa e sua carreira vai acabar. Ele está tentando entrar na sua cabeça. Não deixe.

Fecho os olhos, inspirando para me acalmar. Meus braços se soltam e ergo as mãos, correndo-as pelo cabelo.

— Porra! Porra! Porra! — grito.

— Vamos lá, cara. — Jerome me dá uns tapinhas nas costas. — Vamos sentar de novo.

Caio no meu assento e encaro o copo de cerveja pela metade.

— O que ela viu naquele babaca? — Ben pergunta, sua dúvida dando voz aos meus próprios pensamentos.

— Ei, Brit! — Josh chama. Quando ela está mais perto, ele grita: — Uma rodada de Tartarugas Ninjas!

Ela acena e volta para o bar.

— Tartarugas Ninja? — Ben pergunta, referindo-se aos drinks que Josh acabou de pedir.

Esse lugar é conhecido pelo seu variado cardápio de bebidas.

— Sim, porra. Heróis em meio casco — Josh responde.

— Poder da Tartaruga! — Jerome interrompe.

Josh bate a mão na mesa, tirando-me dos meus pensamentos sombrios.

— Isso! — grita, erguendo o punho para Jerome, esperando que ele bata. — Ótima ideia, J. Ótima ideia.

— O quê? — Jerome pergunta, batendo no punho estendido do amigo sem entender.

um amor *bonito*

— Poder da Tartaruga — Josh diz. Quando o olho com a expressão vazia, ele continua: — Precisamos de outra rodada de Poder da Tartaruga.

— E o que é? — indago.

— Quatro Tartarugas Ninja empilhadas uma acima da outra para cada um de nós.

— Então, uns dezesseis drinks — Ben esclarece.

— Bem, sim, mas apenas quatro para cada, mais a Tartaruga Ninja que já pedimos. — Ele concorda com a cabeça. — Acho que esta noite realmente pede um pouco de Poder da Tartaruga.

— Você é um idiota — falo. Mas não consigo evitar o sorriso enorme que atravessa o meu rosto. — Porra. Por que não?

Tomamos os drinks de Tartaruga, todos os cinco.

— Então, no nosso grupo, quem seria quem? — Josh questiona.

— Do que você está falando? — Jerome pergunta.

— Quem seria qual tartaruga? — explica. — Assim, claro, o Jax seria o Donatello.

— E por que isso? — indago.

— Porque você é um gênio e é foda, igual ao Donny. — Josh dá de ombros. — Óbvio. — E continua: — Eu seria o Raphael.

Ben balança a cabeça, rindo.

— Não. Se existe uma combinação óbvia, é você e o Michelangelo.

— Concordo — digo. — Você definitivamente é o mais brincalhão do grupo. Eu iria de Jerome como Raph.

— Acha que Jerome é o mais durão? — pergunta Josh.

Dou de ombros.

— Ele é bem durão.

Jerome coloca a mão sobre a minha e olha nos meus olhos. Em uma voz séria, diz:

— Obrigado, cara. Significa muito.

Rimos bem alto.

— Então sobra o Ben como Leonardo — digo.

— É, faz sentido que eu seja o líder. Afinal, eu sou o *Ben* no maravilhoso grupo Ben e os Três Jotas.

O álcool vai para as nossas cabeças e pedimos mais alguns drinks antes de fechar o bar.

Foi bom sair com os caras e, pelo menos uma vez, meu cérebro não está preocupado com tudo. É raro eu ficar tão bêbado. Não posso deixar

ELLIE WADE

de estar no meu melhor e ficar bêbado não se encaixa no meu regime. Mas, ultimamente, estou achando difícil me importar.

Há pouco tempo, decidi que voltaria com a Lily quando a visse no Natal. Agora, depois de encontrar o idiota com quem a forcei ficar, estou ainda mais ansioso para chegar em casa e resolver as coisas entre nós.

Trabalhei a minha vida toda para ser tudo o que meu pai, meus treinadores e meus professores queriam que eu fosse. E estou farto. Estou farto de viver a vida pelos outros. Estou cansado desse estresse. Ultrapassei as expectativas. Não dou a mínima para o que os outros pensam de mim. Nenhum deles importa, porra.

Só há uma pessoa nesse mundo de cuja aprovação eu preciso e, em algumas semanas, vou implorar seu perdão. Vou implorar que me aceite de volta e convencê-la do quanto eu estava errado. Só posso esperar não estar muito atrasado.

um amor *bonito*

Vinte e três

LILY

Jogo meus biquínis, todos os oito, na mala. Não consigo escolher quais levar. Não é como se fossem ocupar muito espaço de todo jeito, então opto por levar todos.

Keeley entra, jogando um picles enrolado com presunto e cream cheese na boca.

— De jeito nenhum! A mãe fez os meus picles?

— Fez, e é melhor você descer antes que acabem! — exclama, antes de lamber os dedos.

— Ainda não consigo entender por que essas coisas são tão deliciosas.

— Não é, menina? Mas eles são. — Keeley vem até minha cama e faz uma análise visual da minha mala. — Então… Fiji, hein?

Abro um sorriso largo, olhando para baixo.

— É, eu sei. Que maluquice.

— Esse tal de Trenton deve mesmo gostar de você.

— É.

— Vocês estão juntos há dez meses e ele pagou uma viagem para você passar o Natal em Fiji. É só que… nossa! Eu não sei.

— Eu sei. Parece loucura, mas ele é assim. Não faz nada simples. Já me levou a vários encontros extravagantes. Nosso primeiro encontro oficial incluiu um passeio de trenó puxado por cavalos, pelo amor de Deus!

Ela balança a cabeça, rindo.

— Bem, não há dúvida de que estamos empolgados para conhecê-lo. Isso é certo.

Pego o telefone da cômoda e olho a hora.

— Ele deve chegar a qualquer minuto — digo, animada.

— Acha que vai ser estranho ter Trenton e Jax sentados na mesma mesa? — pergunta, um sorriso malicioso aparecendo em seu rosto.

Solto um suspiro audível.

— Hm... sim, muito.

Trenton insistiu em vir para a nossa ceia de Natal e concordei que seria uma boa ideia. Queria que minha família o conhecesse.

— Mas o Jax sempre estará na minha vida. Se eu estiver com alguém, a pessoa terá que ficar perto dele. Talvez eles se deem bem e virem amigos? — Minha voz sobe uma oitava.

Keeley solta uma risada seca.

— Talvez.

Sacudo as mãos ao lado do corpo.

— Estou ficando nervosa — admito.

— Ai, sim — ela concorda.

— Me conte sobre seu primeiro semestre de faculdade, todos os detalhes sórdidos que não me disse ao telefone — sugiro, precisando tirar a cabeça da estranheza que está por vir.

Ela ri.

— Mais tarde. Estou pensando que devemos conversar lá embaixo e ajudar a mãe.

— Ah, sim. Boa ideia. E mais, preciso comer alguns picles agora mesmo.

— Se tiver sobrado algum. — Keeley começa a ir em direção à porta.

Descemos e encontramos mamãe, Amy e Susie na cozinha organizando os pratos de comida na ilha central. Os pais, Landon e Jax estão sentados na sala, conversando. O rosto do Jax se anima ao me ver e ele fica de pé, diminuindo a distância entre nós. Ele me puxa para um abraço apertado.

— Little Love. — Ele deixa um grande beijo na minha testa. — Senti sua falta.

— Também senti a sua. — Eu o abraço apertado, absorvendo tudo o que é o Jax.

— Então, o namorado vai vir, né? — pergunta, um traço de algo representando raiva em sua voz.

— Sim. — Aperto os lábios. — O namorado vai vir.

um amor *bonito*

— Vai ser divertido — fala, sem rodeios.

— Vai ser alguma coisa. Não tenho certeza se *divertido* é a palavra certa. — Solto os braços do seu pescoço e afasto-me do nosso enlace.

— Lily — minha mãe me chama da cozinha.

Vou até ela.

— Querida, sabe quando o Trenton vai chegar?

Examino todos os pratos fumegantes alinhados sobre a ilha.

— Ele já deveria estar aqui, mãe. Mas vamos apenas seguir em frente e começar. Ele vai entender.

— Tem certeza? Podemos esperar um pouquinho mais.

Minha mãe é fofa demais, mas fazer o pessoal comer tudo frio porque uma pessoa está atrasada seria bobagem.

— Não, sério. Vamos comer. — Pego o telefone e envio mensagem para Trenton, perguntando onde ele está.

Minha mãe acena e chama todo mundo para comer. Preenchemos nossos pratos e nos acomodamos à grande mesa de jantar. Jax se senta à minha direita e a cadeira da esquerda fica vazia.

— Já tem um tempo que não nos reunimos — meu pai comenta.

Minha mãe acena, concordando.

— Sim, já tem. Isso é ótimo. Todo mundo, ergam a taça para um brinde.

Pego o meu vinho, levantando-o da mesa, e o ergo bem a minha frente. Minha mãe continua:

— Esse tem sido um ano cheio de bênçãos. Estamos gratos por todo mundo conseguir voltar para casa para comemorar conosco. Temos a melhor família que qualquer um pode querer. À família.

— À família — repetimos em uníssono, antes de tomar a bebida.

— Então, Landon, qual é seu novo projeto no trabalho? — o senhor Porter pergunta ao filho mais velho.

Landon começa a falar sobre em que está trabalhando e meu telefone vibra no bolso de trás. Pego e vejo uma mensagem do Trenton.

> Trenton: Ei, gata. Não vou conseguir ir. Desculpa. Tive um imprevisto. Vejo você no aeroporto. Espero que tenha um ótimo Natal com a sua família e estou ansioso para te encher de presentes enquanto estivermos fora. ;-) Amo você.

ELLIE WADE

Leio a mensagem algumas vezes. Quando olho para cima, todos estão me encarando. Pigarreio.

— Ah. Era o Trenton. Ele não virá. Algum imprevisto. — Olho para o telefone e clico no botão superior, fazendo a tela ficar preta, antes de deslizar o aparelho no bolso de trás.

— Ah. Bem, que pena. Espero que esteja tudo bem. Estamos ansiosos para encontrá-lo em outro momento. — Os lábios da minha mãe se erguem em um largo sorriso reconfortante.

Todo mundo me dá um sorriso simpático, e as conversas paralelas ao redor da mesa retornam.

— Que chatice — Jax sussurra em meu ouvido.

Não consigo parar o sorriso que se espalha em meu rosto.

— Pare — devolvo no mesmo tom, batendo o joelho no dele por baixo da mesa.

Ele bate a perna de volta na minha. Deixa a sua ali, o contato fazendo meu coração bater mais rápido. Ele se inclina para mais perto, os lábios a um fôlego da minha orelha. O hálito quente faz cócegas na delicada pele do meu lóbulo. Corro as mãos pelos meus jeans, descendo pelas coxas. Seguro meus joelhos, que estão tremendo sob a toalha de mesa carmesim.

Ele sussurra em meu ouvido:

— Então, Little, você prefere que eu te lamba até você gozar ou que eu te foda até gozar?

Ofego, aspirando o líquido em minha boca para a traqueia e começo a tossir. Meus olhos lacrimejam e eu tomo um pouco de água.

— Está tudo bem, Lil? — minha mãe pergunta, do outro lado da mesa. Pigarreio, e tusso ao dizer:

— Desceu errado. — Dou um joinha para ela, mostrando que estou bem.

A mão de Jax esfrega minhas costas. Seus dedos se movem furtivos por baixo da alça do meu sutiã através do suéter fino.

— Pare — peço, baixinho.

Ele se inclina de novo. Meus olhos disparam ao redor da mesa e solto um suspiro de alívio quando vejo que todo mundo está envolvido em suas próprias conversas.

— Mas você não respondeu à pergunta. — Seu sussurro é rouco e vibra pelo meu ouvido.

Pare, faço com a boca, arregalando os olhos em aviso.

Seus sussurros paralisantes continuam:

um amor *bonito*

— Ok. Você prefere passar seu tempo com o amor da sua vida ou presa com um metidinho idiota?

Mas que inferno! De onde veio isso?

— Pare, por favor. Você está sendo maldoso. Não é a hora nem o local para essa conversa. — Meus olhos começam a lacrimejar de novo. Fico de pé e me dirijo, baixinho, às pessoas da mesa, com a voz mais alegre que consigo reunir. — Com licença. Tenho que usar o banheiro. — Viro e forço meu corpo a ir até as escadas, em direção ao meu banheiro.

Fecho a porta atrás de mim e me apoio na pia. Respiro fundo, focando em conseguir ar para os meus pulmões e acalmar a sensação do sangue pulsando por baixo dos meus ossos.

Que inferno está acontecendo hoje à noite?

Minha cabeça pula quando ouço uma batida suave na porta. Abro com cuidado, encontrando Jax parado lá, as mãos nos bolsos. Pelo menos ele está tentando aparentar remorso.

— Lily.

— Não — aviso, em um tom abafado. — Não sei que merda você está tentando trazer aqui, mas não está tudo bem.

— Escute — pede, com gentileza.

— Não, não vou te ouvir. É óbvio que você quer desabafar sobre algumas coisas, mas está escolhendo um momento horrível para conversar. Não vamos brigar no andar de cima durante a ceia de Natal com nossas famílias lá embaixo. — Levo quatro dedos de cada mão às minhas têmporas e esfrego em movimentos circulares. — Você está me deixando doida nesse momento. Vá. — Aceno em direção à porta.

— Quero falar…

Eu o corto:

— Sim, já entendi. Mas não agora. — Puxo o ar para me acalmar. — Vou falar com você em particular depois do jantar. Nós não fazemos drama, Jax Porter. Pare com isso. — Franzo os lábios e encaro seu rosto bonito, tentando não rir.

Seus olhos brilham, achando graça.

— Então você quer conversar mais tarde?

— Vá. — Estico o braço, apontando o dedo para a porta.

Ele ri.

— Já vou. Já vou. — Ele se vira para sair, mas logo gira e planta um beijo na minha bochecha. — Amo a Lily Agressiva.

— Jax — aviso.

Ele ergue as mãos em rendição e sai do meu quarto com um sorrisinho convencido muito fofo. Ouço seus passos na escada.

Levo um minuto para me recompor antes de voltar para a mesa de jantar com um sorriso que demonstra calma e normalidade, ou, pelo menos, espero que seja o que meu rosto está mostrando. Nunca fui muito atriz.

O restante do jantar transcorre, de certa forma, com normalidade, pelo que estou grata. Imerjo nas conversas dos outros, fazendo várias perguntas. Percebo que, se alguém estiver sempre falando comigo, então Jax não terá oportunidade de usar seus sussurros vodus para me deixar toda excitada.

Depois de tirarmos a louça da sobremesa, Amy pega o Direita, Esquerda, Centro, que é um joguinho com fichas e dados que faz você se mover, ou não, nessas direções. Nós nos servimos de vinho e colocamos dez dólares no meio da mesa. O jogo é simples e bem divertido. Há muita comemoração e gritaria enquanto passamos fichas ao redor da mesa.

Nós perdemos, ganhamos e passamos fichas por cerca de vinte minutos, até Jax e eu sermos os dois últimos com fichas. Lanço meu último dado, que me manda colocar a última ficha no Centro, forçando-me a deixar a última no pote.

— Ah, cara! — reclamo.

Jax canta, aos gritos, do meu lado:

— Ganheeei, ganheeei, ganheeei! — Ele estica o braço para os noventa dólares no meio da mesa. Fazendo sua dancinha, que é uma combinação do *moonwalk* e dos gestos de apontar os dedos de "Stayin' Alive".

— Uuuuuh! — vaiamos, em meio a risadas.

— É melhor jogar futebol, cara! — Landon bate nas costas do Jax, balançando a cabeça ao rir.

— Ei, na verdade, ele é um ótimo dançarino quando quer ser — digo, sorrindo para o Jax. Minha necessidade interna de ser a maior apoiadora dele vem à luz.

Ele para com as gracinhas e fica me olhando, me estudando, relembrando. Todas as vezes que dancei com Jax ao longo dos anos passam pela minha mente como um filme em preto e branco. Imagens imóveis de nós dançando passam rapidamente pelo meu cérebro. Eu as absorvo em cada pequeno detalhe — desde nossas expressões ao olharmos nos olhos um do outro, passando pela forma como suas mãos seguravam meu corpo com reverência, como se eu fosse preciosa, até nossos sorrisos irradiando puro amor e alegria.

um amor *bonito*

Sacudindo a cabeça para afastar os pensamentos, dou a Jax um sorriso triste e passo por ele para ir à cozinha, onde me faço útil ao ajudar minha mãe com a limpeza.

Quando a família de Jax já foi e a minha se retirou para os quartos, ele e eu descemos as escadas para o porão.

Ele segura minha mão.

— Sinto muito.

— Você deveria sentir — respondo.

— Não quero brigar.

Eu suspiro.

— Eu também não.

— Dança comigo?

— Jax. — Balancei a cabeça.

— É apenas uma dança, Little. Inocente.

Inclino o quadril, colocando a mão na cintura.

— Você? Inocente?

— Prometo. Apenas dance comigo.

— Tudo bem.

Jax tira o telefone do bolso e passa as músicas. Escolhendo uma, ele aumenta o volume do alto-falante e coloca o aparelho na mesa. Uma melodia familiar permeia a sala e meus olhos se enchem de lágrimas.

— Jax. — Minha voz falha, e meu lábio treme.

Balanço a cabeça quando ele me puxa para si, prendendo os braços ao meu redor. Sua voz está cheia de emoção quando começa a cantar baixinho em minha bochecha, o rosto inclinado para o meu:

— *Wise men say, only fools rush in…*

Homens sábios dizem que apenas os tolos se apaixonam, é *Can't Help Falling in Love,* do Elvis. Lágrimas correm pelo meu rosto enquanto a melodia da nossa vida nos cerca, enviando tantas emoções por mim. Meu corpo se move no de Jax por instinto e memória. Memórias incríveis saturam minha mente. Penso em um menino e uma menina que passaram dezessete anos se apaixonando e não foi simplesmente um amor comum, foi um amor bonito. Este tipo é único. É especial. É um amor que doa, um amor que se sacrifica, um amor que acalenta. Nunca pode ser tido como certo e nunca deve ser duplicado. Mas, infelizmente, esse amor pode ser perdido, ainda que não esquecido. Desapareceu sob camadas de medo e incerteza.

O coração de Jax bate em seu peito, um ritmo doloroso que combina com o meu. Sua respiração paira sobre minha pele sensível enquanto ele canta baixinho com a música. A voz profunda de Elvis permeia o ar ao nosso redor e, pela primeira vez na minha vida, ela parece triste. Essa música sempre foi tão linda para mim, um homem confessando seu amor inabalável por uma mulher. Mas, esta noite, sua voz parece dolorida, como a de um homem cujo coração está partido. É surreal como algo que vi da mesma forma por toda a minha vida pode mudar de repente e passar a significar algo drasticamente diferente.

A música termina e eu me afasto de Jax. A sala está silenciosa agora, exceto pelos ecos baixinhos de nossas respirações profundas. Fico olhando em seus olhos, os meus arregalados de confusão. Trazendo sua mão até meu rosto, ele afasta da minha bochecha uma mecha de cabelo encharcada de lágrimas e a coloca atrás da minha orelha.

— Quero que fiquemos juntos de novo, Lily.

Eu engulo.

— Por que agora? — pergunto, minha voz saindo baixa, hesitante.

— Porque eu não aguento mais não estar com você. Porque você é o amor da minha vida. Porque está na hora. — Os olhos verdes-escuros brilham com a umidade das emoções contidas que ele também deve estar sentindo.

Balanço a cabeça.

— Não entendo. Por que agora é a hora, mas no outono passado, quando você partiu meu coração, não era?

— Lily, sei que você não entende meu raciocínio e, porra, não sei se eu mesmo entendo, mas, na minha cabeça, na época, pensei que estivesse fazendo a coisa certa. Eu estava estressado, totalmente sugado. Eu não tinha mais nada para dar. Estava dando tudo o que podia nas aulas e no futebol, e não era o suficiente. Nunca fui o suficiente. Eu estava com raiva e amargurado. Queria ser melhor. Você não sabe como eu estava, porque tentei esconder de você, mas me sentia miserável. Estava com raiva o tempo todo: do meu pai, dos meus treinadores, de mim mesmo. Estava enfraquecendo e não queria levar você comigo. Eu não estava bem e não queria te arrastar para baixo. Você não vê que fiz o que fiz porque te amo?

— Não. Não vejo. — Levanto as mãos e as corro pelo cabelo. Solto um gemido frustrado. — Não, eu não entendo, Jax. Compreendo que você estivesse estressado, mas por que afastar a pessoa que mais te ama e apoia neste mundo? Eu faria qualquer coisa por você. Você sabe disso. Eu teria ajudado. Teria entendido. Por que você não me deixou participar? — imploro.

um amor *bonito*

— Porque eu estava protegendo você! Queria que você fosse feliz. Queria que aproveitasse seu tempo na Central, que tivesse uma vida própria, atingisse seu potencial e descobrisse seus sonhos. Você não poderia ter feito tudo isso se eu a estivesse deixando mal junto comigo.

— Você me faz feliz! Estarmos juntos me faz feliz! Você nunca poderia me deixar mal, Jax. Você não entende como o amor funciona. Eu não queria que passasse sozinho por suas lutas. Queria estar ao seu lado porque te amava, e te ajudar, te amar, te apoiar... me fez feliz. Você me fez feliz.

Tenho dificuldades para falar no tempo presente e pretérito. Mesmo agora, como amigos, Jax me faz feliz. Ele nunca foi meu pretérito. Sempre foi o meu presente, independentemente da maneira como participasse. Mas sinto que falar sobre meu amor por ele no presente não seria apenas injusto com Trenton, mas também confundiria as coisas com Jax.

Eu suspiro.

— Mas, e daí? Você não está mais estressado? Não estou entendo.

— Não, ainda não estou bem, mas estou melhorando. Tenho o *bowl game* na próxima semana, que é meu último jogo. Tenho mais um semestre na faculdade, e então acabei. Este último semestre terá uma carga mais leve do que os outros. Tudo é administrável agora. Além disso, sinto que estou perdendo você. E não posso te perder.

— Jax, eu namoro o Trenton há quase um ano. Vamos viajar juntos amanhã. O que você quer que eu faça?

— Quero que termine com ele. Quero que volte para mim.

Pressiono os lábios enquanto uma lágrima triste rola pelo meu rosto. Balanço a cabeça de leve, deixando meu olhar cair para o chão.

— Não é assim que funciona.

Jax agarra minhas mãos nas dele, forçando meu olhar a encontrar o seu mais uma vez.

— Por que não?

Solto as nossas mãos, pois o toque físico é demais.

— Porque não! Não posso simplesmente abandonar o Trenton como se ele não significasse nada. Ele não fez nada de errado. E não merece isso. Ele esteve comigo este ano, quando você não estava. Ele me amou quando você, não.

Uma emoção próxima à raiva passa pelos olhos de Jax.

— Nunca deixei de te amar — diz, com firmeza.

— Mas você me deixou, Jax. Você me deixou. Partiu meu coração e me deixou pensando por quais razões eu não era o suficiente para você. Agora, eu segui em frente e, de repente, você decide que me quer de volta. Espera que eu largue tudo e corra de volta para você, só porque decidiu que agora é uma boa hora? Eu te amo. Você sabe disso. Sempre vou te amar, mas não posso.

— Lily, por favor...

A mágoa em sua voz me causa dor física. Pego a palma da mão e esfrego-a no peito, tentando aliviar a pressão.

— Não. Você me magoou. Muito. Você era a pessoa que deveria me proteger e amar para sempre, e você me feriu. Uma dor como essa não é simplesmente esquecida. Não vai embora porque você está com ciúmes por eu ter encontrado a felicidade com outra pessoa.

Jax passa as mãos com força pelo cabelo, agarrando-o em punhados.

— Ah! Você não está me ouvindo. Eu deixei você ir porque eu te amo, porque eu estava te protegendo.

— Bem, me desculpe. Tenho certeza de que você acha que é o caso, mas não é o que pareceu para mim. Fiquei quebrada, abandonada e sozinha. Lutei para superar a depressão e encontrei a felicidade dentro de mim. Depois Trenton apareceu e trouxe mais alegria para minha vida. Não sei o que vai acontecer comigo e com ele. Não tenho certeza se o que temos é algo que vai durar para sempre. É muito cedo para dizer e ainda estou muito confusa. Mas vou ver aonde isso leva. Eu tenho que ver. Devo isso a mim mesma e a ele.

— Não, você não deve! — Jax aperta os punhos ao lado do corpo. — Ouça a si mesma. Ouça o que está dizendo. Não faz sentido. — Ele para e respira fundo, recompondo-se. — Eu fiz a coisa certa em dar um tempo de nós no ano passado? Não sei. Ao que parece, na sua cabeça... não. Mas ainda sinto que foi a coisa certa a se fazer.

Abro a boca para falar, mas ele levanta a mão e continua:

— Lily, eu te amo mais do que qualquer outra coisa neste mundo. Você é meu amor, meu amor bonito. Nunca haverá outra mulher neste mundo que seja mais perfeita para mim do que você. Eu faria qualquer coisa por você, mesmo que isso me matasse. Não estar juntos há mais de um ano tem sido uma tortura para mim, mas fiz isso porque sinto, com cada célula do meu ser, que era o que era certo para você. Talvez você discorde, mas eu tive que fazer o que achei ser certo. Eu te amo demais para te arrastar comigo. Eu tinha que chegar a um lugar onde eu tivesse luz suficiente em minha vida para não diminuir a sua com a minha escuridão.

um amor *bonito*

Balanço a cabeça, tentando processar suas palavras, mas ainda não entendo.

— Jax... — Minha voz falha. — Não sei o que você quer dizer. Você nunca teve escuridão. Você sempre foi feliz e ótimo em tudo. Você era o mesmo quando fui vê-lo no outono passado.

— Ser ótimo em tudo tem um preço, Lily. No colégio, era fácil ser o melhor. Tive menos competição. No mundo real, não é tão fácil. Na verdade, é difícil pra caralho. Dar mais de mim a todo o resto não deixou nada para eu dar a você. Lutei por muito tempo. Para o seu bem, fingi que tudo estava ótimo. Mas mesmo fingir se tornou muito, exigia mais energia do que eu tinha. Fiz a única coisa que me restou. Abri mão de você. Não seria para sempre. Era para ser até que eu pudesse terminar os compromissos que assumi e chegar a um lugar mais feliz, um lugar digno da sua presença. Eu não poderia pedir para você esperar por mim. — Sua voz goteja tristeza. — Mas pensei que você esperaria.

Toda a energia foi drenada do meu corpo. Estou física e mentalmente exausta.

— Você deveria ter me contado tudo isso. Deveria ter sido mais claro. Deveria ter me deixado participar.

— Sinto muito.

— É tarde demais, Jax. Você não vê? — Meu tom é zangado, fazendo com que as palavras soem mais duras do que eu pretendia.

Ele balança a cabeça com firmeza.

— Não é tarde demais. Nunca será tarde demais para nós. Todos nós temos escolhas a fazer, Lily. Às vezes, fazemos as corretas, e às vezes, não. Mas você tem escolha. — Ele pausa. — Cada escolha que se faz nesta vida tem uma consequência e, independentemente do que escolher... você precisa estar preparado para o efeito que ela terá em sua vida. — Sua voz fica baixa. — Acredite em mim, eu sei.

Minha voz falha e as lágrimas continuam a cair.

— Eu não posso. Não agora.

Seus ombros caem e ele solta um suspiro audível.

— Então, eu também não posso.

Olho para ele em dúvida.

— Preciso de tempo, Lily. Não posso mais fazer essa coisa de amigos com você, não agora. Dói muito. Me mata ficar parado enquanto você compartilha suas partes mais íntimas com outro homem. Eu não te culpo. Não mesmo. Sei que é minha culpa que tudo isso esteja acontecendo. Eu gostaria de poder corrigir tudo e voltar a ser o que era.

Meu corpo treme com os soluços enquanto absorvo suas palavras.

Ele continua:

— Sempre estarei aqui para você, Lily. E, se não encontrar o caminho de volta para mim, vou aprender a aceitar. Você não vai me perder para sempre. Eu só preciso de tempo. Preciso de tempo para descobrir como viver em um mundo onde você não é minha.

— Sinto muito — digo, sufocada.

Jax me puxa para seus braços e eu soluço em seu peito. Ao apoiar o meu rosto banhado em lágrimas nele, posso ouvir a batida de seu coração partido. Ele continua a me abraçar e nenhuma palavra é dita enquanto o ar ao nosso redor fica saturado de tristeza.

Quando mais lágrimas não caem e minha dor no coração me afoga em exaustão, Jax se afasta. Inclinando-se, ele me beija na testa. Seus lábios se demoram por vários segundos até que ele se vai.

— Seja feliz, Little Love. — Ele se vira e vai embora.

— Jax! — chamo, antes que ele suba as escadas.

Ele se vira para me encarar.

— Te amo.

Um sorriso triste enfeita seu rosto dolorido.

— Te amo mais. — Com aquela frase que me disse milhares de vezes, ele sobe as escadas e sai da minha vida.

Vinte e quatro

JAX

É sábado antes do meu último semestre na faculdade. Joguei a minha última partida televisionada de futebol americano. Estou me preparando para concluir os estudos com a carga mais leve de aulas que já tive. Eu deveria estar comemorando. Este é o momento pelo qual eu esperava. Consigo ver o fim da linha, e ela está a poucos passos de distância.

Mas nada disso importa sem a Lily. Porra nenhuma importa.

Eu deveria estar com ela nos meus braços agora. Deveria estar abraçando-a, beijando-a e fazendo amor com ela uma e outra vez.

Mas não estou e talvez nunca mais esteja.

Uma miríade de emoções passa por mim antes que a devastação se assente no meu íntimo, afogando-me em tristeza.

Posso tê-la perdido para sempre… e por quê?

Minha carreira no futebol acabou. Sou uma pessoa melhor, mais realizada por causa disso? Dificilmente.

Nas férias de fim de ano, contei ao meu pai que não participaria do *draft*. Não tenho nenhuma intenção de ser um jogador profissional. Ele gritou comigo por horas, tentando fazer a minha cabeça, mas não mudei de ideia. Não vou mais viver a vida que ele considera importante. Ele não está falando comigo. Mas vai superar… ou não. Não consigo encontrar forças para me importar com isso.

Mantive minha média nas alturas. Fiz algumas conexões influentes no mundo dos negócios e já tenho ofertas de emprego chegando. *Mas o que um ótimo trabalho pode me trazer se eu não tiver a Lily? Droga nenhuma.*

Deixo, por um breve momento, minha mente vagar para os lugares sombrios nos quais ela não deveria ir. Pergunto-me se Lily se divertiu em Fiji. *O babaca fez o pedido em um pôr do sol tropical na praia? Ela disse sim? Eles já voltaram? Ela está pensando em mim? Será que vou beijá-la de novo?*

— Porra! — grito, jogando uma garrafa vazia de cerveja do outro lado da sala. Ela quebra na parede.

Registro um barulho fraco por trás de mim.

— Meu Deus... Jax. O que está acontecendo? — Stella contorna o sofá e vem até onde estou sentado, de boxers, sem fazer a barba, com garrafas de cerveja demais para serem contadas. — Jax. — Sua voz é gentil quando ela se curva, ficando no mesmo nível dos meus olhos. — Ei. — Ela estende a mão e esfrega minha bochecha barbada com a palma da mão.

Apoio-me na mão dela. O cheiro é tão bom.

— Eu bati. Você não deve ter me ouvido. Espero que não se importe de eu ter entrado. Ouvi algo quebrar. A porta estava fechada — ela explica. — Me diga. Alguma coisa aconteceu nas férias? Você está bem? — Ela olha ao redor. — Onde estão os garotos?

Minha garganta está seca. Minha voz sai em um sussurro rouco quando digo:

— Lá fora. Em casa. Não sei.

— Vem cá — implora, estendendo a mão com gentileza.

Coloco a minha na dela, que me ajuda a levantar. Seu polegar acaricia a parte de cima.

— Você precisa de um banho. Vai te ajudar a se sentir melhor. — Ela olha em volta. — Vou dar uma limpada por aqui.

Ela solta minha mão e eu ando, despido de emoções, até o banheiro.

O banho escaldante é bom. Fico de pé sob a água quente, esperando que leve embora o último ano de arrependimentos pelo ralo.

Depois do banho, visto outra boxer, calça de ginástica e uma camiseta. O mínimo que posso fazer pela minha visita é me vestir. Há uma leve batida na porta.

— Entre — chamo.

Stella entra com um copo de água e dois comprimidos brancos.

— Aqui. Vão fazer você se sentir melhor. — Ela coloca o remédio na minha mão. — Além disso, acho que pode ser a hora de mudar a bebida

um amor bonito

223

para água. — Sentamos lado a lado na minha cama. — Quer conversar sobre o assunto? — Sua voz suave é reconfortante.

— Não há muito sobre o que falar, Stell. Eu a perdi — respondo, derrotado.

— Você não tem como saber.

Solto um longo suspiro.

— Não, eu acho que sei. — Pauso, encarando as mãos. — Estou apenas cansado de tudo. Entende? — Minha voz falha. Ergo a cabeça para encontrar seu olhar gentil travado em mim.

— Sim, eu entendo. — Ela acena. Vai para trás na minha cama e se deita, batendo no espaço ao lado dela. — Venha aqui.

Olho questionador para ela, que me dá um largo sorriso.

— Não vou tirar vantagem de você. Prometo. Só venha se deitar.

Pauso por um momento antes de fazer o que ela pediu. Me viro em sua direção e ela estende um braço sob o meu pescoço. Apoio a cabeça na parte macia e plana entre seu ombro e clavícula. Ela passa o braço pelas minhas costas e, com delicadeza, desliza os dedos para cima e para baixo nos meus braços.

Nós nos deitamos em silêncio. Fecho os olhos e deixo seu toque suave me acalmar. Já faz bastante tempo desde que o toque de outra pessoa me confortou, e eu não percebi o quanto senti falta. As batidas ritmadas do seu coração contra o meu peito são uma canção de ninar confortante.

Caio no sono com a visão de uma pele beijada pelo sol, sardas, lábios carnudos e sorridentes e brilhantes olhos azuis. Deixo o calor dessas visões me levar, esperando que permaneçam sendo sonhos, mas com medo de que se transformem em pesadelos.

Vinte e cinco

LILY

Três meses depois

Deito-me de costas e encaro o teto. Estou tentando descobrir uma imperfeição em algum lugar, mas, até agora, não consegui. Claro que os Troy contratariam um pintor tão bom que o trabalho seria impecável.

Em casa, no meu quarto, há um trecho de quinze por sessenta no teto que, por algum motivo, não está pintado. Não tenho certeza de como podem ter deixado passar um espaço tão grande, mas foi o que aconteceu. É uma cor creme amarelada comparada com o teto branco ao redor. Era, provavelmente, a cor original do teto, que foi amarelando com o tempo. Não falei com a minha mãe sobre a mancha, porque ela insistiria em pintar, mas eu gosto. Dependendo do ângulo e da luz, pode parecer coisas diferentes — um submarino, uma rede, um skate e, em um ângulo bem específico que nem sempre eu consigo encontrar, uma pessoa mergulhando na água.

Não consigo explicar por que amo aquela imperfeiçãozinha no meu teto, mas eu amo. Por algum motivo, de maneira estranha, me conforta. Amo como a mesma coisa pode ser vista de várias maneiras diferentes simplesmente mudando detalhes na forma como a vemos. A vida é assim mesmo. A mesma coisa pode ser percebida de formas distintas por várias pessoas, dependendo de como estamos olhando para ela. Na verdade, as pessoas veem as coisas na vida sob luzes diferentes, os pontos de vista variando conforme o humor.

Tentei ver a vida como se ela fosse cor-de-rosa, enxergando positividade em tudo. Perdi isso mentalmente por alguns meses no ano passado, mas me recuperei. Não sei ainda se Jax e eu estarmos afastados é a coisa certa, mas não me arrependo. Aprendi muito sobre mim mesma e tive ótimas experiências no último ano e meio que talvez eu não tivesse vivido se estivesse com ele. Um momento na vida em que se aprende algo nunca é motivo de arrependimento, e eu aprendi demais.

Sentindo um arrepio, envolvo o cobertor do Trenton em meus ombros nus. Ele respira tranquilamente ao meu redor. Suas respirações são uma melodia que deveriam me ninar de volta para o sono, mas, em vez disso, encontro a mim mesma focada em comparar os diferentes sons que saem de sua boca.

Em vez de voltar a dormir na manhã de domingo, observo seu quarto, procurando alguma imperfeição. Ando tendo dificuldade de encontrar alguma e não gosto disso. É difícil confiar em coisas que parecem perfeitas, porque nada nem ninguém é. Aqueles que fingem ser perfeitos são os que mais têm a esconder. Eles são o tipo de pessoa que podem arruinar vidas com sua maldade oculta, mas nada pode ficar escondido para sempre.

Deixo um suspiro escapar e, em silêncio, saio da cama. Encontro meu caminho até o chuveiro do quarto de visitas, assim não acordo Trenton. Não consigo encontrar a fonte do meu desconforto, mas tenho sentido minha parcela de apreensão nos últimos tempos.

É provável que eu só esteja irritada pelo jantar com os Troy na noite de ontem. Nunca saio de lá otimista com o mundo ao meu redor. Os pais dele, especialmente sua mãe, são assassinos da alegria de carteirinha. Depois de um ano, achei que sua mãe teria ficado mais calorosa comigo, mas não. Ela ainda fala ao mesmo tempo que eu, me ignora e basicamente me trata como se eu fosse a ajudante inconveniente do filho, mas tudo com um sorriso no rosto. Ele não parece perceber e, nas poucas vezes que trouxe isso à tona, me reafirmou que seus pais me amam e que é só insegurança minha. Não estou inventando. Isso é certo. Ele só não deve enxergar porque vivenciou tal comportamento a vida toda.

Não deixo de mencionar que passei a noite inteira na casa dos Troy sem encontrar um único defeito. Não havia uma lasca ou cavidade em nenhuma das paredes e nenhuma poeirinha poderia ser vista nos cantinhos. Era uma casa saída de uma revista, a imagem da perfeição retocada.

Coincidência? Acho que não.

Eu posso estar apenas com jet lag também. É uma possibilidade real. Trenton levou Jess, Tabitha, Molly e eu para Las Vegas nas férias. Fiquei surpresa de ele ter insistido em pagar para minhas colegas de quarto irem, mas reafirmou que fez isso só porque achou que eu ficaria feliz por elas estarem lá.

Passamos seis dias em Vegas. Qualquer um que já foi sabe que é um período muito longo para se estar lá. É um lugar divertidíssimo e ainda mais exaustivo. Ficamos acordados festejando, dançando e jogando até quatro ou cinco da manhã todos os dias, o que era equivalente a não ir dormir até sete ou oito da manhã no fuso de Michigan. A viagem me esgotou.

Assim que voltamos ontem, fomos para a casa dos pais dele. Então faz sentido que minha exaustão esteja nas alturas, mas, infelizmente, minha cabeça está fazendo hora extra.

Fico no chuveiro quente, aproveitando a sensação dos jatos de água massageando minha pele, até meus dedos começarem a parecer uvas passas. Coloco um dos roupões que Trenton guarda no armário do quarto de hóspedes em vez de pegar as minhas roupas em seu quarto. *Alguém deveria conseguir dormir essa manhã.*

Desço as escadas até a cozinha e coloco uma cápsula de café para fazer. Encontrando meu telefone na ilha da cozinha, pego-o junto com a xícara de maravilha líquida e me acomodo no sofá.

Antes de deslizar o polegar pela tela para destravar o telefone, fecho os olhos esperando que haja uma mensagem, ligação perdida, qualquer coisa do Jax. Quando meus olhos encontram a tela, não estou surpresa por não ter. Ele não entrou em contato desde que saiu da minha casa em dezembro. Depois de ter derramado a alma para mim e implorado para eu voltar, não o culpo. Há dias em que também fico brava comigo mesma. Mas sinto saudade dele.

Prometo para mim que vou dar esse tempo para ele encontrar seu novo normal. Mas, só mais uns dois meses. Existe dar tempo a ele para processar e existe a insanidade. Se continuarmos essa falta de comunicação por mais de seis meses cairemos na categoria da insanidade. Então darei até junho para que ele entre em contato ou vou eu mesma falar com ele.

Sem mensagens, passo pela pasta de fotos de Vegas que nós cinco compartilhamos na última semana. Não tive tempo para olhar cada uma. Há um monte de boas imagens e algumas ainda mais hilárias. Rio em voz alta, vendo algumas que nem me lembro de tirarmos. De fato, estou

um amor *bonito*

227

encarando uma foto nossa de agora e não tenho ideia de onde estávamos, em alguma boate, ao que tudo indica. É divertido observar a progressão nos nossos olhos. As imagens que foram tiradas no começo de cada noite capturam expressões entusiasmadas, olhos arregalados. À medida em que a noite avança e se transforma em manhã, os olhos começam a estreitar, as pálpebras bêbadas pesadas demais para se abrirem.

Cada sessão de foto inclui uma de Tabitha pendurada em algum cara aleatório. Também há várias dela com os olhos abrindo frestas minúsculas enquanto está jogada em Trenton. Ela é uma figura.

Rio alto.

— O que é tão engraçado? — A voz do Trenton, ainda cheia de sono, pergunta por trás de mim.

— Ei. Bom dia. Espero não ter te acordado. Só estava olhando as nossas fotos de Vegas. Olha essa. — Mostro o telefone. — Não acho que a Tabitha sabia em cima de quem estava pendurada. Ela nem conseguia abrir os olhos.

— Muito engraçado — diz, com pouca convicção, a voz soando cansada. — Estou morto. Vou tomar um banho.

— Ok. É, trazer o corpo de volta para o fuso de Michigan não é divertido.

— Não, sem dúvida. — Ele me entrega o telefone. — Ei, gata. Depois que eu tomar banho, vamos tomar café da manhã. Vou ter que ir para a faculdade. Tenho alguns trabalhos para terminar antes da aula de amanhã.

— Ok, boa ideia. — Estou ansiosa para voltar para o meu apartamento e tirar uma longa soneca. Por sorte, não tenho nada para amanhã. As matérias do meu último semestre têm sido moleza.

Trenton volta para o quarto e decido me vestir, para estar pronta para ir quando ele terminar o banho. No quarto dele, encontro todas as minhas roupas, exceto meu sutiã. Já perdi várias calcinhas por aqui, o que nunca é grande coisa. Posso ficar sem até chegar em casa e vestir outra. Mas sair sem sutiã, ainda mais quando vamos a um restaurante, não vai rolar.

Trenton tirou minhas roupas na noite passada quando voltamos da casa dos pais dele. Tenho certeza de que jogou em algum lugar em sua missão apressada de me deixar nua. *Mas onde?* Procuro pelo quarto. Fico de joelhos e olho debaixo da cama. Ligo a lanterna do telefone e ilumino ali. Não consigo ver, mas paro quando meus olhos captam uma bolsinha da Tiffany bem perto do canto.

Ai, caramba.

Debato sobre o que devo fazer. Sei que deveria deixar para lá. Não é meu papel cavar os pacotes de debaixo da cama dele. Não é minha casa. Mas a curiosidade está me matando. É a única coisa debaixo da cama. Claro, uma casa com tudo perfeito não teria nada enfiado ali debaixo. Como a área embaixo da cama é tão limpa, a bolsa quase brilha, como um farol me chamando do mar. Eu tenho que ver. Se estivesse jogado entre outras coisas — como caixas de sapatos espalhadas, meias perdidas ou uma embalagem de comida ocasional — talvez eu não ficasse tão tentada a olhar, mas é a única coisa debaixo da cama. *Como posso não olhar?*

Parando para ouvir, percebo que o chuveiro ainda está ligado. Rápida, rastejo como um soldado para baixo da cama até estar perto o suficiente para alcançar o pacote. Pego e deslizo para trás.

Ajoelhada, abro a bolsinha e pego a caixinha da Tiffany. Dentro dela há outra que não é uma daquelas normais. É das que guardam aliança. Meu coração começa a bater mais rápido e minhas mãos parecem úmidas. *Anel de compromisso, talvez?*

Respiro fundo e abro a caixa. Ofego ao ver o que está lá dentro. Não é um anel de compromisso. Disso não há dúvida. Estou cem por cento certa de que estou encarando um anel de noivado. Sobre uma faixa de platina, adornada com diamantes brilhantes, está um enorme — de, no mínimo, dois quilates — diamante de corte antigo.

Merda. Merda. Merda.

O anel é de tirar o fôlego. É absolutamente lindo. De fato, é perfeito, e o pensamento me faz sentir como se fosse vomitar. Ouço o chuveiro desligar e fecho a caixinha, jogando tudo dentro da bolsa e colocando no mesmíssimo lugar onde a encontrei.

Dane-se o meu sutiã.

Visto a camisa e saio do quarto como se estivesse pegando fogo. Sentada no sofá da sala, tento entender o que acabei de ver. *Trenton tem a droga de um anel de noivado debaixo da cama. Trenton está planejando me pedir em casamento. Ai, caramba.*

Eu não estava esperando por isso. Torcia para que ele quisesse esperar, pelo menos até eu pensar em uma maneira de sair disso sem partir o coração dele, mas eu também não vou acabar com o anel no meu dedo.

Minutos depois, Trenton entra na sala.

— Procurando por isso? — pergunta, segurando meu sutiã no dedo.

um amor *bonito*

— Ah, obrigada — respondo, no piloto automático. — Não estava conseguindo encontrar — comento, pegando a peça.

— Tudo bem? — questiona, preocupação gravada em suas sobrancelhas.

— Sim, estou bem. Só cansada. — Dou um sorriso amarelo.

— É, férias de verão fazem isso. Vamos arrumar comida e, quando eu for embora, você pode voltar e tirar uma soneca.

Ele estica a mão para mim, eu a seguro e o deixo me tirar do sofá.

Uma soneca é exatamente o que planejei, mas acordar na minha cama agora e perceber que foi tudo um sonho seria ainda melhor.

Infelizmente, ao sairmos da casa dele, eu belisco meu braço, e dói.

Vinte e seis

Os pesados sacos verdes esmagam minha pele enquanto os carrego até a porta de Trenton.

Fui comprar ingredientes para fazer fettuccine com frango e brownies de chocolate duplo. Não é seu prato favorito, mas é um deles, entre os pratos que sou capaz de fazer. Também esbanjei comprando seu vinho favorito, que me custou cem dólares. Ele me disse que voltaria à cidade hoje à noite. Era para ele me ligar quando chegasse. Mas decidi estar aqui para surpreendê-lo com um jantar delicioso e sobremesa. Mal posso esperar para vê-lo. Estou com saudades.

Nossa cerimônia de formatura foi ontem. Estou oficialmente formada! Trenton precisou de algum tempo para organizar as coisas depois de sua última prova na sexta, então não conseguiu voltar a tempo.

Estou ansiosa para passar outro ótimo verão com ele. Trenton me pediu para ficar aqui nas férias até ele voltar para a faculdade. Não tenho certeza se vou ficar o tempo inteiro, mas maio e junho são certos. Estou pensando que, lá para julho, devo conseguir um emprego. Uma pausa de dois meses após a formatura me parece suficiente. Qualquer coisa além disso e eu posso estar adentrando o reino da preguiça. *Talvez eu possa encontrar um trabalho na região?*

Não tenho certeza se vou falar disso hoje à noite, mas preciso falar sobre casamento. Não sei quando ele está planejando fazer o pedido, mas presumo que seja em breve, já que está com o anel. Não posso arriscar que ele peça, especialmente considerando a decepção quando eu disser não. Será mais fácil se eu puder soltar em uma de nossas conversas, como quem não quer nada, o fato de que não estou nem perto de estar pronta para ficar noiva. Ainda não descobri como vou encaixar isso em uma conversa e parecer natural, mas espero que o momento certo se apresente.

Não sei quando estarei pronta para um noivado, mas tenho certeza de que agora não é a hora certa. Eu amo o Trenton. *Mas é um amor eterno? Não tenho certeza disso.*

Parte de mim ainda está confusa com meus sentimentos por Jax. Sem dúvidas, sei que amarei Jax Porter pelo resto da vida. *Mas em que sentido?* Atualmente, acho que ainda tenho o tipo de sentimento por ele que não deveria ter quando estou em um relacionamento com outro homem. Mas já se provou impossível abrir mão dele por completo. Não fui capaz de fazer isso e não tenho certeza se serei um dia.

É justo me casar com alguém quando ainda estou apaixonada pelo Jax? Claro que não. Mas e se meus sentimentos por ele nunca diminuírem? Ou simplesmente sigo com a minha vida e reprimo o que sinto?

É normal que eu ainda tenha sentimentos tão fortes por Jax. Eu o amei a vida inteira. Isso não vai sumir nem tão cedo.

Balanço a cabeça e tiro Jax dos meus pensamentos. Essa noite se trata de Trenton e de recebê-lo em casa para o verão.

Só preciso passar por uma coisa por vez e a primeira da lista é o fettuccine de frango. Destranco a porta e a fecho. Depois de tirar os sapatos, carrego a sacola de tecido com as compras até a cozinha e a deixo no balcão. Meus braços logo sentem o alívio quando o peso se vai.

Começo a retirar tudo da bolsa e uma batida me assusta. Olho ao redor, ouvindo. O barulho não está vindo da porta da frente. O som fica mais alto e eu pulo, levando a mão ao peito quando ouço um grito. Olho para o teto, em direção ao som.

O grito volta, mas, dessa vez, é mais um gemido.

Não. Não. Não. Não. Coloco as mãos por cima dos ouvidos e nego com a cabeça, bloqueando os sons de prazer que vêm do andar de cima. *Não pode ser. Não é ele. Ele não faria isso.*

Quero correr. Quero ir embora, mas preciso saber. Respiro fundo. Sinto o ritmo acelerado do meu coração batendo no peito. Exalo de novo, profundamente, e balanço as mãos ao meu lado.

Tenho que fazer isso.

Começo a andar sem fazer barulho rumo ao piso superior até estar de pé do lado de fora da porta.

Agora consigo ouvir a voz masculina vindo do outro lado:

— Porra! Bom demais. Você é sempre boa demais. Porra. Sim! Bem assim.

Uma lágrima escapa e desce por minha bochecha. Não é apenas uma voz masculina. É a do Trenton.

Viro-me para sair, mas tenho que ver. Não pode haver dúvidas na minha cabeça. Preciso da prova de que o homem que diz me amar e que está planejando me pedir em casamento está me traindo. Preciso que a realidade seja esfregada na minha cara, porque estou com dificuldade de acreditar enquanto estou parada aqui.

Volto para a porta e a empurro de leve. Minha boca se abre e a minha mão a cobre, enquanto ofego. Correntes fortes de lágrimas deixam meus olhos e descem pelo meu rosto. Os gemidos, grunhidos e as palavras cheias de luxúria continuam no quarto enquanto o casal na cama está totalmente alheio à minha presença. Tento me virar. Quero correr. Mas estou congelada no lugar. Estou tão chocada que meu cérebro não funciona o suficiente para dizer às minhas pernas para se moverem.

Meu coração está sobrecarregado com tristeza. Nunca me senti assim. Nunca experimentei tamanha traição e isso machuca. Queima. A dor é mais intensa em meu peito, enquanto meu coração se parte em milhares de pedaços. Apesar de quebrado, ele continua a trabalhar, bombeando uma dor imensa pelo meu corpo. Continuo parada e encaro o casal, sendo mutilada pela agonia, querendo sair, mas sem ser capaz.

Trenton empurra dentro dela em um ritmo febril antes de encontrar seu clímax, gritando no ar. Ele desmaia por cima dela, os corpos dos dois brilhando de suor.

— Porra, eu amo a sua boceta. Eu amo pra caralho, Tabitha — ele diz.

— E eu amo seu pau. Anseio por ele. Nunca é o bastante. Temos tempo para mais alguns rounds antes que eu tenha que ir — ela responde, sua voz profunda com luxúria.

Fico parada na entrada, quebrada. Minhas mãos ainda cobrem minha boca, as lágrimas seguem descendo em cascata pelo rosto.

Trenton beija Tabitha nos lábios e se vira para pegar uma toalha que está na mesa de cabeceira. Ele para e seus olhos se arregalam ao me notar. O contato visual é o que me desperta, quebrando meu transe, e eu me viro e corro para as escadas.

— Espere, gata! Espere! Eu posso explicar! — Trenton chama atrás de mim.

um amor *bonito*

Passo pela cozinha e pego a garrafa de vinho que comprei para ele. Viro-me em sua direção. Ele está no último degrau. Parece um homem das cavernas. O cabelo está desgrenhado e os olhos estão arregalados, segurando a toalha na cintura.

— Espere. Por favor, me deixe explicar — implora.

Atiro a garrafa de vinho com toda a minha força. Seus olhos saltam antes de ele proteger o rosto, já que o vinho tinto e o vidro explodem na parede ao lado da sua cabeça. Ele pula para o lado, assustado.

— Vá se foder, Trenton Troy. Nunca mais entre em contato comigo, seu merda do caralho.

Passo pelo balcão da cozinha e vou para o hall de entrada. Calço os sapatos e pego a bolsa antes de correr para a porta. Não olho para trás ao sair da garagem.

Paro rente a uma calçada assim que consigo uma boa distância da sua casa. Deito a cabeça nos braços, que descansam no volante, e soluço. Fico sentada no carro chorando até meu corpo estar exausto e não haver mais lágrimas.

Mando mensagem para Jess.

> **Eu: A Tabitha está no apartamento?**

> **Jess: Não.**

> **Eu: Pode mandar uma mensagem para ela e dizer para não voltar por algumas horas? Por favor?**

> **Jess: Claro. O que está acontecendo?**

> **Eu: Conto quando chegar.**

Jess ofega quando vê meu rosto inchado e banhado em lágrimas.

— O que aconteceu?

Não tenho energia para falar do assunto, mas conto de todo jeito. Ela merece saber por que estou indo embora. Conto tudo a ela, cada detalhe nojento. Ela cobre a boca e balança de leve a cabeça enquanto eu falo.

— Meu Deus, não consigo acreditar nisso, Lily. Sinto muito. Não dá para acreditar que a Tabitha faria isso com você.

— Eu sei. Eu também não — falo, triste. — Não posso ficar aqui, Jess. Sinto muito. Tenho que ir para casa.

ELLIE WADE

Ela acena.

— Eu entendo. Mas queria que fosse a Tabitha a ir embora.

— Sim, bem, conhecendo-a, ela não vai. Ao que parece, ela só se importa consigo mesma. — Meu tom suaviza quando pergunto: — Você me ajuda a colocar tudo no carro rapidinho?

— Claro.

Guardamos tudo o que consigo encaixar no meu carro. Não tenho espaço para nenhum móvel que comprei, mas não preciso dessas coisas agora de todo jeito. Pode ser que eu peça ajuda aos meus pais para levar tudo para casa durante o verão. Ou talvez não. Ainda não tenho certeza. Mas estou com tudo que importa — minhas roupas, fotos, outros itens pessoais — dentro do carro, pronta para ir.

— Queria que você não tivesse que ir, especialmente dessa forma — Jess fala, triste.

— Sei disso. Eu também não. Você sabe que é bem-vinda para me visitar a qualquer hora. Minha mãe ama companhia. Pode ficar conosco quanto tempo quiser.

— Obrigada. Vou me lembrar disso. — Ela me puxa para um abraço. — Amo você.

— Também amo você. Pode contar para Molly o que aconteceu e por que eu tive que ir? Pode se despedir dela por mim?

— Sim, farei isso.

Entro no carro e começo a dirigir para casa. Estou deixando Mount Pleasant com emoções muito diferentes das de quando cheguei aqui, há dois anos. Distraída, eu me pergunto se algum dia voltarei. Se decidir deixar meus móveis, nunca terei motivo para retornar. Esse lugar, onde passei dois anos fazendo boas memórias, onde o curso da minha vida sofreu mudanças drásticas, será sempre uma memória distante. Infelizmente, por conta das ações de duas pessoas muito egoístas, essa cidade deixará um gosto amargo na minha boca.

Ao dirigir para fora dos limites da cidade de Mount Pleasant, não olho para trás.

um amor *bonito*

Vinte e sete

A casa à minha frente parece tão... adulta. Clico na tela do meu telefone, olhando a mensagem da Susie mais uma vez. *Sim, 325.*

Olhando a casa novamente, vejo o *325* revestido de cobre na lateral da porta, mas ainda não acredito que Jax é o dono. Não é que ele não mereça, só estou surpresa.

A casa tem um toque clássico. O revestimento de madeira está pintado de um azul profundo. Há um impressionante alpendre compilado com belo trabalho em madeira. É como uma casa tirada de uma revista. Ainda estou chocada que o Jax a comprou. Balanço a cabeça em descrença.

Depois de tudo que aconteceu com Trenton e Tabitha, voltei para casa. Já estou aqui há quase dois meses, lambendo as feridas e tentando recuperar a paz.

Muita coisa aconteceu nos últimos dois anos. Tem sido uma pequena confusão, na verdade. Eu tinha um maior controle da minha vida aos dezessete anos do que tenho agora, a dois meses de fazer vinte e três.

Não falo com Jax desde o Natal passado. Ele me pediu tempo e eu dei. Jurei a mim mesma que não seria eu quem entraria em contato enquanto ainda estivesse namorando Trenton — por seis meses, de todo jeito. Em seguida, quando tudo desmoronou naquele relacionamento, eu não podia simplesmente correr de volta para o Jax naquele estado. Ele não queria me arrastar consigo quando estava em seu pior, então eu não podia fazer isso com ele.

Na realidade, não levou muito tempo para eu superar toda a situação com Trenton. Acho que a parte mais difícil foi permitir que meu ego ferido se curasse. Senti-me tão traída e estúpida. Fui ingênua em relação a ele. Olhando para trás, consigo enxergar tudo. Ele foi um babaca desde o começo. Só me colocava como prioridade quando era conveniente. Falava de amor e compromisso, mas eram apenas palavras vazias. Pensou que se jogasse palavras bonitas e dinheiro o suficiente em cima de mim, então poderia me enganar para sempre. Admito, me enganou por um tempo.

Em retrospectiva, nunca estive apaixonada por Trenton. Ele nunca foi o dono do meu coração, nem mesmo de um pedaço dele.

Meu coração sempre pertenceu a Jax e sempre pertencerá. Não sei por que não voltei com ele em dezembro, quando me implorou. Procurei pelas razões e ainda não estou perto de ter uma resposta. Parte de mim se pergunta se foi meu ego também. Subconscientemente, talvez eu quisesse machucar Jax pela dor que ele me causou. Ele tinha partido meu coração, então eu estava determinada a me agarrar àquilo que tinha com Trenton para provar meu ponto. Não tenho certeza. Não parece comigo ou com algo que eu faria, mas eu me perguntei se foi o caso. Não consigo pensar em outra razão para ficar com Trenton quando o amor da minha estava me implorando para voltar para ele. Como dizem, pessoas feridas ferem pessoas.

Ou talvez eu estivesse protegendo a mim mesma para não perder Jax de novo. Ao estar com Trenton, quem eu pensei que fosse algo certo, eu tinha alguém que não me deixaria. Talvez sempre tenha sabido que voltaria com o Jax, mas queria fazer no meu tempo. Talvez eu quisesse o controle — diferente do desamparo que senti quando ele terminou tudo e não me deu chance de dizer nada.

Há tantas possibilidades de por que eu fiz a escolha de ficar com Trenton, mas não sei se alguma está correta. A única coisa que posso dizer é que, no momento, senti que era a melhor escolha para mim, por razões desconhecidas. E também, se foi meu ego, meu orgulho — ou seja lá como quero chamar — que me manteve longe do Jax, não foi uma escolha consciente. Eu nunca o teria ferido por vingança.

O que acontece, independentemente das escolhas que fiz, é que agora estou no lugar em que, mais uma vez, estou cem por cento feliz comigo. Esperei para ir falar com Jax até poder dizer com confiança que o quero de volta — não porque estou sozinha, mas porque ele é o único homem neste planeta que foi feito para mim. Esperei até poder ser a mulher completa que Jax merece. Não foi fácil. Quis vir até ele quase a cada segundo de

um amor *bonito*

todos os dias desde que saí de Mount Pleasant, mas sei que ele merece uma Lily inteira, não uma quebrada.

Passei os dois últimos meses aproveitando com a minha família. Fiquei várias tardes quentes deitada debaixo da nossa árvore, lendo. Escrevi bastante em meu diário, refletindo sobre os dois últimos anos e meu papel no fracasso deles. Tive alguns trabalhos de fotografia *freelancer* e estou começando a construir um belo currículo. Deixei ir toda a minha decepção quanto às escolhas de Jax, sabendo que ele fez o que sentiu que era o certo.

Estou pronta para encará-lo e oferecer tudo de mim, sem a bagagem dos nossos erros me empurrando para baixo. Estou mais feliz do que já fui, especialmente já que estou parada na porta do Jax, pronta para retomar o restante da nossa vida.

Minha mãe não parecia ter nenhuma informação do que ele andou fazendo nos últimos seis meses. Quando encontrávamos os Porter, eles também não me contavam muito sobre o que acontecia com o Jax. Tem havido uma dinâmica estranha entre nossas famílias onde ninguém fala dele perto de mim. Pensando nisso, não consigo lembrar a última vez que ele esteve em casa. Acredito que foi no Natal. Então, ao que parece, ele andou mantendo distância de todos nós. Estou animada para deixar tudo para trás e voltar à normalidade que tanto desejo.

Além do endereço, Susie não me deu mais nenhuma informação. Sei que ele comprou a casa, mas sou a primeira de nós a vê-la. Parada nessa casa bonita e nada barata em Ann Arbor, só posso presumir que ele conseguiu um ótimo emprego. Estou tão orgulhosa dele.

Respiro fundo, enchendo meus pulmões de ar. Quando solto, empurro a energia nervosa. Estou a momentos do meu "felizes para sempre". Bato duas vezes na porta grossa de madeira. Espero por uma eternidade em um espaço de várias batidas do coração e finalmente a porta se abre.

Jax está parado na minha frente, parecendo mais bonito do que nunca. Embora faça apenas seis meses desde que o vi pela última vez, ele parece muito mais maduro, de certa forma. Mais encorpado, mais forte, a mandíbula está mais definida.

Seus olhos verde-esmeralda se arregalam ao me ver.

— Lily… o que você… Lil. — Ele me puxa para um abraço e me segura com força em seu peito.

Inspiro profundamente, apertando os braços ao seu redor. Ele tem cheiro de Jax, de felicidade, de lar. Segurando meus ombros, ele me afasta o suficiente para poder me ver. Seus olhos viajam dos meus pés à cabeça e observo enquanto ele me absorve.

— Oi — falo, baixinho, com um sorriso no rosto.

— Não acredito que você está aqui. Ai, meu Deus. É muito bom te ver. Entre. — Suas palavras são apressadas.

Entro na casa, que é muito bem decorada. Está iluminada pela luz do sol que atravessa as janelas, reluzindo o chão de madeira escura que se estende pela casa até onde consigo ver. Sigo-o até uma sala de estar formal e escolho um lugar no macio sofá marrom.

— Jax, sua casa é tão linda. Não consigo acreditar. É maravilhosa. — Viro o rosto para absorver tudo.

Noto um buraco na parede de *drywall*. Acho que uma perna da mesa ou algo do tipo bateu ali durante a mudança. Tenho certeza de que há uma história por trás do buraco e mal posso esperar para ouvir. *Que perfeita imperfeiçãozinha.*

Sorrio, mas fico congelada quando meu olhar se conecta com o dele. Jax está de pé com os braços cruzados, apoiado em uma coluna de madeira que conecta esse cômodo ao próximo. Seus olhos brilham e ele está apenas me encarando. Por trás do seu olhar há tantas emoções, tantas palavras que ele quer dizer.

Não gosto do ar desconfortável entre nós. Quero que voltemos ao normal e quero agora.

Bato na almofada ao meu lado.

— Sente aqui. Você está muito longe.

Jax caminha até mim devagar, sua expressão calculando. Ele se senta, girando para que nossos joelhos se toquem enquanto continuamos nos encarando. Pego suas mãos nas minhas e entrelaço nossos dedos, sem perder o pequeno tremor que sinto vindo dele. Apesar das reservas em seu corpo, é bom senti-lo de novo. Corro o polegar pela pele quente das suas mãos fortes e quero chorar.

— Senti sua falta. — Mordo o lábio inferior para impedir o tremor.

— Também senti sua falta. — Sua voz está suave, reconfortante.

— Nem sei por onde começar. Acho que precisa ser por um pedido desculpas. Desculpa, Jax, por tudo.

Ele balança a cabeça.

— Não. Você não tem que se desculpar por nada.

— Não, eu tenho. Desculpa por ter desperdiçado os últimos seis meses. Sempre foi você, Jax. Você sabe disso. Você é o amor da minha vida. Sempre foi e sempre será apenas você.

um amor *bonito*

— Little...

— Não, deixe-me terminar. Por favor — apelo. — Esses dois últimos anos foram um total desperdício. Não consigo entender como nós fomos de onde estávamos para onde estamos agora, mas não posso seguir mais sem você.

— Lily... — A voz dele é persistente.

— Não, por favor. Tenho muito mais a dizer. Não sei por que não aceitei sua oferta em dezembro. Ainda não consegui descobrir, mas não teve nada a ver com meus sentimentos por você. Sempre amei você e apenas você. O que eu sentia pelo Trenton nunca pôde se comparar ao que sinto por você. Quis voltar para você no segundo que as coisas terminaram com ele, mas não podia vir te procurar estando do jeito que eu estava. — Pauso, respirando fundo. — Passei os dois últimos meses me curando. Trabalhei em mim até poder ser a mulher que você merece. Estou vindo até você agora, cem por cento inteira, cem por cento feliz e estou pronta para te dar tudo de mim. A vida é muito curta para ficarmos mais tempo separados. Você é o que importa para mim, Jax Porter. O único homem que um dia vou amar.

Paro de falar e sorrio. Abri meu coração. Estudo a expressão do Jax e percebo que ele parece triste, quase ferido.

Seus olhos se enchem de lágrimas não derramadas.

— O que foi? — pergunto, o pânico subindo na minha voz.

Ele olha para baixo, fechando os olhos.

— Jax, me diz. O que foi?

Levanta o olhar e estuda meu rosto, indo dos meus olhos para a minha boca. Ele balança a cabeça.

— Eu...

Aceno, apressando-o a continuar.

— É que tanta coisa aconteceu. Eu... — Ele deixa sair um suspiro audível e pisca com força. — Lily, estou noivo.

Puxo as mãos, soltando-as do seu toque. Arrasto-me para trás até o braço do sofá apoiar as minhas costas. Suas palavras enviam terror por mim. Balanço a cabeça lentamente de um lado a outro, incapaz de acreditar. Ele olha para baixo e diz:

— Sinto muito. Tudo aconteceu meio rápido. Eu não sabia como te contar. Não nos falamos há tanto tempo e eu não poderia simplesmente jogar isso em você do nada.

— Não consigo acreditar nisso. Não consigo acreditar nisso. Não consigo acreditar nisso. — Lágrimas quentes se soltam e cubro o rosto com mãos.

Segurando a cabeça, balanço-me para lá e para cá, tentando, com desespero, processar o que está acontecendo.

— Sinto muito — Jax repete.

Ergo a cabeça.

— Como você pôde fazer isso? Só se passaram seis meses! Como você superou o amor da sua vida em seis meses? Como isso sequer é possível? — Meu corpo treme com o choro, incapaz de segurar a tristeza.

— Eu sei. Sei que parece inacreditável. Eu queria te contar, Lil. Queria. É só que… — Sua voz vacila.

— O quê? É só que tudo o que você me disse era mentira?

Ele estende a mão para pegar a minha, mas eu a afasto.

— Não, nunca. Escute bem quando eu digo isso. Eu te amo. Amarei para sempre. Não foi nada planejado. Só meio que aconteceu. Tudo o que eu te disse era verdade. Você é o amor da minha vida. Isso nunca vai mudar.

— Eu sou o amor da sua vida, então você decidiu se casar com outra pessoa? Isso não faz sentido, Jax! Não consigo acreditar! — Apoio o rosto nas mãos mais uma vez e choro. Não é um soluço delicado, é um grito feio e desinibido que sei que vai transformar meu rosto em uma bagunça cheia de manchas, espalhando o rímel pela minha pele igual a uma pintura de guerra. Mesmo assim, não consigo me importar.

Tudo que eu já quis e cada sonho que tive para a minha vida morreu. Não sei como vou me recuperar disso.

Ele pigarreia.

— Lily, eu queria poder te fazer entender, te fazer ver. Eu nunca quis te machucar. Meu Deus, eu te amo pra caralho. Só estou tentando fazer a coisa certa. Por favor, entenda.

Levanto a cabeça e a balanço de um lado ao outro.

— Nunca vou entender. — Cada palavra que sai está envolta em tanta raiva. — Nunca vou superar isso. Nunca vou ficar bem de novo.

Lágrimas estão rolando pelo rosto do Jax.

— Por favor, não diga isso. Você vai. Você é forte e corajosa. Vai encontrar a felicidade de novo. Por favor, encontre a felicidade de novo — implora.

Encaro o rosto do homem que eu amo, meu futuro… mas ele não é mais meu futuro. Ele é o de outra pessoa.

Ao ouvir a porta da frente, meu rosto vira para lá.

Stella entra, o cabelo castanho e brilhante balançando enquanto ela caminha. Ela está olhando para baixo ao passar os olhos por uma pilha de

um amor *bonito*

correspondência. Sua doce voz ecoa pela sala.

— Amor, sabe onde coloquei a nota daquela lâmpada que vamos devolver? — Ela levanta o rosto e, por um momento, seus olhos se arregalam ao me ver, mas ela logo se recompõe. — Lily. — Graciosa, ela ignora meu rosto banhado em lágrimas. — É bom te ver. — Seus olhos viajam entre Jax e eu. — Vou fazer uma limonada. Vocês querem um copo?

Pigarreio.

— Não, obrigada. Eu estava de saída.

Stella olha ao redor como se estivesse sentindo falta de algo antes de continuar com sua doçura, que já é marca registrada.

— Ok, bem, estarei na cozinha se alguém precisar de algo. Estou feliz por você ter passado aqui, Lily. — Seus saltos clicam na madeira cara enquanto ela se afasta para a cozinha.

— Não vá. Não assim. Vamos conversar — Jax implora.

Suspiro. Os últimos dois anos me drenaram. Entre lutar para manter meu relacionamento com Jax quando ele estava determinado a desistir e lutar contra a culpa que senti ao escolher Trenton... Não sobrou nada.

— Não há nada para conversar — digo, triste.

— Quero você na minha vida, Lily. Talvez nossa amizade não vá ser como era antes, mas ainda preciso de você. — Seus olhos estão tristes.

Apesar do fato de ter pedido a outra mulher para passar o restante da vida com ele, vejo o amor que ainda tem por mim por trás dos lindos olhos verdes que me cativam desde que posso me lembrar. É esse amor que ainda brilha por mim que me quebra ainda mais.

— Você não precisa de mim. Você tem a ela. — Fico de pé e aliso as rugas inexistentes na minha calça capri preta.

— Não, eu preciso de você. Eu te amo. Não posso te perder completamente. — Jax parece em pânico ao se levantar do sofá.

Paro na frente dele e reparo em tudo dele. Permanecemos em silêncio enquanto gravo seus traços na memória. Meu coração chora de dor. O amor feroz por esse homem à minha frente bate em minhas veias, queimando-me com a tristeza.

Ergo a palma da mão para a sua bochecha e ele se inclina para o meu toque. A sensação da sua pele contra a minha quase me deixa sem palavras.

Engulo o nó na minha garganta.

— Você já me perdeu. Eu só não sabia.

Solto a mão e saio pela porta da frente, afastando-me do único homem que já amei.

Vinte e oito

Corro o polegar pelas letras prateadas em alto-relevo, sentindo as palavras na minha pele. A textura torna tudo mais real, de alguma forma. Uma coisa é ler as palavras e outra é senti-las. Não posso simplesmente fechar os olhos e fingir que elas não estão lá. A pressão contra a minha pele é uma lembrança de sua existência.

É real. Está acontecendo.

O papel em si é do rosa mais sofisticado e delicado que já vi com reflexos de flores em tom de rosa por toda parte. A fita de seda amarrada com habilidade no pacote está descartada aos meus pés. A apresentação, cada detalhe dela, é deslumbrante.

É claro que o convite de casamento dele é perfeito. *Por que não seria? Especialmente com alguém como Stella planejando tudo. Ela é a Miss Perfeição ambulante.*

Meu corpo balança, meu equilíbrio oscila. Sentindo a cama contra minhas pernas, eu me sento. Ainda com o convite na mão, fecho os olhos e deixo a cabeça cair para trás. Respiro fundo, puxando tanto ar em meus pulmões quanto possível, antes de soltar um longo suspiro.

Uma lágrima solitária e traidora escapa e desliza pela minha bochecha antes de cair em meu colo. Cansei de chorar por Jax Porter. Prometi a mim mesma que não derramaria mais nenhuma única lágrima por ele e não o farei de agora em diante — exceto aquelas aleatórias desertoras que escapam furtivamente sem minha permissão. Já dei mais lágrimas a ele nos últimos dois anos do que qualquer um merece na vida toda.

Já faz um mês e meio desde que saí da casa dele. De acordo com a data neste convite, faltam apenas dois meses para o casamento. Sempre sonhei que Jax e eu nos casaríamos em outubro. Sempre quis que fosse no outono. Não há nada mais bonito do que essa estação no Michigan. Ele terá um grande casamento no outono, mas eu não serei a noiva.

Ainda não consigo entender a pressa. Eles estarão casados antes mesmo de completarem um ano juntos. Não tenho certeza absoluta de quando começaram a ficar, mas sei que não estavam namorando no último Natal, meros oito meses atrás. Não sei se entenderei um dia, mas aceitei o fato de que não é esse o meu papel. Não é obrigatório que eu compreenda suas ações, mas é minha responsabilidade aceitar.

Por meses, tenho feito o jogo do "e se" na minha cabeça. *E se tivéssemos voltado no Natal? E se eu nunca tivesse namorado o Trenton? E se eu tivesse escolhido a Universidade de Michigan?* Há maneiras infinitas de como os últimos dois anos poderiam ter transcorrido. Nunca saberei que decisão foi aquela que fez ser impossível que Jax e eu encontrássemos nosso caminho de volta um para o outro.

Pelo que sei, teríamos terminado assim de toda forma, mesmo se tivéssemos feito escolhas diferentes. Não tenho certeza de por que foi assim, mas foi. A vida é louca desse jeito. Não há certezas absolutas. Na verdade, a única coisa na vida que temos garantida é que não existem garantias.

Sempre pensei que Jax era meu bilhete premiado para a felicidade, mas eu estava errada. Existe alegria sem ele e, na verdade, sempre existiu. Em todas as minhas memórias felizes, ele estava lá, e eu me deixei pensar que ele era a razão. Mas, agora, sei que ele apenas estava comigo no caminho, assim como eu estava na montanha-russa da vida dele. Jax foi um passageiro da minha trajetória, uma trajetória que eu criei.

Tenho a escolha de viver a minha vida com arrependimentos ou com gratidão e estou escolhendo a última opção. Ainda não entendo tudo o que aconteceu e talvez eu nunca vá. Mas sei que não é o final para mim. Minha vida não entrou em decadência aos vinte e três anos. Coisas maiores e melhores estão por vir.

Um sorriso aquece meu rosto enquanto foco na mala cheia parada ao lado da porta do meu quarto. Vou embora para Nova Iorque amanhã. Ainda não consigo entender isso também. Enquanto estava procurando empregos on-line de fotografia esse verão, eu me deparei com um estágio em uma grande empresa de publicidade e me inscrevi apenas por capricho. Sabia que a competição seria feroz e as chances de conseguir seriam poucas, mas me candidatei assim mesmo. Fiquei empolgada quando cheguei longe o suficiente para fazer uma entrevista por telefone com três chefões da empresa, mas ainda não achei que tivesse chance. Parecia que a minha cabeça explodiria de empolgação quando recebi a ligação dizendo que fui escolhida.

Sei que as fotos que tirei para a campanha promocional do senhor Troy me ajudaram a conseguir a vaga e, apenas por isso, sinto gratidão por Trenton. A mulher que me ligou do RH para me oferecer o emprego parecia impressionada com meu portfólio completo e nunca me senti tão orgulhosa.

É difícil apontar com precisão, mas tenho esse enorme senso de esperança florescendo dentro de mim. Sinto que essa mudança vai ser boa para mim. Parece certo.

Nunca me senti com mais medo e aliviada ao mesmo tempo. Esse é o meu momento, meu momento de descobrir meu lugar no mundo e ir em busca do meu destino. Não vou focar em outra coisa além de mim mesma, vou viver cada dia com esperança e alegria no coração.

Fico de pé e coloco o convite na cômoda. O sorriso largo no rosto inocente do Jax e no meu aos catorze anos me brindam de uma moldura de plástico barata que ele comprou para o meu aniversário de catorze anos. Pego a foto e sorrio para a dupla de crianças de olhos arregalados. Éramos o par perfeito.

Abraço a foto junto ao peito antes de me virar e ir até a mala. Abrindo a parte de cima, deslizo o porta-retratos entre as roupas antes de fechar o zíper de novo. Não falo com Jax desde junho, quando saí da sua casa, mas acho que já passou bastante tempo. Estou pronta para seguir em frente. Já aconteceram períodos de silêncio demais entre nós no último ano.

Amo o Jax desde que me lembro. Eu o amei antes de conseguir pronunciar o M direito e dizia que o "anava". Eu o amei desde que fazia tortas de lama no meu quintal, quando a única coisa mais divertida do que cozinhar com lama era rolar nela até que só os nossos olhos não estivessem cobertos de lama marrom. Eu o amei em nossos passeios de bicicleta de uma hora quando brincávamos de Você Prefere até termos que parar na beira da estrada porque estávamos rindo demais. Eu o amei durante o ensino médio, quando ele era a obsessão de quase todas as garotas da escola, mas sempre me colocou em primeiro lugar. Eu o amei quando se tornou meu primeiro namorado e me mostrou como era ser amada. Eu o amei durante o nosso relacionamento à distância, quando receber suas mensagens de texto fazia o meu dia. E eu o amo agora, enquanto ele se prepara para entregar a vida para outra mulher.

Eu o amarei para sempre, e nenhuma quantidade de tempo ou circunstâncias diversas vai mudar isso. Jax é meu melhor amigo. Ele sempre terá

um amor bonito

a outra metade do meu coração naquele cordão de melhores amigos que dividimos. Ele sempre será meu melhor amigo.

Subo na cama e apoio as costas ao clicar na tela do meu telefone, abrindo a lista de favoritos. Meu polegar paira em cima do seu nome. Respiro fundo e toco nele. Meu coração bate descontrolado enquanto seu telefone chama duas vezes do outro lado.

Sua voz soa no meu fone de ouvido, e quase choro de felicidade. Posso me mudar para Nova Iorque amanhã sem arrependimentos, porque o mundo estará no lugar desde que Jax e eu sejamos amigos de novo.

— Little Love.

Sua voz soa ansiosa, hesitante.

— Ei, mocinho. — Outra lágrima trapaceira escapa, mas essa está cheia de alegria.

— Senti falta de ouvir a sua voz.

Faço uma pausa.

— Eu também.

— Então, como você está?

Digo a verdade:

— Estou bem. Estou muito bem.

O alívio em sua voz é palpável. Ele exala.

— Estou muito feliz por ouvir isso.

— Como você está? — questiono, sem medo da sua resposta.

— Muito bem, também. Ótimo agora que você ligou.

— Eu sei. Foi um ano e tanto, né? Por onde começamos daqui?

— Nós conversamos. Vamos começar com você me contando tudo.

Eu rio.

— Tudo? Pode levar um tempo.

— Eu tenho tempo.

Posso ouvir o sorriso em sua voz.

Meus últimos fragmentos de desconforto desaparecem enquanto nossa conversa segue por horas, uma terapia e tanto para a minha alma. Meu coração está feliz, já que sei que posso ir embora para Nova Iorque amanhã com tudo o que preciso para começar esse novo capítulo da minha vida, incluindo a única coisa que sempre tive — meu melhor amigo.

FIM

ELLIE WADE

Sobre a autora

Ellie Wade reside no sudoeste de Michigan com o marido, três filhos pequenos e dois cachorros. Ela é mestre em educação pela *Eastern Michigan University* e é uma grande fã dos esportes da Universidade de Michigan. É apaixonada pela beleza do seu estado natal, especialmente os rios e o bonito clima de outono. Quando não está escrevendo, está lendo, aconchegada com os filhos ou passando tempo com a família e os amigos. Ela ama viajar e explorar novos lugares com a família.

Agradecimentos

Ainda não consigo acreditar que esse é o meu terceiro livro! Alguém me belisca! Não consigo enfatizar de verdade o tanto que sou grata por tudo o que experimentei no último ano. Conheci tanta gente maravilhosa no mundo literário e estou impressionada com a bondade dessa comunidade. Vem sendo um sonho realizado para mim e, se você está lendo isso, obrigada por ser parte dessa jornada. Meu cálice transborda. <3

Para a minha família — sou tão abençoada por ter uma família grande, cheia de pessoas maravilhosas que tem me apoiado a vida inteira. Um dos meus desejos é que meus filhos cresçam amando um ao outro assim como eu amo meus irmãos. Eu não seria quem eu sou hoje sem meus irmãos e irmãs. Amo muito todos vocês.

Mãe, obrigada por me amar e me encorajar sempre. Amo você até o infinito.

Para a minha sogra — tirei o grande prêmio com você. Você é a melhor. Te amo.

Há um grupo essencial de mulheres que me ajudaram muito. Ainda fico confusa com o fato de que essas maravilhosas dedicaram tempo de suas vidas para me ajudar e muitas delas não me conheciam antes de lerem meus livros.

Para as minhas betas e revisoras: Gayla, Nicole, Jen, Amy, Robert, Tammi, Dena, Jaime, Heather, Janice, Kristyn, Lauren e Angela, vocês todas são maravilhosas. Sério, cada uma de vocês é um presente e me ajudou de formas diferentes e valiosas. Amo vocês demais. Beijos!

Gayla, você é a beta mais brutal que eu tenho. Agradeço o tempo que dedica para fazer meus livros serem o melhor que podem ser. Você é uma bênção e eu a amo mais do que poderia expressar.

Lauren, eu já disse antes, mas vou repetir. No dia em que você nasceu, eu recebi um dos melhores presentes que a vida tinha a oferecer. Eu a amo, independentemente de você ajudar com o livro ou não. HAHA.

Jen, você é uma das mais belas almas que já conheci ou vou conhecer. Minha vida é infinitamente melhor com você nela. Te amo para sempre.

Nicole, garotona linda da minha vida, você é minha maior apoiadora e aliada nesse louco mundo literário. É uma daquelas pessoas que faz todo mundo se sentir amada e importante. Sua amizade é tudo para mim. Amo você eternamente.

Janice, você mantém a vida empolgante. Amo você. Obrigada por me apoiar sempre.

Kristyn, obrigada por sempre encontrar tempo para minhas revisões de último minuto! Seremos amigas até o dia em que morrermos. Amo você. #putasparasempre

Robert, você é o melhor beta masculino que existe. Seu apoio é épico. Amo você ainda mais. Obrigado pela pergunta de Você Prefere mais nojenta de todas. Beijos.

Tammi, seu feedback trouxe lágrimas aos meus olhos e me fez sentir maravilhosa. Se todo mundo pudesse ver esse livro e esses personagens da forma como você viu, eu seria best-seller. ;-) Obrigada por entender de verdade as minhas palavras. Beijos.

Amy, o melhor amigo homem da minha vida, obrigada por seu apoio desde comentar em todos os posts do meu blog, assim eu não ficaria sozinha promovendo meus livros, até ser o melhor beta do mundo. Sou muito grata por ter você. Todas as cenas de sexo na parede serão definitivamente dedicadas a você. Eu te amo muito. <3

Heather, obrigada por entender meus personagens! Você é minha irmã de alma na angústia! Amo seu feedback e estou muito grata por ter você. Beijos.

Dena, obrigada por me apoiar desde Forever Baby. Sou muito grata por você me vender, por suas mensagens e por nossas risadas. #InformaçãoDemais #IrmãsDeAlma Beijos.

um amor *bonito*

Jaime, você é uma nova adição a esse pelotão e já é uma das minhas favoritas! Obrigada por amar o Jax! Você também é minha irmã de alma com informação demais! Beijos.

Angela, obrigada pelo seu entusiasmo, suas piadas e seu apoio incondicional! Você é maravilhosa! Beijos.

Para os blogueiros, meu Deus! Amo vocês! Desde que lancei *Forever Baby*, passei a conhecer vários de vocês pelo Facebook. Por terem corações tão bons, tantos entraram em contato comigo e me ajudaram a promover meus livros. Há pessoas ótimas de verdade nessa comunidade dos blogueiros e estou comovida por ter o apoio de vocês. De verdade, muito obrigada! Por causa de vocês, autores independentes conseguem ter suas histórias lidas. Obrigada por apoiarem todos os autores e as ótimas histórias que eles escrevem.

Para Ena, obrigada por todo o seu trabalho duro promovendo *Um amor bonito*. Você é maravilhosa!

Para a minha capista (da versão original), Regina Wamba, obrigada! Seu trabalho me inspira! Você é extremamente talentosa no que faz e sou muito grata por agora ter quatro capas suas. Amo demais essa capa. É perfeita. Tudo que você faz, é!

Para minha editora e diagramadora, Jovana Shirley, obrigada por todo o trabalho maravilhoso que você fez! É sério, você é a melhor! Obrigada por arrumar tempo para mim e pela qualidade do trabalho que você faz. Sou muito grata por você e por tudo o que tem feito para deixar esse livro da melhor maneira possível. Você é talentosa de verdade. Beijos.

Por fim, e mais importante, aos meus leitores. Se você está lendo isso, obrigada! Do fundo do meu coração, obrigada por ajudarem meus sonhos a se realizarem! Espero de verdade que você tenha gostado de ler *Um amor bonito*. Sou muito grata pelo seu apoio!

Você pode entrar em contato comigo em vários lugares, eu vou amar ouvir o que tem a dizer.

Encontre-me no Facebook: facebook.com/EllieWadeAuthor

Encontre-me no Twitter: @authorelliewade

Visite meu website: elliewade.com

Lembre-se: o melhor presente que você pode dar a um autor é uma resenha. Se sentir vontade, deixe uma nos vários sites de avaliações. Não precisa ser nada chique. Algumas frases seriam ótimas!

Eu poderia, honestamente, escrever um livro completo sobre todo mundo a quem eu sou grata. Sou muito abençoada e estou além de agradecida por essa vida linda. Beijos.

Para sempre,
Ellie. <3

um amor *bonito*

A The Gift Box é uma editora brasileira, com publicações de autores nacionais e estrangeiros, que surgiu no mercado em janeiro de 2018. Nossos livros estão sempre entre os mais vendidos da Amazon e já receberam diversos destaques em blogs literários e na própria Amazon.

Somos uma empresa jovem, cheia de energia e paixão pela literatura de romance e queremos incentivar cada vez mais a leitura e o crescimento de nossos autores e parceiros.

Acompanhe a The Gift Box nas redes sociais para ficar por dentro de todas as novidades.

 www.thegiftboxbr.com

 /thegiftboxbr.com

 @thegiftboxbr

 @GiftBoxEditora